나는 기사가 될 거야……!

옛 원칙의 마법기사

The fairy knight lives with old rules

기사는 진실만을 말한다.
A Knight Tells Only the Truth

그 마음에 용기의 불을 밝히어.
Their Bravery Glimmers in Their Hearts

그 검은 약자를 지키고.
Their Swords Defend the Defenseless

그 힘은 선을 지지하며.
Their Power Sustains Virtue

그 분노는— 악을 멸한다.
And Their Anger...Destroys Evil

옛 원칙의 마법기사

The fairy knight lives with old rules

II

히츠지 타로 지음
토사카 아사기 일러스트
송재희 옮김

The fairy knight lives
with old rules

앨빈

캘바니아 왕국의 왕자. 기사가 되어 왕위 계승
권을 얻고 사양길인 조국을 구하기 위해 시드
에게 가르침을 받는다.

시드

「전설 시대 최강의 기사」라고 칭송받았던 남자.
현대에 되살아나 낙오자가 모인 블리체 학급의
교관이 된다.

이자벨라

반인반요정족 여성. 옛 맹약에 따라 캘바니아
왕가를 수호하며 반인반요정의 힘을 빌려주는
「호반의 여인」들의 수장.

텐코

귀미인이라고 불리는 아인족 소녀. 앨빈의 아
버지에게 거둬져 앨빈과는 자매처럼 자랐다.

STUDENT

크리스토퍼

변방 시골 농가의 아들. 스스로 아군의 방패가
되는 등 터프한 싸움 방식이 특기이다.

일레인

명문 기사 집안 출신의 귀족 영애였다. 검격은
최하위지만 이론이나 검술은 학교 내에서 정
상급.

세오도르

슬럼가의 고아원 출신으로 지적인 외모와 어
울리지 않게 상당한 불량소년. 실은 소매치기
가 특기이다.

리네트

가난한 몰락 귀족의 장녀. 동물에게 사랑받는
타입으로 승마 실력은 블리체 학급 제일.

요정검

옛 맹약에 따라, 사람의 좋은 이웃인 요정들이 검으로 화신한 존
재. 기사는 이 요정검을 손에 들어서 신체 능력과 자기 치유 능력
을 향상하고 다양한 마법의 힘을 행사할 수 있다.

(굿 펠로)

블리체 학급

캘바니아 왕립 요정기사 학교에 존재하는 기사 학급 중 하나. 자
유와 양심을 존중하며 자기 자신이 믿는 정의와 신념을 중시한다.
막 신설된 학급이라 학생의 경향은 논할 수 없지만, 굳이 따지자
면 개성이 풍부하다. 《야만인》 시드 블리체의 이름을 따왔다.

캘바니아성과 요정계

왕국을 세웠을 때 호반의 여인들과 거인족 장인들이 힘을 합쳐
건축했다고 한다.
사람이나 동물 같은 물질적 생명이 사는 《물질계》와 요정이나 요
마와 같은 개념적 생명이 사는 《요정계》라는 두 세계가 존재하
고, 캘바니아성은 그 사이에 있다.

서장 지난날의 낙양

  천화월국. 고결한 여우 아인족 『귀미인』들의 나라.

  알피드 대륙 동방에 존재하는 소국이지만, 풍부한 자연환경 속에서 대대로 현명한 천자의 통치하에 독자적인 문화를 구축한 나라였다.

  나, 아마츠키 텐코는 그런 위대한 천자님과 나라를 수호하는 무가의 딸이었다.

  천화월국 최강의 검사라고 칭송받던 엄마 텐키의 가르침을 받아 열 살이라는 어린 나이에 일찌감치 검사의 재능을 보였다.

  그래서 나도 어른이 되면 엄마처럼 훌륭한 수호무사가 되어 천자님과 이 나라를 지킬 거라고 믿어 의심치 않았다.

  하지만 그런 나의 어린애 같은 자신감과 긍지는 어느 날 철저히 깨부숴졌다.

  평화로웠던 천화월국에 오푸스 암흑교단의 암흑기사단이 갑자기 대거 쳐들어온 날에―

  "으아아아아아아―?!"
  "아악?!"

불타오르는 궁궐 내에 산화하는 비명, 노호, 단말마.

간헐적으로 울려 퍼지는 칼부림 소리, 살을 베는 소리, 뼈를 자르는 소리.

선명한 혈화가 무수히 피어나고, 사람이었던 것이 여기저기 널려 있었다.

내 눈앞에서 「죽음」이 포학한 검은 폭풍이 되어 소용돌이치고 있었다.

그 「죽음」의 소용돌이는 검은 전신 갑옷과 검은 외투를[^망토] 걸친 기사의 형태를 하고 있었다.

그 투구에 새겨진 십자 모양 흠집을 잊을 수 없다.

숨 막히는 장절한 존재감과 어둠의 마나를 발산하는 암흑기사가 꺼림칙하게 생긴 대검을 회오리바람처럼 휘둘렀고, 그렇게 한 번 휘두를 때마다 귀미인 동포들이 죽어 나갔다.

천자님의 궁궐을 지키는 이들은 모두 강하고 긍지 높은 귀미인 무사들이었다.

내가 동경하고 목표로 삼았던 사람들이었다.

하지만 다들 암흑기사 한 명을 당해내지 못했다.

암흑기사가 휘두르는 대검에 넝마처럼 나동그라졌다.

거친 폭풍이나 벼락을 사람 혼자 막을 수 있을까?

내 눈앞에서 벌어지는 광경은 말하자면 그런 종류의 이야기였다.

[^망토]: 망토

"······아······ 아아······."

나는 칼을 움켜쥔 채 그 모습을 보고 있었다.

필사적으로 싸우는 동족들이 무참히 베이는 모습을 그저 떨면서 보고 있었다.

찰박. 동족들의 피가 내 얼굴을 적셔도 그걸 닦을 수조차 없었다.

여기저기 불이 나서 시뻘게진 궁궐이 무너져 내렸다.

비슷한 지옥이 지금 이 궁궐 여기저기서 펼쳐지고 있었다.

동족들과 암흑기사들이 싸우는 소리, 고함, 칼 소리, 혼비백산하는 비명— 살육과 학살의 제례악이 멀리서 들려왔다. 그것들이 마치 다른 세상의 일 같았고—.

정신 차리고 보니.

"······아."

그곳에서 숨 쉬고 있는 귀미인은 어느새 나뿐이었다.

다들 피 웅덩이에 잠겨 말 못 하는 이가 되어 있었다.

그 중심에 선 암흑기사가 나를 보았다.

찰나, 거무칙칙한 살의가, 죽음으로 인도하는 기운이 내 몸을 결박했다.

십자 흠집이 새겨진 투구의 면갑 틈으로 값을 매기듯 나를 흘겨보는 절대 영도의 파란 눈이 보였다.

그 눈빛이 내 마음을, 혼을 산산이 조각냈다.

"······아······ 아······ 아아아아아아아아아아아—?!"

어릴 때부터 엄마에게 단련받은 나는 아직 어리지만 강하다고 생각했다.

천자님과 이 나라를 위해 몸을 바칠 생각인 자신을 자랑스럽게 여겼었다.

하지만 눈앞에 강렬한 죽음이 닥친 순간, 모든 자부심과 긍지는 떨어져 나갔다.

"싫어…… 싫어, 싫어, 싫어……!"

나는 칼을 내던지고 꼴사납게 엉덩방아를 찧은 채 뒷걸음질 치며 추하게 울었다.

싸우자는 생각 따위 새 발의 피만큼도 들지 않았다.

무서웠다. 이 암흑기사가 무서웠다. 죽는 게 무서웠다. 죽고 싶지 않았다.

그리고 그런 내게 암흑기사가 대검을 든 채 유유히 걸어왔고…….

"싫어! 엄마! 살려 줘, 엄마!!"

내가 떼쓰는 아이처럼 울부짖으며 고개를 내저었을 때였다.

불현듯 바람을 가르는 소리가 다가왔다.

전투 의복을 입은 귀미인 여성이 하얗고 긴 머리를 나부끼며 측면에서 나타나, 땅을 박차고 하늘을 날아 암흑기사에게 과감히 달려들었다.

"……!"

암흑기사는 뒤로 뛰어서 귀미인 여성의 예리한 공격을

피했고—.

귀미인 여성은 나를 지키듯 우아하게 땅에 내려섰다.

"텐코! 무사했구나?! 다행이야!"

"어, 엄마?!"

그 귀미인 여성은 엄마— 텐키였다.

천화월국 최강의 무인으로, 강하고, 상냥하고, 내가 진심으로 존경하는 사람.

지금 가장 만나고 싶었던 사람이 등장해서 가슴이 벅차올랐다.

아아, 엄마가 있으면 괜찮아…… 그런 안도마저 들었다.

하지만…….

"……어, 엄마……?"

자세히 보니 엄마는 무참하게도 만신창이였다. 늘 황홀하리만큼 우아했던 전투 의복은 갈기갈기 찢겼고 여기저기 새빨갛게 물들어 있었다.

그토록 강했던 엄마가 이렇게나 다쳤다. —그 사실을 깨닫자 일순 잊을 뻔했던 공포와 불안이 다시 고개를 들었다.

"괜찮아, 텐코! 너는…… 너**만큼**은 지킬 테니까……!"

엄마는 거친 숨을 내쉬며 발도 자세를 취했다. 눈앞의 암흑기사를 응시했다.

발도술은 엄마가 제일 잘하는 기술이었다. 한번 칼을 뽑으면 그걸 피할 수 있는 사람은 아무도 없었다.

저 암흑기사는 이제 끝이다.

하지만 엄마의 손이 떨리고 있는 것처럼 보이는 건……
기분 탓일까?

그럴 리가 없다. 왜냐하면 엄마를 이길 수 있는 사람이
이 세상에 있을 리 없으니까.

내가 매달리듯, 기도하듯 엄마의 등을 바라보고 있으니.

"투항해라, 아마츠키 텐키."

대치한 암흑기사가 무겁게 입을 열었다.

"너희가 받들어 모시는 천자와 황족은 **전부 죽었다**. 내
가 죽였다."

"어……?"

암흑기사의 말을 듣고 나는 믿을 수 없다는 얼굴로 엄마
를 올려다보았다.

거짓말이지? 거짓말이라고 해 줘, 엄마.

그렇게 묻듯이 나는 엄마의 발치로 기어가 옆모습을 올
려다보았다.

하지만 암흑기사의 말이 진실임을 증명하는 것처럼.

"~~~읏!"

서럽게 표정을 일그러뜨린 엄마의 눈꼬리에서 눈물이 뚝
뚝 흘러내리고 있었다.

"천화월국은 멸망했다. 네가 싸울 이유는 이제 어디에도
없어."

그렇게 타격을 받은 엄마에게 추격타를 가하는 것처럼 암흑기사가 고했다.

"끝나지 않았어!"

하지만 엄마는 울면서 강하게 외쳤다.

"아직 안 끝났어! 나는 아무것도 지키지 못했지만⋯⋯ 이 아이만큼은 지킬 거니까!"

엄마가 온몸에서 날카로운 기합을 발산하며 나를 뒤에 두고 한 걸음 앞으로 나갔다.

하지만― 어째서일까? 그런 엄마의 모습은.

믿음직스럽기보다도 거미줄에 걸려서 버둥거리는 나비처럼 보였다.

"텐코, 도망쳐! 너라도 살아남아! 이 남자는 내가 막을 테니까!"

"어, 엄마―."

그 순간, 엄마가 안개처럼 사라지며 돌진했다.

날카롭게 파고들어 매끄럽게 회전하는 허리, 청류처럼 막힘 없이 뽑히는 칼.

줄곧 동경하며 목표로 삼았던 엄마의 검― 신속한 발도술이었다.

칼집을 미끄러지며 폭발적으로 가속한 참격이 은색 고월이 되어 암흑기사의 목으로 달려갔다.

피할 수 있을 리가 없다.

엄마의 검을 피할 수 있는 사람이 이 세상에 있을 리 없다.

—그럴 텐데.

"어리석군."

다음 순간, 붕! 하고.

검을 휘두른 암흑기사가 엄마의 등 뒤에 등을 마주한 채 나타났다.

"……아…….."

평소에는 발도한 후 우뚝 멈춰서 잔심 상태에 들어가는 엄마의 몸이 실 끊어진 인형처럼 허공에 내던져졌고 칼이 손에서 떨어졌다.

촤악! 엄마의 흉부가 비스듬히 벌어지며 잔혹하게 아름다운 혈화가 개화했다.

그리고 엄마는 피를 토하며 그대로 힘없이 땅을 굴렀다.

"어, 엄마아아아아?!"

나는 정신없이 엄마에게 달려가 그 몸에 매달렸다.

엄마의 몸에 새겨진 상처는 명백히 치명상이었다. 살아날 수 없었다.

"싫어, 엄마! 저, 정신…… 정신 차려! 이런 건 싫어!"

그렇게 그저 울기만 하는 나에게.

이제 그저 죽어 갈 뿐인 엄마가 떨리는 손을 들어서……내 뺨을 만졌다.

"……미안해, 텐코…… 지키지 못해서, 미안…… 정말

로……."

"싫어! 죽지 마! 날 두고 가지 마, 엄마!"

도망치지도 않고, 싸우지도 않고.

엄마의 목숨을 건 부탁조차 짓밟고서.

나는 그저 엄마에게 매달려 어린애처럼 계속 울부짖었다.

그리고 그렇게 추태를 부리는 내 옆에 암흑기사가 서서.

대검을 천천히 치켜들었고—.

─────.

"으아아아아아아아아아?!"

그 순간, 나는 침대에서 벌떡 일어나며 눈을 떴다.

"꺅?!"

그러자 앨빈이 작게 비명을 지르고 내 이마에 올리고 있
던 손을 거두는 모습이 보였다.

"하아……! 하아……! 하아……!"

자면서 흘린 땀에 온몸이 흠뻑 젖어서 불쾌했다.

정적 속에서 유일하게 시끄러운 내 심장 소리를 들으며
나는 주위를 둘러보았다.

이곳은 캘바니아 성 하층 북동쪽에 있는 블리체 학급^{클래스} 기
숙사탑의 내 방이었다.

캐노피가 달린 침대와 책상, 옷장, 난로, 카펫 같은 공통

가구 외에 특필할 만한 것은 아무것도 없었다.

안쪽 격자창으로 보이는 바깥은 조금 어둑했다. 아직 해가 뜨지 않은 새벽인 것 같았다. 방구석에 설치된 기계식 벽시계의 바늘도 그것을 증명했다.

벽걸이 조명에는 마정석(魔晶石)이 설치되어 있었는데, 그 마정석이 내는 마법의 빛이 해 뜨기 전의 어두운 실내를 희미하게 밝히고 있었다.

잠시 숨을 고른 나는 옆에서 눈을 깜박이고 있는 앨빈에게 물었다.

"어, 으음…… 앨빈? 이 새벽에 대체 무슨 일이에요?"

살펴보니 앨빈은 캘바니아 왕립 요정기사 학교의 종기사^{스콰이어} 제복을 차려입고 있었다. 수업을 듣기에는 너무 이른 시간이었다.

"……텐코, 괜찮아?"

그러자 앨빈이 걱정스레 내 얼굴을 들여다보았다.

"오늘부터 다른 애들보다 일찍 일어나 개인적인 새벽 특훈을 한다고 했잖아? 같이 하자고 네가 나한테 부탁해서……."

"아."

앨빈의 지적을 듣자 몽롱했던 의식이 단숨에 각성했다.

"미, 미미미, 미안해요, 앨빈! 제가 이런 실수를 하다니!"

나는 잠옷을 벗어 던지고 속옷 차림이 되어 옷장으로 달려갔고…….

"지, 지금 당장 준비할게요! 5분만 기다— 으아아아아아?!"

……발이 꼬여서 카펫 위에 성대하게 넘어졌다.

"아하하, 진정해, 텐코. 기다릴 테니까."

앨빈은 쓴웃음을 지으며 내게 손을 내밀어 일으켜 줬다.

"으으…… 이것저것 다 죄송해요……."

나는 민망함과 미안함에 겨워하며 옷장을 열었다.

그리고 부랴부랴 종기사 제복을 입기 시작했다.

"그나저나…… 텐코, 오늘은 심하게 가위눌리는 것 같던데."

내가 제복 소매에 팔을 넣자 앨빈이 묘한 얼굴로 물었다.

"이제 어릴 때처럼 너랑 같이 자는 일은 없지만…… 역시 지금도 그때 꿈을 꿔?"

"……가끔요."

거짓말이었다. 어째선지 최근에는 늘 그때 꿈을 꿨다.

그리고 앨빈은 내 대답의 미묘한 억양 변화로 내 속마음을 꿰뚫어 본 것 같았다.

걱정하는 표정으로 말했다.

"역시 요즘 너는 조금 지친 거야. 최근에 특히나 열심히 단련하잖아? 그러니까—."

"괘, 괜찮아요!"

나는 그런 앨빈의 말을 막으며 외쳤다.

"저는 기사가 될 거예요! 그러니까 저는 더, 더, 지금보다 더 노력해야 해요! 앨빈도 그렇게 생각하죠?!"

"나, 나는…… 그렇지는……."

앨빈은 복잡한 표정으로 우물거렸다.

나는 그런 앨빈을 다그치듯 빠르게 말했다.

"괜찮아요! 괜찮으니까요! 그보다 옷 다 입었어요! 자, 가요! 저는 오늘도 열심히 힘내겠어요! 이렇게 매일 노력하면 한 걸음씩 진정한 기사에 가까워질 거예요! 자—."

그렇게 말하고서.

나는 뭔가 하고 싶은 말이 있는 것 같은 앨빈의 등을 밀어 방을 나갔다.

—그래.

나는 기사가 되어야만 한다.

이 나라를 지키기 위해. 앨빈을 지키기 위해.

훌륭한 기사가 되어야만 한다.

그러니까 다소 무리하더라도 개의치 않는다.

우는소리 따위 할 수 없다.

왜냐하면 나는 기사가 될 거니까.

하지만…….

제1장 성장하는 학생들

날이 밝고 해가 떴다.

오늘도 캘바니아 왕립 요정기사 학교 블리체 학급의 하루가 시작되었다.

이곳은 캘바니아성의 이면 세계— 요정계 1층 《햇빛 수해》.

녹음과 생명이 가득한 수해 안에 있는 탁 트인 공간. 햇빛이 쏟아지는 들판에 앨빈을 비롯한 블리체 학급의 1학년 종기사(스콰이어)들이 있었다.

다들 기진맥진한 모습으로 거친 숨을 내쉬며 자신의 요정검을 지팡이 삼아 붙잡고서 당장에라도 쓰러질 듯한 몸을 지탱하고 있었다.

그런 학생들의 중심에—.

"다들 뭐 해? 좀 더 덤벼."

흑발 흑안, 말랐지만 골격이 튼튼한 정한한 청년— 블리체 학급의 교관 기사 시드가 맨손으로 여유롭게 서 있었다.

시드는 도발하는 것 같으면서도 호호야가 귀여운 손주를 지켜보는 것 같은 온화한 표정으로 녹초가 된 학생들에게 말했다.

"이게 다야? 그 정도밖에 안 돼? 아니잖아. 너희는 더

할 수 있어."

그런 시드의 질타를 듣고 학생들이 이를 악물고서 고개를 들었다.

그리고— 뭐에 치인 것처럼 다들 일제히 움직였다.

"우오오오오오오—!"

맨 먼저 시드의 공격 범위로 들어선 사람은 갈색 머리 소년 크리스토퍼였다.

대검형 초록 요정검을 양손으로 치켜들고 과감히 시드에게 달려들었다.

기술이고 뭐고 전혀 없었다. 힘만 믿고 무작정 휘두르는 연격이었다.

당연히 대검은 시드를 스치지도 못했다. 시드는 몸을 슬쩍 기울여서 피하고 대검의 넓적한 부분을 손으로 콕 찔러 공격의 궤도를 틀었다.

크리스토퍼의 맹렬한 공격을 모조리 처리하며 시드가 말했다.

"호오? 진이 다 빠졌을 텐데도 힘이 거의 떨어지지 않았네?"

"으아아아아아아아아아아—!"

크리스토퍼는 그런 시드를 뒤따르며 상중하단으로 3연속 공격을 가했다.

"흠, 역시 너는 이 학급에서 가장 힘이 오래가. 좋은 일이야. 오래가는 힘은 기사에게 가장 중요한 능력이야."

"크으으으으으으?! 흐아아아아아아아아—!"

붕!

크리스토퍼가 대상단에서 내려친 일격을 시드는 몸을 슬쩍 틀어서 피했고— 방비가 허술해진 크리스토퍼의 흉부에 카운터로 주먹을 때려 박았다.

충격이 크리스토퍼를 덮쳤지만—.

"음?"

시드의 주먹이 꽂힌 크리스토퍼의 흉부에는 석판이 갑옷처럼 붙어 있었다.

"헷! 이게 바로 내 새로운 마법! 초록 요정마법【돌갑옷】이다!"

크리스토퍼가 의기양양하게 외치고서 시드를 향해 대검을 치켜들었다.

"……그렇군."

그 순간, 시드가 호흡과 함께 아주 살짝 발을 내디뎠고—.

쿵! 땅을 흔드는 발 구름과 함께 그대로 주먹을 5센티미터 앞으로 내밀었다.

"끄엑?!"

그 충격으로 크리스토퍼의 흉부를 지키던 석판은 산산조각이 났고, 크리스토퍼의 몸은 후방으로 휙 날아갔다.

"검술은 아직 봐 줄 만한 수준이 못 되지만, 그 방어력과 터프함은 높이 살 만해."

날아가는 크리스토퍼를 시드가 그렇게 칭찬하고 있으니.

"하아아아아아아아아—!"

시드의 우측에서 회색 트윈테일 소녀 일레인이.

"가, 갑니다—!"

시드의 좌측에서 완만하게 웨이브진 아마색 머리 소녀 리네트가.

각자의 요정검을 들고 시드를 협공했다.

"좋은 연계야."

이에 시드는 일레인의 참격과 리네트의 찌르기를 손등으로 여유롭게 처리했다.

"크으으으으으—!"

질 수 없다며 일레인이 더욱 파고들어 반격했다.

일레인의 요정검은 한손반검형.^{바스타드 소드} 파랑 요정검이었다.

원래 명문 귀족의 아가씨로 어릴 때부터 기사가 되기 위해 수련했기 때문인지 그 검술은 농가 출신의 크리스토퍼와는 비교가 안 될 만큼 세련되었다.

중단 자세에서^{플루크} 군더더기 없이 자유자재로 공격해 들어왔다.

"이, 이야아아!"

한편 리네트의 요정검은 창형. 초록 요정검.

선천적으로 겁이 많은 성격 탓인지, 창술은 거리가 중요한데도 영 파고들지 못할 때가 많지만, 잘 단련된 그 기량

자체는 나쁘지 않았다.

똑바로 찌르고, 휘두르고, 자루를 빙 돌려서 손잡이 끝부분으로 쳤다.

하지만 그런 두 소녀의 공격은 역시 시드를 스치지도 못했다.

시드가 몸을 슬슬 흔들었을 뿐인데 호흡이 딱딱 맞는 두 소녀의 연계 공격은 모조리 허무하게 허공을 갈랐다.

"반대로 너희의 기술은 너무 교과서대로야."

"아뇨, 지금부터예요! **나의 현신을 숨겨라!**"
<small>하이데하이덴</small>

시드에게 달려들면서 일레인이 고대 요정어로 자신의 요정검에게 말했다.
<small>에스피리시</small>

파랑 요정마법【안개 은신】. 도신에서 갑자기 농밀한 안개가 발생하여 시드의 시야에서 일레인의 모습이 완전히 사라져 버렸다.

그 순간―.

"―?!"

별안간 시드가 몸을 부자연스럽게 옆으로 돌리고 그 자리에서 벗어났다.

예상치 못한 각도와 궤도로 일레인의 보이지 않는 검이 달려들었기 때문이다.

"그렇군…… 눈에 보일 때는 교과서적인 검을. 보이지 않게 되면 변칙적인 검을 쓰는 건가. 상당한 책사고 기교파잖아, 일레인."

"저, 저도! **나뭇잎을 흩날려라!**"

리네트도 창을 빙 돌리며 고대 요정어로 외쳤다.

초록 요정마법 【나뭇잎 춤】. 어디선가 대량의 나뭇잎이 팔랑팔랑 나타나 눈보라처럼 시드를 덮쳤다.

"음? 이건—."

날아오른 나뭇잎은 시드의 눈과 피부 등 온몸에 덕지덕지 붙었다. 끊임없이 바스락바스락 소리를 내며 시드의 오감을 망가뜨렸다.

"지금이에요!"

"부탁해요, 세오도르 씨!"

시드의 공격 범위에서 이탈하며 일레인과 리네트가 외쳤다.

"—알고 있어!"

조금 떨어진 후방에서 황갈색 머리의 안경 소년이 월을 태우며 요정검을 들고 있었다.

세오도르의 요정검은 소검형. 빨강 요정검.

1학년 종기사 중에서는 정상급 검술을 자랑하지만, 백병전을 펼치기에는 요정검의 리치가 너무 짧아서 그 실력을 살리지 못했었다.

하지만 최근 그는 수련을 거듭하여 새로운 전투 스타일을 확립시키고 있었다.

바로—.

"회오리치는 염무(炎舞)^{플레이스토마리아}**로 모조리 불태워라—!"**

세오도르가 검을 휘두르자 도신에서 불꽃이 발생했고 그 것이 폭풍이 되어 회오리치며 시드가 있던 곳을 불살랐다.

열파가 사방으로 흩어지며 불똥이 튀고 불기둥이 치솟아 하늘을 찔렀다.

빨강 요정마법【화염 폭풍】.

즉, 백병전을 버리고 원거리 화력 지원으로 전환하는 것. 그게 세오도르가 얻은 답이었다.

"해냈어요! 마침내 시드 경에게 한 방 먹였어요!"

그 광경을 보고 일레인이 기뻐하며 주먹을 치켜들었다.

"그, 그래도…… 이건 역시 너무 과한 것 아닌가요……?"

리네트가 쭈뼛거리며 말했다.

"하지만 이 정도는 해야 시드 경을 맞힐 수 있어."

세오도르가 그렇게 콧방귀를 뀌며 안경을 올렸을 때였다.

"아무렴, 맞는 말이야."

척. 세오도르에게 어깨동무하는 자가 있었다.

장난꾸러기처럼 구김살 없이 씩 웃는 시드였다.

"더 정확히 말하자면「이 정도로는 아직 맞아 줄 수 없 다」겠지만."

"무슨—?!"

"말도 안 돼……."

"히, 히이이이익?! 어느새?!"

어느새 세오도르 옆에 나타난 시드를 보고 학생들이 눈을 부릅떴다.

"그나저나 제법이잖아, 리네트. 마법으로 내 오감을 방해해서 세오도르의 마법 발동 타이밍을 숨길 줄은 몰랐어."

"젠장! **회오리치는 염무로**— ."

가장 먼저 정신을 차린 세오도르가 시드를 겨누고 고대요정어를 외치려고 했지만.

"어이쿠."

"으, 으아아아아아—?! 쿨럭?!"

시드는 한 손으로 세오도르를 내던졌다.

땅에 등을 세게 부딪친 세오도르를 남기고서 시드가 사라지듯이 움직였다.

"꺄악?!"

그리고 순간이동처럼 일레인 뒤에 나타나 손날로 목을 쳤다.

털썩 무릎 꿇는 일레인을 남기고 재차 시드가 사라졌고.

"흐아아아아아아아?!"

눈 깜짝할 사이에 시드는 손바닥으로 리네트의 흉부를 쳤다.

퐁! 하고 깔끔하게 날아간 리네트가 땅을 데굴데굴 굴러갔다.

"세오도르의 화력은 좋아. 언젠가 이 학급의 없어서는 안 될 비장의 카드가 되겠지. 일레인은 요정마법을 효과적으로 응용하는 재치가 있고, 리네트의 보조 마법은 내버려 두면 상당히 성가셔. 그리고—."

시드가 뚜둑 소리를 내며 목을 풀었다.

그런 시드에게—.

"하아아아아아아아아아—!"

기회를 엿보고 있던 앨빈이 세찬 바람을 휘감고 정면에서 돌진했다.

세검형 요정검을 든 손을 뒤로 한껏 빼고서 똑바로 시드에게 달려가 찔렀다.
레이피어

"호오?"

시드는 그런 앨빈을 여유롭게 바라보다가— 앨빈을 향해 왼손을 들었다.

앨빈의 검이 시드의 손바닥 중심을 찔렀다.

그 칼끝에서는 앨빈이 있는 힘을 다해 태운 월이 넘쳐흐르고 있었다.

그렇기에 그 순간, 손바닥과 칼끝이 새하얀 마나의 불꽃을 튀기며 명멸했다.

"—흡!"

앨빈은 검을 거두고 시드와 거리를 뒀다.

가볍게 스텝을 밟으면서 세검을 들고 시드를 칠 기회를

엿보았다.

시드는 검을 막은 왼손을 쥐었다 폈다 하며 한동안 바라보다가…… 이윽고 기뻐하며 씩 웃었다.

"역시 앨빈. 너의 월 출력은 학급의 다른 녀석들과 비교해서 독보적이야. 단순히 월이 강하다는 건 그것만으로도 무기야."

그리고 지금까지 태연히 서 있기만 했던 시드가 처음으로 자세다운 자세를 잡았다.

몸은 옆으로 비스듬히 돌리고 등은 살짝 구부정하게. 왼쪽 주먹을 앞으로. 오른손은 세워서 턱 부근에.

"너는 정말로 아르슬을 닮았어. 그 녀석도 월의 총아 같은 녀석이었어."

"닮았다고요…… 선조님…… 성왕 아르슬과……."

앨빈은 조금 기뻐하며 시드의 말을 복창했다.

하지만 이윽고 표정을 다잡고 시드를 응시했다.

"즉, 저는 아직 멀었다는 거죠?"

그러나 그렇게 말하는 앨빈의 눈에 비장감이나 울적함은 전혀 없었다.

자신 앞을 가로막은 높은 벽에 도전하는 올곧고 고상한 의지의 불꽃이 조용히 타오르고 있을 뿐이었다.

"당연하지, 나의 주군. 그 정도로 만족하면 곤란해."

그런 앨빈을 보고 시드가 만족스럽게 고개를 끄덕였다.

"「닮았다」는 평가가 싫다면 더 높은 경지에 도달하도록 해. 너한테서 그 녀석의 모습을 보지 않을 만큼 너 나름의 기사로서의 무의 극치를 언젠가 내게 보여 줘."

"물론이죠!"

그렇게 말하고서 앨빈은 특수한 율동^{리듬}으로 크게 숨을 들이마셨다.

강한 의지를 가지고서 혼을 태웠다.

힘껏 염출한 마나를 몸 곳곳으로 보내고, 그리고—.

"오늘도 한 수 배우겠습니다! 하앗—!"

—건곤일척의 기백으로 시드에게 달려들었다.

질풍처럼 움직이는 앨빈의 모습은 희미하게 사라졌다.

똑바로 찌르고, 격렬하게 베고, 페인트 동작을 넣어 하단^{알버}에서 맹공격했다.

"후—."

온몸으로 부딪쳐 오는 앨빈의 공격을 시드는 휙휙 처리해 나갔다.

—그런 앨빈과 시드의 모습을.

"……하아…… 하아……."

텐코는 혼자 멀리서 바라보고 있었다.

무거운 금속 전신 갑옷을 입고 들판 주위를 홀로 하염없이 달리고 있었다.

텐코는 시드를 중심으로 한 실전 방식의 훈련에 참여하지 않았다.

더 정확히 말하자면…… 시드에게 참가를 허락받지 못했다.

왜냐하면 텐코는…….

"헉…… 헉……."

……달렸다. ……계속 달렸다.

변함없이 전신 갑옷은 어마어마한 중량으로 텐코의 몸을 짓눌렀다. 숨이 찼고, 심장은 세차게 박동했고, 납 같은 피로가 들러붙었다.

무거웠다. 괴로웠다. 힘들었다.

하지만 최근 텐코는 전신 갑옷의 중량이 가져오는 것과는 다른 종류의 무게와 괴로움을 훈련 중에 느끼고 있었다.

그게 너무 무거워서 당장에라도 짜부라질 것 같았다.

'앨빈도…… 다른 학생들도…… 척척 앞으로 가고 있어…….'

쓰러져서 땅을 뒹굴던 다른 학생들이 비틀비틀 일어나 시드에게 다시 전력으로 덤벼드는 것이 보였다.

지금 텐코에게는 그런 그들의 모습이 너무나도 멀게 느껴졌다.

'……어쩌면 나는 줄곧 이대로 제자리걸음만 하는 것 아닐까……?'

상상하고 싶지 않은 미래가, 가능성이, 지쳐서 약해진

마음에 숨어들었다.

달리는 속도가 무의식중에 떨어졌다.

맹렬한 불안이 납처럼 무거운 몸을 지탱하는 두 다리에서 일순 힘을 앗아 갔고─.

찰싹!

텐코는 자신의 두 뺨을 양손으로 때리고서 고개를 휘휘 저었다.

"……아니, 끄떡없어……!"

이를 악물고 힘이 빠질 뻔했던 다리를 질타했다.

그리고 똑바로 앞을 보고서 다시 힘차게 숨을 헐떡이며 달리기 시작했다.

"노력이…… 노력이 부족해서 그래요! 시드 경도…… 스승님도 말씀하셨잖아요! 누구든 할 수 있다고…… 그러니까……!"

─지금은 자신이 할 수 있는 일을 하겠다.

한 걸음씩 나아가겠다.

안달 내지 마. 낙심하지 마. 포기하지 마. 그렇게 필사적으로 자신을 타이르고서.

"……나는…… 반드시…… 기사가…… 될 거니까……!"

텐코는 홀로 하염없이 계속 달렸다.

————.

캘바니아 왕립 요정기사 학교의 하루는 오전의 여섯 종—
즉 여섯 시에 시작되어 음정이 바뀌는 오후의 다섯 종— 즉
다섯 시에 끝난다.

하루의 교련은 『새벽 교련』, 『오전 교련』, 『오후 교련』으
로 나뉘었고, 이건 네 학급— 뒤란데 학급, 오르토르 학급,
앤서로 학급, 블리체 학급 공통이지만, 교련의 형식은 각
학급별로 특색이 있었다.

이론과 전투 훈련을 균형 있게 가르치는 학급이 있는가
하면, 오로지 전투 훈련으로 하루를 보내는 학급도 있었다.

그 부분은 각 학급이 중시하는 이념과 지도하는 교관 기
사의 방침에 따라 달랐다.

그렇게 혹독한 교련이 끝나면 오후 다섯 시부터는 자유
시간이다.

학생들은 각 학급의 기숙사탑에서 목욕을 마치고 무구를
정비한다.

그리고—

"오, 왔다, 왔어! 앨빈, 이쪽이야, 이쪽!"

앨빈이 캘바니아성 상층에 있는 왕가의 거관^{팔라스}에서 목욕을
마치고 차림을 정돈한 뒤 하층에 있는 요정기사 학교 구획

의 대식당에 가자 긴 식탁 한편을 차지한 블리체 학급의 학생들이 기다리고 있었다.

"응, 늦어서 미안, 얘들아."

앨빈은 빠르게 식탁으로 가서 빈자리에 앉았다.

이 대식당은 네 학급의 학생들을 모두 수용하고도 남을 만큼 넓은 면적을 자랑했다. 식당 안에는 일정한 간격으로 긴 식탁이 놓여 있고 촛대가 설치되어 촛불이 켜져 있었다.

천장 부근에서는 샹들리에와 함께 도깨비불 요정들이 귀엽게 둥실둥실 떠다니며 대식당을 밝게 비추고 있었다.

"그나저나 왕자님이니까 어쩔 수 없다고 하지만, 앨빈은 항상 성의 거관에서 혼자 씻지?"

옆에 앉은 크리스토퍼가 앨빈의 어깨를 치며 말했다.

"가끔은 기숙사탑의 목욕탕에서 우리랑 같이 씻자."

"아, 아하하…… 그건…….."

앨빈이 애매하게 말을 흐리니.

"나 참, 이래서 궁중 법도를 모르는 평민이랑은 상종을 못 하는 거예요. 앨빈처럼 고귀한 분이 하인도 없이 아랫것들과 함께 목욕할 리가 없잖아요?"

일레인이 트윈테일을 손으로 빙글빙글 돌리며 어이없다는 얼굴로 말했다.

"하지만 사내 간의 알몸 대화라는 게 있잖아? 동료잖아?"

"확실히 같은 학급에서 함께 공부하는 동료일지도 모르

지만, 앨빈은 왕족이에요. 고귀한 자는 늘 그에 걸맞게 행동해야 해요. 이 공동생활 속에서도 그건 확실하게 선을 그어야지, 안 그러면 왕족의 권위에 흠집이—."

일레인이 손가락을 세우고서 이러쿵저러쿵 설교를 시작하려 했고.

"어어, 둘 다 진정해."

앨빈이 넌지시 말렸다.

"신분은 차치하고, 동료 간의 그런 교류가 중요하다는 건 나도 알아. 다만, 그게…… 예전에도 말했지만, 나는 다른 사람한테 별로 맨살을 보이고 싶지 않아서……."

"아! 그러고 보니 앨빈은 어릴 때 낙마 사고를 당해서 등에 꽤 심한 흉터가 있다고 했지?"

기억해 낸 크리스토퍼가 멋쩍어하며 뺨을 긁적였다.

"응…… 그래서, 그게…… 미안."

"아냐, 나도 미안. 그 얘기 까맣게 잊고 있었어."

그렇게 학생들이 이야기하고 있으니.

"하하하. 그보다 슬슬 저녁 먹지 않을래? 역시 나도 배고파."

긴 식탁 끄트머리에서 뒤통수에 깍지를 끼고 다리를 꼰 채 앉은 시드가 천연덕스러운 얼굴로 그렇게 재촉했다.

"그리고 그렇게 사내 간의 알몸 대화가 하고 싶으면 내가 어울려 줄게."

"네?! 아, 아뇨…… 그…… 시드 경은 됐습니다……."

"왜? 그런 슬픈 소리 하지 마. 나도 상처받아."

"왜냐니…… 그야, 그…… 오히려 제가 상처받는다고 할까…… 남자로서 자신감이 사라진다고 할까…… 여러모로……."

"……?"

크리스토퍼가 가라앉은 눈으로 작게 중얼거리자 시드는 어리둥절해했다.

"……!"

"～～!"

그 순간, 뭔가를 알아차린 일레인이 새빨개진 얼굴을 숙이고서 입을 다물었고, 리네트는 마찬가지로 얼굴을 붉히면서도 시드를 힐끔힐끔 곁눈질했다.

"이 분위기 뭐야."

그리고 그런 일동을 보며 세오도르가 어이없다는 듯 어깨를 으쓱였다.

뭔가 분위기가 미묘해지긴 했지만 일단 화제는 앨빈의 목욕에서 벗어난 것 같았다.

여러 사정으로 앨빈은 성별을 속이고 왕자로 지내고 있었다.

이자벨라가 마법의 힘을 썼기에 웬만해서는 들키지 않겠지만, 학생으로서 공동생활을 하는 이상 이런 문제는 흔하게 생겼다.

그래서 사정을 알고 보조해 주는 사람이 반드시 필요하지만…….

'……방금 그거…… 신경 써 준 걸까……?'

앨빈은 시드를 곁눈질로 힐끔 보았다.

태연하게 있는 시드는 평소와 똑같아서 저의가 보이지 않았다.

하지만 그렇게 시드가 옆에 있는 것만으로도 앨빈은 안심이 됐고 믿음이 갔다.

'어라……? 그런데…….'

앨빈은 문득 깨달았다.

평소 같으면 이럴 때 가장 먼저 도와줄 터인 친구가 한마디도 끼어들지 않았다는 것을.

"……텐코?"

앨빈이 시선을 보낸 곳에 텐코가 있었다.

"…….."

텐코는 우두커니 앉아서 눈앞의 식탁보를 바라보고 있었다.

멍하니 있는 모습이 어딘가 이상했다.

"……무슨 일 있었어?"

신경 쓰여서 텐코에게 말을 걸려고 했을 때.

"오오! 왔다, 왔어—!"

갑자기 외친 크리스토퍼의 목소리가 그것을 막았다.

무슨 일인가 싶어서 보니 키가 30센티미터 정도 되는 갈색 털북숭이 난쟁이— 가사요정들이 식기와 요리가 담긴 쟁반을 머리에 이고서 쪼르르 와 있었다.

그들은 학생들이 둘러앉은 긴 식탁 위에 요리를 늘어놓기 시작했다. 사랑스러우면서도 좀 굼떠 보이는 생김새와 달리 솜씨 좋게 척척 저녁을 차려 나갔다.

이윽고 서빙이 끝나자 가사요정들은 마치 사람들 앞에 나서는 게 부끄러운 것처럼 일제히 어딘가로 쌩하니 도망쳐 순식간에 모습을 감췄다.

"……요리도 나왔으니 바로 먹을까."

어딘가 모습이 이상한 텐코에게는 나중에 물어보기로 하고, 앨빈은 그렇게 일동을 재촉했다.

그렇게 블리체 학급의 저녁 식사가 시작되었다.

"이야~ 그나저나 이 시대의 밥은 여전히 맛있네."

시드가 기뻐하며 우걱우걱 식사에 탐닉했다.

입 안 가득 빵을 넣고, 고기를 물어뜯고, 과일로 손을 뻗어 베어 물었다.

"""……"""

하지만 앨빈을 비롯한 블리체 학급의 학생들은 착잡한 표정이었다.

마치 사무 작업처럼 담담히 식사했다.

"……그러고 보니 전부터 생각했는데."

그런 학생들의 모습이 의문스러웠던 시드가 공용 접시에서 덜어 낸 닭고기를 호밀빵 사이에 끼워 먹으며 물었다.

"너희는 아무래도 이 식당의 식사가 불만족스러운 것 같아. 왜? 이렇게 매일매일 연회 같은 진수성찬이 나오는데."

"진수성찬……? 진수성찬이라기보다……."

앨빈이 눈앞에 차려진 식사를 힐끔 보았다.

바구니에는 호밀빵이 수북이 쌓여 있었다. 마음껏 먹을 수 있지만 굉장히 딱딱했다.

공용 접시에는 그저 구웠을 뿐인 고기가 대량으로 쌓여 있었다. 소금과 향신료로 간했을 뿐이고, 게다가 별로 좋은 고기도 아닌지 질겼다.

그리고 역시나 소금 간을 했을 뿐인 식은 야채콩 수프 냄비.

포도와 사과, 감귤 등 손질되지 않은 과일이 쌓여 있는 그릇.

요컨대 한마디로 서술하자면.

"「조잡」하단 말이죠, 저희의 식사……. 그야말로 대충 만들었습니다~ 싶은 게……."

그렇게 앨빈이 쓴웃음을 지으며 말하자 일동은 뭐라 말할 수 없는 표정으로 고개를 끄덕여 긍정했다.

"그…… 가끔 먹는다면 이런 간소한 식사도 나쁘지 않지만……."

"……매일 이렇게 간단한 음식만 먹는 건 좀……."

"양만큼은 신물이 올라올 만큼 잔뜩 나오지만요……."

어쨌든 귀족 자녀인 일레인과 리네트는 참기 힘든 듯했다. 한숨을 쉬며 깨작깨작 식사했다.

"솔직히 까놓고 말해서 맛없어. 요즘에는 농가의 식사도 이것보다 더 맛있다고. 오히려 내가 만드는 게 더 맛있을 거야."

"……."

크리스토퍼가 총괄했고 세오도르는 말없이 나이프로 과일을 잘라 입에 넣었다.

"……말도 안 돼."

시드는 수프를 단숨에 쭉~ 들이켜고서.

유령기사 2천 앞에서도 무너지지 않았던 태연함을 무너뜨리고 마치 절망적인 사지로 향하는 것 같은 표정으로 신음했다.

"……하지만 이거, 빵이잖아? 확실하게 밀로 만든 빵."

"으음, 빵은 원래 밀로 만들지 않나요?"

"그리고 고기가 나와. 그것도 소, 돼지, 닭…… 멀쩡한 고기야."

"으음, 안 멀쩡한 고기는 뭔가요?"

"애초에 이곳은 아침, 점심, 저녁, 하루 세끼 꼬박꼬박 먹게 해 주잖아?"

"아, 네."

"대체 뭐가 불만인 거야?"

"오히려 시드 경은 대체 옛날에 어떤 식생활을?"

한없이 진지한 시드의 표정을 보고 앨빈은 애매하게 웃을 수밖에 없었다.

"그나저나 진짜 어떻게든 안 되려나?"

크리스토퍼가 싫다는 얼굴로 고기를 씹으며 불평하자 세오도르가 담담히 식사를 이어가며 끼어들었다.

"투덜거려 봤자 소용없잖아. 지금 우리 블리체 학급에 대한 가사요정들의 대우 레벨은 최저 랭크니까. 이런 대우를 받는 게 싫다면 얼른 공적점을 벌 수밖에 없어."

"……공적점?"

시드가 고기를 덜어 내던 손을 멈추고 질문을 던졌다.

"그러고 보니 한 달간 너희 사이에서 종종 그 말이 나왔었지. 그 공적점이라는 건 뭐야?"

"아아, 그건…… 그러고 보니 아직 설명하지 않았었네요."

앨빈이 정식으로 설명하기 시작했다.

"공적점이라는 건 각 학급에 정기적으로 발령되는 『과제』의 성과에 따라 상여되는 학급별 득점 같은 거예요."

앨빈은 품에서 자루를 꺼내 안에 든 것을 식탁 위에 쏟았다.

그러자 똑같은 형태로 커팅된 노란색 결정 몇 개가 나왔다.

"마나의 힘이 느껴져…… 마나 결정인가? 그게 공적점이란 거야?"

"네."

흥미진진한 모습으로 결정을 집어 드는 시드에게 앨빈이 고개를 끄덕였다.

"이 캘바니아 왕립 요정기사 학교에서 공적점은 매우 중요해요. 예를 들어 이 학교에는 많은 가사요정들이 살며 식사 준비와 교실 청소, 기숙사 청소, 무구 정비 등 다양한 도움을 주는데…… 공적점을 주고 부탁하면 일정 기간 대우 레벨이 올라가요. 이를테면……."

앨빈이 후방으로 힐끔 시선을 보냈다.

그곳에는 다른 학급 학생들이 앉은 식탁이 있었고, 가사요정들이 아까처럼 식사를 준비 중이었는데.

"오, 오오오오…… 오늘 오르토르 학급의 저녁은 갓 구운 흰 빵과 미트 파이, 샐러드 파스타, 호박 스튜, 그리고 크랜베리 케이크인가……."

"조, 좋겠다…… 맛있어 보여……."

블리체 학급의 식사와 비교하면 확연하게 호화로운 식사가 차려진 것을 보고 크리스토퍼와 리네트가 부러워했다.

"저게 뭐야? 저 정도면 밥이 아니라 장식품처럼 보이는

데……."

"아, 아하하…… 아무튼."

앨빈은 시드의 엉뚱한 감각에 쓴웃음을 지으며 계속 말했다.

"다른 학급은 가사요정들에게 공적점을 줘서 학교생활 중에 그에 상응하는 대우를 누리고 있어요."

"가사요정은 타산적이니까. 정말로 딱 보수를 받는 만큼만 일한단 말이지~."

"우리는 신설 학급이라 아직 공적점에 별로 여유가 없고……."

"즉, 그냥 그런 대우인 거예요."

총괄하듯 말한 일레인이 딱딱한 빵을 찢어 싱거운 수프에 적시고 고상하게 입에 넣었다.

"그렇군. 하지만 그 공적점이 수중에 전혀 없는 건 아니지?"

"네. 학기가 시작될 때 어느 정도 지급되거든요."

시드가 묻자 앨빈이 고개를 끄덕였다.

"하지만 이 학교에서 공적점은 다른 중요한 쓰임새가 많아요. 마법 도구 구매나 파손된 요정검 수리에도 필요하고……."

"흠, 그렇군. 앞으로 학교생활을 원활히 보내기 위해서도 낭비는 금물인가."

시드가 국자로 냄비에서 수프를 더 뜨며 고개를 끄덕였다.

"네. 하지만 우리 블리체 학급은 막 만들어진 신설 학급이에요. 아직『과제』달성도 불안해서……. 이렇게 고생할 건 각오했던 일이에요."

그렇게 말하는 앨빈의 얼굴에 비장감은 없었다.

앞으로 조금씩 힘내겠다는 한결같은 의지와 긍정적인 결심만이 있었다.

"한동안 식사는 이 정도 수준으로 참고, 기숙사 내 청소와 빨래도 저희끼리 분담해서 할 수밖에 없어요."

"뭐, 그건 좋지만. 식사 정도는 빨리 개선하고 싶어."

크리스토퍼가 넌더리를 내며 말했다.

"기사는 몸이 자본이잖아? 이런 밥으로는 몸이 못 버텨."

"그렇죠…… 이런 말은 별로 하고 싶지 않지만, 세끼 식사가 이래서야 사기도 떨어져요."

"기숙사탑에도 일단 학생들이 자유롭게 쓸 수 있는 주방이 있어서 요리할 순 있지만……."

"다들 매일 교련으로 바빠. 일일이 직접 식사를 준비할 여유 따위 없어."

그렇게 일동이 투덜투덜 불만을 늘어놓고 있을 때였다.

"저, 저기……! 그럼……."

지금까지 줄곧 침묵을 지키던 텐코가 갑자기 결심한 얼굴로 입을 열었다.

"그렇다면 내일부터 제가 모두의 식사를 만들까요?"

난데없는 제안에 일동의 시선이 일제히 텐코에게 모였다.

"……텐코?"

"뭐? 너 갑자기 무슨 말을 하는 거야?"

"어, 어째서 텐코 씨가 그래야 하나요?"

학생들은 영문을 모르겠다는 듯 눈을 깜빡였다.

하지만 그런 학생들을 향해 텐코는 여유가 없는 모습으로 말했다.

"그, 그야, 지금 이 학급에서 제가 가장 짐짝이니까요……그 정도는……."

그러자 학생들은 어리둥절해하며 서로 얼굴을 마주 보았고…….

"아하하하하하! 야, 무슨 소리야, 텐코!"

"당신이 짐짝이라니. 농담도 정도껏 하세요."

그렇게 웃으며 저마다 말했다.

"너는 우리 중에서 제일 세잖아!"

"마, 맞아요! 텐코 씨의 검술은 대단한 수준을 넘어섰어요!"

"실제로 저는 그럭저럭 검을 배웠고 자신이 있지만, 당신과 검으로 싸워서 이긴 적이 한 번도 없는걸요."

"정말이지, 농담도 작작 해. 과도한 겸손은 깐족거림으로 들려."

그렇게 말하는 크리스토퍼, 리네트, 일레인, 세오도르에게.

"……겸손 떠는 게 아니에요. 사실이에요."

텐코는 어두운 표정으로 나직이 중얼거렸다.

"왜냐하면…… 저만 아직 윌을 못 쓰잖아요……."

"……!"

그런 텐코의 지적을 듣고 떠들던 일동이 입을 다물었다.

윌. 바깥 세계의 마나를 자신의 혼에 들여 연소시킴으로써 마나를 염출하는 전설 시대 기사들의 기술이다.

시드가 말하길, 이 기술을 쓸 줄 알면 격이 낮은 요정검으로도 강해질 수 있다고 했다.

현재 시드의 교련 방침은 이 윌을 자유자재로 다루게 하는 것이었다.

"……테, 텐코……."

할 말을 찾지 못하는 앨빈 앞에서 텐코는 담담히 계속 말했다.

"개안한 시기나 숙련도에 다소 개인차는 있지만, 다들 이제 윌을 쓸 수 있어요."

"그, 그건…… 그럴지도…… 모르지만……."

"……하지만 저만 전혀 못 써요."

축. 텐코가 귀를 늘어뜨리고서 속마음을 술회했다.

"여전히 윌을 태운다는 감각을 전혀 모르겠어요…… 어쩌면 저는…… 재능이 없는 것 아닐까요……?"

텐코가 나직이 약한 소리를 했을 때였다.

"그, 그렇지 않아!"

벌떡! 앨빈이 뭐에 치인 것처럼 일어났다.

"텐코는 누구보다도 열심히 하고 있어! 그러니까 분명 조만간 월을 쓸 수 있을 거야! 지금은 아주 잠깐 뭔가에 고전하고 있을 뿐이야!"

"……."

"그리고 시드 경도 말했잖아! 월은 특별한 힘이 아니야. 살아 있는 자라면 누구나 쓸 수 있는 기술이라고 했어! 너는 스승의 말을 의심하는 거야?!"

"……!"

텐코가 퍼뜩 놀라 시드를 보았다.

시드는 변함없이 빵과 고기를 우걱우걱 먹으며 온화하게 말했다.

"그래, 맞아. 꿋꿋이 되풀이하는데, 월은 특별한 힘이 아니야. 연습하면 누구나 쓸 수 있어."

"스, 스승님……."

"몇 번이나 말하지만 월의 개안 속도에는 개인차가 있어. 하지만 그걸 제쳐 놓더라도 너희는 특히 소질이 있는 편이야."

시드는 수프 냄비를 직접 들어서 마지막 한 방울까지 그릇에 담고, 그 그릇을 쭉~ 들이켠 후 텐코에게 웃었다.

"그러니까 걱정하지 마, 제자. 나를 믿어."

시드의 그런 든든한 미소를 보고 안도했는지.

"……그…… 그렇죠!"

어딘가 어두웠던 텐코가 그 어두움을 떨치듯 고개를 끄덕거렸다.

"혼자 뒤처져서 조금 예민해졌었나 봐요! 하지만 지금부터 시작인 거겠죠?! 네, 힘낼게요! 지켜봐 주세요, 스승님!"

"그래, 지켜보고 있어. 그 기개야. ……어쨌든 잘 먹었다."

시드가 손을 마주 대고 고개를 까딱였다.

정신 차리고 보니…… 일동의 식탁 위에서 모든 요리가 깨끗이 사라진 상태였다.

"응? 어라?! 시드 경?!"

"어, 어어어어, 어느새 전부 텅 비었어요!"

"서, 설마, 서빙된 요리를 전부 드신 건가요?!"

"빠, 빵도 수프도 고기도, 양만큼은 그렇게나 많았는데……?!"

"그보다 우리, 얘기하느라 결국 거의 못 먹었어!"

"저, 저는 거의 못 먹은 게 아니라 아직 아무것도 안 먹었는데요! 스승님!"

학생들이 난리를 피우자 시드는 어리둥절해했다.

"음? 너희가 하도 맛없다고 하길래 오늘은 안 먹는 건가 싶었는데?"

"그, 그거랑 이건 별개의 얘기라고, 교관님!"

"흑…… 아무리 맛없어도 배는 고팠는데~!"

"그보다 그만한 양이 대체 어디로 다 들어간 거죠?!"

먹을 걸 뺏긴 원한은 무섭다.

학생들이 울상을 짓고서 시드를 원망스럽게 바라보았지만.

시드는 전혀 반성하는 기색도 없이 당당히 가슴을 펴고 말했다.

"홋. 기사는—「먹을 수 있을 때 먹어 둬라」……그게 옛 기사의 원칙이야."

""""그런 원칙, 들은 적 없어!""""

학생들이 아우성치며 의자를 박차고 일어났다.

"식사란 본래 다른 생명을 죽여서 내가 사는 것— 즉 전쟁이야. 싸움으로 먹고사는 기사라면 당연히 힘껏 덤벼야지. 타인을 실각시켜서라도."

""""그냥 추잡한 식탐이겠지!""""

학생들이 모두 분노하여 검을 뽑았다.

"아, 아무리 교관이라지만 이것만큼은 용서할 수 없어……!"

"맞아요! 아무리 스승님이라지만 해도 되는 것과 하면 안 되는 게 있어요!"

"크으~~! 역시 《야만인》이에요! 심판하겠어요!"

학생들이 일제히 시드에게 달려들었다.

"어이쿠."

하지만 시드는 오른손으로 식탁을 짚고 물구나무서서 앞으로 휙 굴러 학생들의 공격을 간단히 피해 버렸다.

그러면서 왼손으로 학생들의 그릇에 있던 사과를 훔치는 것도 잊지 않았다.

"호오? 식사를 끝내자마자 단련 개시인가? 좋아, 어울려 줄게."

식탁 위에서 사과를 베어 물며 도발적으로 손짓하는 시드에게.

""""""아니라고ㅇㅇㅇㅇㅇㅇㅇㅇㅇㅇ—!""""""

학생들은 주린 배를 잡고서 울며 달려들었다.

다른 학급 학생들의 어이없어하는 시선이 모이는 가운데, 블리체 학급의 식탁 한편은 한동안 아비규환 생난리였다.

"아, 아하하…… 이따가 다 같이 야식을 만들까……."

앨빈은 그렇게 난리 피우는 시드와 동료들을 쓰게 웃으며 바라보았다.

그러다 문득 표정을 다잡고 텐코를 보았다.

텐코는 역시 울상을 짓고서 배고파 비틀거리며 시드에게 달려들고 있었다.

그 모습은 평소와 다름없어 보였지만.

최근 텐코는 부쩍 고심하고 있는 것 같았다.

"텐코…… 괜찮은 거지……?"

앨빈은 그런 텐코의 모습을 보고 일말의 불안을 느꼈다.

제2장 4학급 합동 교류 시합

알피드 대륙 중앙부에 있는 캘바니아 왕국.

그 아득한 북쪽— 벽처럼 높이 솟은 데스팰리스 산맥 너머.

대륙 북단부에 있는 구 마국 다크네시아령.

1년 내내 지옥 같은 냉기와 눈보라가 휘몰아치는 눈과 얼음에 뒤덮인 폐도. 그 중심에 우뚝 선 다크네시아성 알현실에서—.

쨍그랑! 한 소녀가 신경질적으로 수정 구슬을 바닥에 내던져 깨뜨렸다.

고딕 드레스를 입고 머리에 왕관을 쓴 은발 소녀였다.

청옥색 눈은 한없이 차갑지만, 이 세상 전부를 태워 버릴 듯한 증오의 불길이 그 안에서 넘실대고 있었다.

"짜증 나……! 정말 짜증 나……!"

소녀가 격분하며 깨진 수정 구슬 조각을 마구 짓밟았다.

"왜……! 왜 쟤만……! 왜……!"

얼마나 무아지경으로 밟아 대는지.

소녀의 숨이 가빠 오기 시작했을 때였다.

소녀의 뒤쪽에 어둠이 서렸고—.

"흠, 무슨 일로 그러시나요? 우리 귀여운 주인님……."

그 어둠이 꿈틀대며 새로운 인물을 만들었다.

그렇게 나타난 것은 칠흑색 후드와 로브로 온몸을 감싼 마성의 미녀— 오푸스 암흑교단의 교주, 대마녀 플로라였다.

"오늘은 한층 더 기분이 안 좋으신 모양이네요."

"플로라……?!"

험악하게 노려보는 소녀의 시선을 플로라는 키득키득 웃으며 산들바람처럼 받아넘기고 다가갔다.

"과연 우리 귀여운 주인님은 오늘 밤 무료함을 달래려고 대체 뭘 보셨던 걸까요?"

그렇게 말한 플로라가 손을 휙 젓더니 고대 요정어로 뭐라 뭐라 중얼거렸다.

그러자 소녀가 깨뜨린 수정 구슬의 파편이 덜덜 떨리기 시작했고…… 이윽고 공중에 떠올랐다.

그리고 저절로 짜 맞춰진 파편들은…… 이내 흠집 하나 없는 완벽한 수정 구슬로 재생되어 플로라의 손에 안착했다.

그 수정 구슬 속에 어떤 영상이 나타나 있었다.

그건—.

"어머나, 이건…… 또 앨빈 왕자님인가요?"

수정 구슬 속에 나타난 앨빈을 보고 플로라가 생긋 웃었다.

"우후후, 매일매일 질리지도 않고 왕자를 엿보면서…… 밉다고, 죽이고 싶다고…… 주인님은 걸핏하면 그렇게 말씀하시지만…… 사실은 왕자님을 아주 좋아하—."

그 순간.

두근. 쩌적.

다크네시아성 자체가 불온하게 태동하며 플로라가 든 수정 구슬에 성대하게 금이 갔다.

"말조심해. 그 이상 말하면…… 아무리 너라도 죽일 거야."

어느새.

소녀는 뭔가를 손에 쥐고 있었다.

검은 세검이었다. 도신에서는 어둠보다 짙은 어둠이 잉걸불처럼 피어오르고 있었다. 그와 함께 어둠을 휘감은 소녀의 존재감이 몇십 배나 커져 있었다.

보통 사람이라면 마주 서는 것만으로도 혼이 짜부라질 만한 암흑의 마나압.

그녀는 그야말로 인간이 아닌 마인이었다.

"오오, 무서워라. 죄송합니다. 조금 말이 지나쳤어요. 부디 용서해 주시길."

하지만 그런 마인을 앞에 두고서도 플로라는 여유롭게 미소 지으며 가볍게 고개를 숙였다.

"……흥! 알면 됐어!"

그런 플로라를 보고 소녀는 떼쓰는 아이처럼 입을 삐죽 내밀더니 고개를 돌리고 토라졌다.

"나는 앨빈을…… 그 아이의 모든 것을 용서할 수 없어. 증오해. 죽여 버리고 싶어. 그 아이의 흔적은 조그만 살점이나 머리카락 한 올도 이 세상에 남기지 않을 거야……!"

"주인님의 증오와 분노는 아주 정당합니다. 아무렴 옳으신 말씀이죠. 네."

플로라가 금이 간 수정 구슬을 쓰다듬자 수정 구슬은 다시 깔끔하게 복구되었다.

왕관 쓴 소녀는 증오스럽다는 듯 플로라가 든 수정 구슬을 손가락질했다.

"하지만 앨빈을 둘러싼 환경은 더더욱 용서할 수 없어……!"

그렇게 가리킨 곳에 앨빈이 동료들과 함께 절차탁마하는 모습이 나타나 있었다.

"나는 앨빈 때문에 전부 잃었는데……! 이런, 이런 꼬락서니인데……! 그런데 쟤는—!"

「왜 저렇게 즐거워 보여?」

그렇게 말하려다가 소녀는 으드득 이를 갈았다.

"게다가……."

그리고 다시 어두운 눈으로 수정 구슬을 바라보았다.

시드가 보였다. 시드가 앨빈을 차근차근 열심히 지도하고 있었다.

지도받는 앨빈의 표정은 매우 진지했지만…… 이따금 그 얼굴에 미소가 떠올랐다. 행복하게 시드의 옆모습을 훔쳐보았다.

앨빈의 그런 행복해 보이는 모습은— 왕관 쓴 소녀를 몹시 화나게 하여, 새까맣게 들끓는 질척한 감정을 간헐천처럼 솟구치게 했다.

왜냐하면 그녀에게 「시드」라는 존재는—.

"~~!"

더는 참을 수 없다는 것처럼 달려간 소녀는 플로라가 든 수정 구슬을 뺏으려고 손을 뻗었다.

"어머나."

이에 플로라는 수정 구슬을 잽싸게 거둬들여 세 번째로 파괴되는 걸 막았다.

"뭐 하는 거야?! 그 수정 구슬을 내놔!"

"후후, 망원 구슬에 화풀이하셔 봤자 소용없어요, 주인님."

"그치만! 그치만!"

소녀가 발을 굴렀다.

부들부들 떠는 소녀의 눈꼬리에는 눈물이 맺혀 있었다.

"분해! 나는 분해! 모처럼 플로라가 오랫동안 준비해 준 요전번의 계획도 내가 괜한 짓을 해서 실패해 버렸어!"

"주인님…… 그건 전혀 문제없다고 저번에 설명해 드렸잖아요?"

플로라는 부들대는 소녀의 머리를 상냥하게 쓰다듬으며 아이를 어르듯 말했다.

"확실히 그 계획으로 캘바니아성과 왕도가 완전히 멸망하는 게 이상적이긴 했어요. 하지만 역시 그러기 어렵다는 것도 알고 있었어요. 시드 경의 부활과 상관없이요."

"하, 하지만……."

"애초에 왕도는 빛의 요정신의 가호가 강한 곳. 저희의 비원을 달성하려면 조금씩 그걸 무너뜨려야 해요. 그렇기에 그 계획이 실행됐다는 것 자체에 의미가 있어요. 왕도를 지키는 빛의 요정신의 가호가 상하면서 주인님의 힘도 상당히 커지지 않았나요?"

"그, 그건…… 그렇지만!"

"계략이란 본래 따분해요. 자잘한 축적이 언젠가 왕국에 파멸을 가져오고 앨빈 왕자의 목을 물어뜯을 거예요."

"하지만 그러면……!"

주먹을 꽉 움켜쥐고 고개를 숙인 소녀가 부들부들 떨며 외쳤다.

"나는 언제쯤 앨빈에게 복수할 수 있는 건데……?!"

"……."

후, 하고 입가를 일그러뜨리며 플로라는 자신의 주군을 보았다.

그랬다. 소녀와 플로라에게는 어떤 「비원」이 있었다.

「비원」이 있기에, 옛 마왕의 저주로 생물이 살 수 없는 이런 극한의 땅에 거점을 마련하고 호시탐탐 기회를 엿보고 있는 것이었다.

하지만— 현재 소녀가 집착하는 것은 그 「비원」보다도 앨

빈이었다.

그녀는 앨빈의 파멸을 그 무엇보다도, 「비원」보다도 애타게 바라고 있었다.

그건 플로라의 최종 목적에서 조금 벗어난 일이지만—.

'하지만…… 그거면 됐어요.'

플로라가 웃었다. 나락 같은 미소를 지으며 으스스하게 웃었다.

울며 매달리는 소녀의 등을 쓸어 주면서 생각했다.

'이 아이는 앨빈을 진심으로 증오하고 있어요. 그리고 이 세상에 진심으로 분노하고 있어요. 이 아이의 증오와 분노는 언젠가 반드시 이 세상을 모조리 불태우고 극한의 겨울로 만들겠죠…… 그래요, 이건 예언이에요.'

그렇기는 해도.

소녀의 격렬한 증오와 부정적인 감정은 플로라에게 바람직한 것이지만, 그 감정이 너무 커서 자신을 태워 버리는 일은 피해야 했다.

강한 감정과 욕구는 「비원」을 이룰 강력한 원동력이 됨과 동시에 자신을 파멸로 몰아가는 양날의 검이 될 수도 있었다.

세세한 관리와 보살핌은 필수였다. 가끔은 먹이도 줘야 한다.

'흠…….'

플로라는 한동안 생각했고…….

"주인님이 그렇게까지 말씀하신다면…… 앨빈 왕자를 조금 공격해 볼까요?"

그렇게 말했다.

"어?! 그래도 돼?!"

말이 떨어지기가 무섭게 소녀는 아이처럼 눈을 빛내며 플로라를 보았다.

"네. 최근 주인님의 상태는 안정적이에요. 제한적이기는 해도, 지금이라면 밖에서 활동할 수도 있겠죠. 그리고 다음 「공격」까지 조금 시간적 여유가 있는 것도 사실이에요. 이쯤에서 한 번, 심심하게 지내시는 주인님의 무료함을 풀어 드리는 것도 신하의 도리이지 않을까요. 우리 귀여운 주인님이 증오스러운 앨빈 왕자에게 한 방 먹이실 수 있게 도와드리겠어요."

"플로라!"

조금 전까지 언짢음의 극치에 있던 소녀는 어디로 갔는지. 태도를 싹 바꿔서 플로라의 손을 잡았다.

"너라면 그렇게 말해 줄 줄 알았어! 역시 나는 네가 좋아, 플로라! 나를 이해해 주는 사람은 너뿐이야!"

"우후후, 과분한 말씀이에요."

"그럼 앨빈을 어떻게 요리해 줄까? 후후후……."

털썩! 옥좌에 앉아 다리를 꼰 소녀가 천진난만한 표정으로 생각에 잠겼다.

하지만 그 본질은 아이처럼 무구하면서도 잔혹한 거무칙
칙함으로 가득 차 있었다.

"앨빈을 내 손으로 직접 죽이는 건…… 역시 안 되겠지?"

"네. 그건 추천해 드리지 않아요."

플로라가 완곡하게 부정했다.

"지금 왕자에게는 전설 시대 최강의 기사가 붙어 있어
요. 약해져 있다고는 하지만, 그가 살아 있는 동안에는 웬
만해선 왕자를 죽일 수 없을 거예요."

"그, 그런 건 나도 알아. 흥!"

"그리고……."

플로라는 얼음 같은 미소를 지으며 소녀의 귓가에 속삭
였다.

"주인님은 저번에 감정적으로 죽이려 하셨지만…… 사실
은 앨빈 왕자의 모든 것을 빼앗고 심해보다 깊은 절망에
빠뜨리고 나서 목 졸라 죽이고 싶으실 거예요. 한 번 죽이
는 걸로는 성에 안 차실 거예요. 그렇죠?"

그러자 소녀는 일순 눈을 부릅뜨고서 굳었다가…….

"……마, 맞아……!"

이윽고 위험한 어둠을 품고서 내씹었다.

"그 아이를 그저 죽이는 걸로 내 증오가 해소될 것 같
아?! 나는 그 아이의 모든 걸 뺏을 거야! 그 아이한테는 죽
는 게 더 나을 만한 절망과 굴욕을 안겨 줘야 해! 그 아이

의 탄식과 비애가 나의 진혼가가 될 거야! 나는 오로지 그걸 위해 이 세상에 미련스럽게 빌붙어 있는 거니까……!"

그리고 소녀는 플로라가 든 수정 구슬을 들여다보고 중얼거렸다.

그곳에 시드가 있었다.

소녀는 시드를 잡아먹을 듯이 바라보며…… 낮게 말했다.

"그래…… 나는…… 앨빈한테서 **전부** 뺏을 거야…… **전부**……."

그런 소녀를 보고 플로라는 미소 지으며 말했다.

"그럼 주인님. 이번에는 앨빈 왕자에게 어떻게 한 방 먹이시겠어요?"

"글쎄? 뭐 좋은 거 없을까? 앨빈에게 직접 박힐 만한 뭔가가……."

소녀는 플로라가 들고 있던 수정 구슬을 잡아 자기 앞으로 가져왔다.

그리고 수정 구슬 속 영상을 다시 들여다보았다.

"……어라? 그러고 보니 이 아이……."

아름다운 백발과 기다란 귀와 꼬리를 가진 귀미인 소녀의 모습이 문득 눈길을 끌었다.

그녀는 동료들과 떨어진 곳에서 혼자 단련에 힘쓰고 있었다.

"텐코 아마츠키네요."

왕관 쓴 소녀가 귀미인 소녀를 빤히 바라보자 플로라가
부연했다.

"5년 전 우리 암흑기사단이 멸망시킨 천화월국의 생존
자…… 어릴 때부터 앨빈 왕자와 동고동락한, 왕자의 가장
친한 친구예요. 궁전에 아군이 별로 없는 왕자에게 무조건
곁에 있어 주는 그녀는 아주 큰 존재라서…… 왕자의 반쪽
이라고 해도 과언이 아니겠죠."

"……그런 건 나도 알아."

어두운 감정을 드러내며 소녀가 부루퉁하게 대답했다.

"흐응……? 친구…… 둘도 없는 친구란 말이지……?"

"……왜 그러시나요?"

"별거 아냐."

하지만 소녀는 수정 구슬 속 텐코를 빤히 바라보았다.

뚫어져라 빤히 바라보았다.

수정 구슬 속 귀미인 소녀는 혼자서 고뇌하고 있었고.

왕관 쓴 소녀는 그런 귀미인 소녀의 마음속을 꿰뚫어 보
는 것처럼 얼음장처럼 차가운 청옥색 눈으로 계속 바라보
았다.

그러다 이내…….

"……후후. 우후후, 아하하하……."

소녀는 섬뜩하게 웃기 시작했다.

"어머나? 주인님도 참. 그 마안(魔眼)으로 대체 뭘 보셨

나요?"

"아주 재미있는 걸 봤어…… 텐코 아마츠키의 마음속에 있는 아주 재미난 거."

한바탕 키득키득 웃고 나서.

이윽고 소녀는 선언했다.

"좋은 생각이 났어, 플로라."

"어머머? 대체 무슨 생각이실까요?"

"나 정했어."

아주 멋진 장난을 생각해 낸 아이처럼 천진난만하게.

왕관 쓴 소녀는 자신의 계획을 플로라에게 말했다.

————.

요정력 1446년 열한 번째 달^{노베} 1일.

선선하고 평온한 가을이 끝나 가며 겨울의 숨결이 조금씩 느껴지는 시기에.

캘바니아 왕립 요정기사 학교의 1학년 종기사들 사이에서는 어떤 정례회가 개최된다.

그건 바로—.

"호오? 4학급 합동 교류 시합인가."

"네. 작년까지는 3학급 합동 교류 시합이었지만, 올해부터 우리 블리체 학급도 참가하게 되어서 4학급 합동 교류 시합이에요."

시드의 중얼거림에 앨빈이 그렇게 덧붙이며 대답했다.

지금 시드와 앨빈이 있는 곳은 왕도 캘바니아 서쪽에 있는 광활한 로이첼 평원이었다.

기사 간의 도보 백병^{크로스 컴뱃} 시합이나 마상 창시합 등을 치르기위해 쓰이는 곳으로, 여러 천막과 목책으로 만든 시합장이앨빈 앞에 펼쳐져 있었다.

그리고 오늘 열리는 교류 시합에 참가하는 뒤란데 학급, 오르토르 학급, 앤서로 학급의 1학년 종기사들이 이곳에모여 있었다.

1학년 종기사는 앨빈이 속한 블리체 학급을 제외하면 한학급당 약 40명.

즉, 지금 이곳에는 120여 명의 1학년 종기사들이 집결해있었다.

"이 합동 교류 시합은 1학년 종기사들의 반년간의 수업성과를 시험하는 의미에서 열려요. 그 이름대로 다른 학급학생들과의 교류회도 겸하지만요."

"그렇군. 역시 기사가 서로 이해하고 우정을 쌓으려면실제로 검을 맞대고 죽어라 싸우는 게 제일이니까. 이 시대 사람들도 뭘 좀 아는……."

"죽어라 싸우지 않아요! 그런 살벌한 행사가 아니에요!"

앨빈은 반사적으로 태클을 걸었다.

"……어? 죽일 작정으로 안 싸워? 기사 간의 결투인데?"

"왜 그렇게 놀란 표정을 짓는 건가요?!"

"그야 기사는 마주치면 인사 대신 사투를 벌이는 게 상식이잖아? 그러다 가끔 서로 너무 열이 올라서 진짜 죽을 뻔하거나 죽일 뻔하거나 죽어 버리는 게 내가 살던 시대의 술잔치에서 반드시 나오는 웃긴 얘기였는데……."

"너무 아수라장 아니에요?! 전설 시대!"

아무튼 마음을 가다듬고 크흠 헛기침한 앨빈이 이야기를 계속했다.

"어쨌든 말이죠, 기본적으로 다른 학급 학생끼리 추첨을 통해 무작위로 일대일 시합을 벌여서 기사로서의 검술과 요정마법 실력을 실전 시합 형식으로 겨뤄요. 한 사람당 시합이 세 번 있어요. 그리고 이 세 번의 시합을 전승한 기사 중에서 기사로서의 품격과 예의가 있고 가장 기사다운 싸움과 기술을 보여 준 자에게는 최우수 신인상이 주어지며 그 종기사가 소속된 학급은 공적점을 받아요."

"호오? 저번에 말한 공적점을 받을 수 있는 건가. 그럼 열심히 해야겠네."

"원칙은 그렇지만…… 실제로는 결과가 뻔한 시합이라서요……."

"응?"

앨빈의 말에 시드가 고개를 갸웃하고 있자.

갑자기 분위기가 술렁거리며 다른 학급 학생들이 목소리를 냈다.

"오오오, 저, 저 녀석은……?!"

"루이제야! 오르토르 학급의 루이제 세디아스야!"

그 술렁거림의 중심을 보니.

한 소녀가 시합장을 유유히 걸어가고 있었다.

타는 듯한 붉은 머리와 늠름한 군청색 눈이 특징적인, 범상치 않은 패기를 풍기는 소녀였다.

불꽃을 연상시키는 정열적인 머리색을 가졌으면서 그것조차 냉각시키는 얼음처럼 딱딱한 미모는 보는 이의 자세를 바로 세웠다.

의젓한 몸가짐은 초연하여 전혀 빈틈이 없었다.

허리에는 파랑 요정검 두 자루를 차고 있었다. 두 개가 한 쌍인 쌍검형 요정검이었다.

그런 소녀를 멀찍이서 바라보며 학생들이 말했다.

"《창성(蒼星)》의 루이제— 오르토르 학급의 1학년 학급장! 이번 기수 학생 중에서 신령위 요정검을 손에 넣은 「선택받은 자^{아칠루트}」……!"

"들자 하니 상당히 강하대. 그 실력은 이미 3학년 종기사…… 아니, 정기사^{써드 스콰이어}에 필적한다던데……?!"

"역시 신령위…… 이번 최우수 신인상은 저 녀석이 받으려나?"

"응, 틀림없어."

"그나저나 신령위 요정검에게 선택받다니 부럽다…….
신령위에게 선택받는 건 기본적으로 왕가와 3대 공작가의
혈통뿐이잖아?"

"가끔 있단 말이지. 그런 혈통이 아닌데도 신령위 요정
검을 손에 넣는 사람이."

"하아~~ 그야말로「선택받은 자」…… 기적의 아이야."

"본래 신령위를 가져야 할 왕가의 당대 적장자는 어째선
지 가장 약한 지령위를 뽑았다는 것 같지만."

"하하! 그건 정반대 의미로 기적이야."

그렇게 쑥덕거리는 소리와 험담을 듣고서.

"……뭐, 이런 상황이라서요."

앨빈은 쓴웃음을 지으며 설명을 계속했다.

"최우수 신인상은 보통 신령위를 가진 누군가가 받아요.
심사원들도 우선적으로 신령위를 추천하고, 애초에 신령
위 기사는 확실하게 3승을 하니까요."

"뭐야, 재미없네. 그럼 다들 의욕이 안 나잖아……라고
말하고 싶지만."

시드가 주위를 흘끗 보았다.

"다른 학급 녀석들은 뭔가 유난히 의욕적이네?"

뒤란데 학급 학생들도, 오르토르 학급 학생들도, 앤서로
학급 학생들도 다들 호전적인 눈으로 블리체 학급을 힐끔

힐끗 보고 있었다.

앨빈 일행을 훔쳐보며 목소리를 낮춰 수군거리고 있었다.

"오히려 우리 학급을 눈엣가시로 여기고 있는 것 같아."

"아~ 그건…… 그게……."

앨빈이 애매하게 말을 흐리고 있으니.

"흥. 녀석들은 우리가 못마땅한 거예요."

세오도르가 안경을 올리고 콧방귀를 뀌며 대답했다.

"못마땅해? 왜? 우리가 뭔가 했던가?"

"나 참, 시드 경. 지난번 왕도 동란 기억 안 나세요?"

"물론 기억하지. 그게 왜?"

"용이 왕도를 덮쳤을 때…… 우리는 어쨌든 용과 맞서 싸웠어요. 다른 학급 녀석들은 그러지 못했죠. 객관적으로 보면 결국 우리는 아무런 도움도 안 됐고, 용을 해치운 건 시드 경이에요. 하지만 종기사 신분으로 용과 「싸운」 건 사실이에요."

멀찍이서 쳐다보는 다른 학생들을 세오도르가 짜증스레 일별했다.

"왕도의 백성이 보기에 우리 블리체 학급은 차세대를 짊어진 용감하고 믿음직한 기사 지망생 같았을 테고, 전통 3학급의 겁쟁이 같은 모습에는 실망했겠죠. 지령위 소지자밖에 없는 가장 약한 쓰레기통 학급이 민중에게 그런 평가를 받는 게 참을 수 없고. 자신들이 한 수 아래로 여겨지는 걸 용납할 수 없는 거예요. 그래서 이렇게 여러 사람이 보는 앞에서 철저히 짓밟아 자신들이 더 뛰어남을 증명하고 우리의 명예를 빼앗겠다는…… 그런 속셈이겠죠."

"으음…… 저 녀석들, 혹시 바보야?"

시드는 주위를 둘러보고 어이없어하며 머리를 긁적였다.

"기사의 명예는 그런 삼단 논법으로 얻을 수 있는 게 아니잖아."

"그야 그렇지만, 저쪽이 그렇게 생각하고 있으니 어쩔 수 없어요."

늘 낙관적이고 넉살 좋은 크리스토퍼도 넌더리를 냈다.

"하지만…… 그렇다면…… 아아, 젠장, 오늘은 지옥이겠네……."

"그, 그렇겠죠……? 으으…… 무서워……."

크리스토퍼가 머리를 싸맸고, 리네트가 부들부들 떨었다.

"지금까지 다른 학급 녀석들과 모의전을 벌인 적이 몇 번 있지만…… 매번 우리는 왕창 깨졌으니까……."

"네, 요정검의 검격 차이는 절대적이라는 걸 수없이 통감했죠."

일레인도 한숨을 쉬었다.

"시드 경에게 윌 훈련을 받고 있지만…… 시작한 지 얼마 안 됐고……."

"우리는 또 여러 사람 앞에서 탈탈 털리는 건가……."

"오늘이야말로 저는 죽을지도 몰라요……. 아아, 아버지, 어머니, 동생들…… 먼저 떠나는 못난 저를 용서해 주세요……."

"자, 잠깐, 리네트, 너무 그렇게 비관하지 마!"

보다 못한 앨빈이 황급히 끼어들었다.

"시합장에는 《호반의 여인》들이 확실하게 【불살 결계】를 치고, 치유마법과 비약도 준비되어 있으니까! 죽거나 재기 불능 상태가 되는 일은 없어!"

하지만 앨빈의 그 말은 더더욱 공포를 키운 것 같았다.

"으, 으아아아앙~ 집에 가고 싶어~! 엄마~!"

리네트는 완전히 겁을 먹은 모습이었다.

리네트만 그런 게 아니었다. 크리스토퍼도 일레인도 세오도르도, 다들 잔뜩 긴장하여 표정이 딱딱했다.

일방적으로 적대시하는 다른 학급 학생들에게 앞으로 어떤 험한 꼴을 당할지…… 불길한 상상을 떨치지 못했다.

하지만—.

"아하하하!"

갑자기 시드가 웃었다.

"시드 경?"

"뭐, 너무 그렇게 얼지 마. 목숨이 보장된 이런 시합은 결국 놀이나 마찬가지야. 결과에 얽매이지 말고 편하게 해."

"아, 아니, 편하게 하라니……."

"그렇게 말씀하셔도……."

크리스토퍼와 리네트가 당황하며 시선을 떨구고 있으니.

"시드 경, 앨빈 왕자님."

은쟁반에 옥구슬 굴러가는 듯한 여성의 맑은 목소리가 들렸다.

돌아보자 파란 머리를 길게 기른 절세미인이 유유히 다가오고 있었다.

옛 맹약에 따라 이 캘바니아 왕국과 왕가를 수호하는 《호반의 여인》들의 수장— 이자벨라였다.

"후후, 두 분 다 찾아다녔습니다."

"오? 왜? 무슨 일 있어?"

이자벨라는 차기 왕위 계승자인 앨빈의 후견인이면서 이 캘바니아 왕립 요정기사 학교의 학장도 겸임하고 있었다.

그만큼 오늘은 4학급 합동 교류 시합의 진행 조정 관련으로 눈코 뜰 새 없이 바빠서 아침부터 모습을 볼 수 없었다.

"네. 잠시 후 각 학급의 필두 교관 기사와 학급장이 모여서 이번 합동 시합의 최종 협의를 합니다. 1번 천막으로 모여 주세요."

"그렇군, 알겠어. 자, 갈까, 앨빈."

"네!"

이자벨라의 말에 시드가 걷기 시작했고 앨빈이 그 뒤를 따랐다.

하지만 그때.

시야 끄트머리에 작게 들어온 이가 있어서 앨빈은 발을 멈췄다.

텐코였다. 블리체 학급 학생들이 모인 곳으로부터 조금 떨어진 장소— 투기장 구석에서 텐코가 혼자 필사적으로 검의 품새 훈련 중이었다.

발도 자세에서 검을 뽑아 일섬.

머릿속에 떠올린 가상의 적을 상대로 우아하게 검무를 췄다.

"헉…… 헉…… 하아…… 하아……!"

온몸을 땀으로 흠뻑 적신 그 진지한 모습은 귀기가 감돌 정도라서 말을 걸기도 조심스러워졌다.

하지만 지금 텐코에게서는 절박한 초조함과 다급함이 뚜렷하게 보였다. 보는 사람이 다 불안해질 만큼 자신을 몰아붙이고 있는 것 같기도 했다.

'……텐코…….'

앨빈은 발을 멈추고서 그런 텐코를 바라보고 있었지만.

"……지금은 그냥 가만 놔둬."

시드가 어깨를 툭 두드려서 고개를 끄덕였다.

————————.

"이게 대체 어떻게 된 거죠? 설명해 주시겠습니까?"

4학급 합동 교류 시합의 최종 협의가 열린 1번 천막 안에.

이자벨라의 성난 목소리가 울려 퍼졌다.

"이 시합 진행과 추가 규칙에 관해서는 전혀 들은 바가 없습니다. 명백하게 악의적인 작위성이 느껴집니다. 아무나 설명해 주시기 바랍니다."

이자벨라가 다소 센 어조로 험악하게 말하자 천막 안이 쥐 죽은 듯 고요해졌다.

천막 내에 설치된 원탁에 아홉 명이 둘러앉아 있었다.

뒤란데 학급, 오르토르 학급, 앤서로 학급, 블리체 학급……
각 학급의 필두 교관 기사와 학급장, 그리고 이자벨라였다.

앨빈은 조마조마한 마음으로 돌아가는 상황을 보고 있었다.

그런 앨빈 옆에서 시드는 원탁 위에 다리를 올리고 뒤통수에 깍지를 낀 채 즐겁게 일동을 지켜보고 있었다.

"아무나 설명해 주십시오."

탕! 이자벨라가 천막 안쪽에 있는 보드를 때렸다.

그 보드에는 네 개의 시합장으로 나뉜 투기장의 시합 진행 프로그램과 1학년 종기사 학생들의 대진표가 첨부되어 있었다.

"어째서죠? 왜 블리체 학급의 대전 상대가 전부 정령위인 거죠?! 심지어 앨빈 왕자의 상대 중에는 신령위인 루이제 세디아스까지 있어요……!"

정령검에는 검격이 있다.

힘이 강한 순서대로 신령위, 정령위, 위령위, 지령위였다.

이 중에서 가장 수가 많은 정령검은 위령위였다. 전체 기사의 약 80퍼센트 이상이 위령위 요정검을 가졌다.

반면 정령위는 전체의 약 10퍼센트뿐이었다. 수가 적은 만큼 정령위 요정검은 엘리트 기사의 증거였다.

그리고 최고위인 신령위 요정검에게 선택받는 자는 옛 맹약에 의해 확정적으로 신령위에게 선택받는 3대 공작가의 혈통을 제외하면 전체의 1퍼센트.

가장 급이 낮은 지령위 요정검에게 선택받는 자도 적어서 5퍼센트 정도였다.

그래서 신령위 소지자는 「선택받은 자」라고 칭송받았고, 지령위는 「꽝」으로 여겨지며 「낙오자」라고 야유받았다.

아무튼.

"이번 합동 교류 시합의 블리체 학급 참가자는 여섯 명. 그 여섯 명이 시합할 예정인 상대가 전부 정령위 이상인 건 확연하게 이상하지 않습니까?!"

이자벨라가 그렇게 분개하자.

엷게 웃은 단안경 청년이 은근히 무례하게 말했다.

"그렇게 말씀하셔도 말입니다, 이자벨라 님. 이건 엄정하고 공평한 제비뽑기 결과입니다. 그렇다면 이건 빛의 요정신 님의 인도 아니겠습니까?"

오르토르 학급의 필두 교관 기사 크라이스였다.

그 뒤에는 오르토르 학급의 1학년 학급장 루이제가 말없이 서 있었다.

"뻔뻔하게 잘도……!"

이자벨라가 증오스럽게 주위를 둘러보니.

뒤란데 학급의 필두 교관 기사인 것 같은 거칠어 보이는 거한이 야비하게 웃고 있었고, 앤서로 학급의 필두 교관인 것 같은 묘령의 여성이 능청스러운 표정을 짓고 있었다.

그 모습을 보아하니 아무래도 전부 한통속인 듯했다.

아마 발안자는 크라이스일 것이다. 사전 교섭과 권모술수가 특기인 오르토르 공작파다운 방식이었다.

"설령 이 이상한 대진표가 「우연」이더라도. 또 다른 추가 규칙은 납득할 수 없습니다!"

질 수 없다는 듯 이자벨라가 언성을 높이며 한층 더 추궁했다.

"「매 시합마다 패자의 학급이 승자의 학급에 공적점 3점을 지급한다」라니! 이런 도박 같은 짓은 이 합동 교류 시합의 본래 취지에서 현저히 벗어난 일입니다! 이런 건 학장으로서 결단코 인정할 수 없습니다!"

"그렇게 말씀하셔도 곤란해요. 이건 각 학급의 필두 교관 기사인 저희가 신중하게 의논을 거듭하여 동의하에 결정된 일이니까요."

"맞아. 작금의 합동 교류 시합은 매너리즘에 빠져 있어. 학생들의 사기를 높이기 위해서도 이쯤에서 새로운 시도가 필요해."

앤서로 학급과 뒤란데 학급의 필두 교관 기사들이 말했다.

"학급의 생명줄이라고도 할 수 있는 소중한 공적점을 건 승부라면 분명 학생들도 필사적으로 시합에 임하겠죠. 아주 뜻깊은 시합이 될 거예요."

"그리고 공적점을 걸기는 하지만 한 시합당 고작 3점이야. 별로 부담되는 수준도 아니지. 쨍알쨍알 투덜대지 마."

"당신들은······!"

이자벨라가 분한 얼굴로 이를 갈았다.

별로 부담되는 수준이 아니라는 것은······ 틀린 말은 아니었다. 현재 소지 공적점에 비교적 여유가 있는 전통 3학급은 그랬다.

하지만 생긴 지 얼마 안 된 블리체 학급은 아니었다. 이번 시합 결과에 따라서는 공적점이 완전히 고갈될지도 몰랐다.

공적점이 없으면 매 끼니도 문제거니와 요정검 수리나 마법 도구 조달, 각종 단련장 사용조차 어려워진다.

최악에는 학급 활동 자체가 불가능해질 수도 있었다.

"괜찮잖아요. 이기면 돼요. 절반 정도 이기면 플러스 마이너스 제로예요."

"애초에 이자벨라 님. 이자벨라 님은 왕가의 후견인이지만 또한 학장이시지 않습니까? 그렇게 특정 학급을 과도하게 편드는 건 문제인 것 같습니다."

크라이스의 천연덕스러운 말에 이자벨라가 어깨를 부들거렸다.

"이렇게까지 후안무치하니 기가 막히네요……!"

기본적으로 요정검의 검격에서 오는 차이는 절대적이다.

같은 학년이어도 하위 요정검은 상위 요정검을 이길 수 없다.

물론 작전이나 기량, 숙련도로 하위 요정검이 상위 요정검을 이기는 일도 있기는 했다.

하지만 그건 이를테면 위령위와 정령위처럼 한 단계 차이에서나 가능했다. 검격이 두 단계 이상 차이 나면 절망적이었다.

블리체 학급은 전원 지령위. 의도적인 대진표 조작으로 검격이 두 단계 이상 차이 나는 상대와 싸우게 되었다.

'아무리 시드 경에게 훈련받고 있다지만 이래서는……!'

게다가 시드가 온 지 이제 한 달 반이었다.

도저히 싸움이 될 것 같지 않았다.

"그렇게까지…… 그렇게까지 해서 블리체 학급을 밟고

싶은 겁니까? 당신들 뒤에 있는 3대 공작가는……!"

"흥. 글쎄? 우리 같은 아랫것들은 윗분들의 의향 따위 몰라."

"다만…… 약체화된 왕가가 통치하는 건 시대착오적인 일이지 않을까요? 앞으로 펼쳐질 암운의 시대에 필요한 건 강력한 통치자예요. ……아닌가요?"

"뭐, 블리체 학급을 설립하는 것 같은 쓸데없는 발버둥은 그만두고 앞으로는 왕가가 순순히 처신을 잘하는 게 좋지 않을까 생각하긴 합니다만."

"큭……."

교관들의 말에 이자벨라는 이를 갈 수밖에 없었다.

이런 교내 행사의 규칙이 각 학급 필두 교관 기사의 의결로 정해지는 것은 캘바니아 왕립 요정기사 학교의 교칙이었다. 아무리 학장이어도 그건 간단히 뒤집을 수 없었다.

사실상 블리체 학급의 필두 교관 기사인 시드를 제외한 일방적인 의결이니 그 점을 들어 퇴짜를 놓더라도 다시 시드를 포함해서 의결을 거치면 그만이었다.

의결 투표에는 공적점을 보탤 수 있다.

미리 모의했을 전통 3학급을 이길 수는 없었다.

이건 빠져나갈 길이 없다고 앨빈이 생각하고 있으니.

'……앨빈.'

별안간 이자벨라의 목소리가 앨빈의 머릿속에 울렸다.

'이자벨라······?'

앨빈이 퍼뜩 놀라 고개를 들고 이자벨라를 보았다.

이자벨라는 말없이 앨빈을 빤히 바라보고 있었다. 아마 상대의 마음에 직접 말하는 염화(念話) 마법일 것이다.

'제가 곁에 있으면서도 막지 못해서 죄송합니다. 이렇게 된 이상 블리체 학급은······ 이번 합동 교류 시합을 사퇴하^{보이콧}는 것도 한 방법입니다.'

'······?!'

이자벨라가 원통해하며 꺼낸 제안을 듣고 앨빈은 숨을 삼켰다.

「블리체 학급은 겁먹고 도망쳤다」······ 그런 말이 퍼지겠지만, 공적점을 모조리 잃는 최악의 사태는 피할 수 있을 겁니다.'

'그, 그건······.'

'만들어진 지 얼마 안 된 블리체 학급은 여러 가지 의미에서 힘이 부족해요. 몹시 분한 일이지만, 뒷날을 위해서 지금은······.'

이자벨라가 그렇게 앨빈에게 염화로 제안하고 있을 때였다.

"······**좋아.**"

그런 말을 당당히 하는 자가 있었다.

"**그렇게 해.**"

시드였다. 시드는 여전히 뒤통수에 깍지를 끼고 원탁에 다리를 올린 버릇없는 모습으로 대담하게 웃으며 그렇게 말했다.

"호오? 그렇게 하라고요? 시드 경."

"이 대진표로 진행해도 전혀 문제없어. 이쪽이 더 재미있을 것 같고 말이지."

그렇게 말하는 시드는 한없이 여유롭고 자신만만한 모습이었다.

필두 교관 기사들은 시드가 거품을 물고서 규칙 변경이나 대진표 변경을 요구하거나 아니면 이번 교류 시합에 참가하지 않을 거라고 예상했었다.

하지만 모든 예상을 빗나가는 태도를 보여서 조금 짜증이 난 것 같았다.

"재미있을 것 같다고요……? 호, 호오……? 상당히 여유로워 보이는군요?"

"자신의 학생들이 꼴사납게 패배하는 모습을 봐도 아무렇지도 않다는 건가요?"

"호오? 제자들의 고통과 굴욕도 너한테는 오락인가? 흥…… 역시 《야만인》이야."

저마다 시드를 조롱하는 말을 퍼부었다.

하지만 시드는 그런 말 따위 개의치 않고 여유롭게 대답했다.

"사람은 승리보다도 패배에서 배우는 법이니까. 이번에 그 패배가 필요한 녀석이 우리 학급에 있거든. 뭐, 마음은 좀 아프지만, 좋은 기회로 삼겠어."

"······?"

시드의 기묘한 말에 필두 교관 기사들이 고개를 갸웃했다.

"하지만 내 쪽에서도 제안이 하나 있어. 제안이라고 할까, 뭐, 노파심인데."

그리고 시드는 조금 난처해하는 표정으로 뺨을 긁적이며 말했다.

"시합의 승패에 공적점을 거는 규칙은······ 역시 없애지 않을래? 그건······ 역시 좀 그렇잖아?"

그러자.

필두 교관 기사들은 멍하니 서로 얼굴을 마주 보았고.

그리고—.

일제히 웃음을 터뜨렸다.

"난 또 뭐라고! 큰소리 뻥뻥 치더니 결국 그 소리인가!"

"안타깝지만 그것만큼은 뒤집히지 않아요! 왜냐하면 우리 필두 교관 기사들의 의결로 정해진 사항이니까요!"

"불만 있다면 시드 경도 포함해서 다시 의논해 볼까요? 뭐, 결과는 뻔히 보이지만 말입니다!"

웃고. 웃고. 웃었다.

시드는 이 왕국에 나타난 이래 차원이 다른 실력을 보여 줬다.

그렇게 거물처럼 대담하게 굴던 시드가 마침내 역량 부족을 드러냈다.

드디어 코를 납작하게 만들었다며 교관 기사들은 웃었다.

"그런가. 그렇다면 어쩔 수 없지. 다 함께 정한 일이라면야, 뭐."

하지만 시드는 여전히 태연한 모습으로 협의는 끝났다는 것처럼 일어났다.

그리고 발길을 돌려 천막의 출구로 향하며 이런 말을 남겼다.

"……**후회하지 마.**"

그런 시드의 말은 필두 기사들의 웃음소리에 묻혀 전달되지 않았다.

"앨빈. 가자."

"앗, 같이 가요, 시드 경!"

앨빈은 그런 시드를 허둥지둥 쫓아갔다.

그리고 앨빈과 시드는 블리체 학급의 대기 장소로 돌아왔다.

뭐, 당연하다면 당연한 얘기지만.

"─그렇게 됐어. 다들 힘내라."

시드가 돌아와서 일의 전말을 설명한 순간.

""""하아아아아아아아아아아아아아아아아아—?!"""""

블리체 학급의 학생들은 얼빠진 목소리로 외쳤다.

"자, 자, 잠깐, 교관님, 그런 말은 못 들었다고요오오오오!"

"저, 저희의 상대가 전부 정령위?! 교관님, 정령위 소지자가 얼마나 강한지 모르시나요?!"

"그야 교관님한테는 정령위나 지령위나 별 차이 없겠지만!"

"저, 저, 저, 저희한테는 무리예요!"

"게다가 시합의 승패에 귀중한 공적점을 걸겠다니, 대체 무슨 생각을 하시는 거예요?!"

크리스토퍼도 일레인도 리네트도 시드에게 따지며 아우성쳤다.

"으음……."

학생들의 그런 험악한 모습에 시드는 난처한 듯 뺨을 긁적일 뿐이었다.

'뭐…… 다들 이렇게 반응하는 것도 당연하지…….'

앨빈도 시드가 이런 불리한 조건을 왜 굳이 받아들였는지 의도를 전혀 알 수 없어서 쓴웃음을 지을 수밖에 없었다.

그렇게 사태가 점점 수습이 안 되는 방향으로 나아가고 있을 때였다.

"이것 참…… 다들 진정해."

세오도르가 안경을 올리며 짜증스레 한숨을 쉬었다.

"어떻게 진정하라는 거야! 무슨 상황인지 이해가 안 돼?

세오도르!"

"우리 학급이 사라질 위기예요!"

"흥. 이래서 사물의 겉면밖에 못 보는 무식한 녀석들은 안 된다니까."

세오도르는 부산을 떠는 크리스토퍼와 일레인을 비웃고서 시드를 보았다.

"냉정하게 생각해 봐. 시드 경은 《야만인》이라는 불명예스러운 이명을 가졌지만, 믿기 힘든 수많은 무공을 전설 시대에 올린 기사야. 명색이 영웅호걸인데 아무 대책 없이 이런 무모한 제안을 받아들이진 않았겠지. 안 그래?"

세오도르가 그렇게 지적하자 학생들이 퍼뜩 놀라 입을 다물었다.

"서, 설마……?"

"그래, 분명 그럴 거야."

그렇게 충분히 밑밥을 깔아 두고 세오도르가 시드를 보았다.

"뭔가…… 비책이 있는 거죠? 압도적인 검격의 차이를 뒤집을 비책이."

"비, 비책……?! 그런가, 그렇다면 이해가 가……!"

"그, 그런 건가요?! 대체 어떤……?!"

학생들이 매달리듯 시드를 보았다.

"훗…… 비책인가. 그야 당연히……."

시드는 학생들의 기대 어린 시선을 여유롭게 받아 내고서.

"……그런 건 없어!"

두둥, 하고.

의기양양한 얼굴로 당당히 말했고.

"당신은 대체 무슨 생각인 거야아아아아아—?!"

결국 세오도르도 야단법석에 끼었다.

"이봐, 진정해. 애초에 정정당당한 일대일 결투에 대체 무슨 비책이 있겠어? 기껏해야 정정당당히 상대의 식사에 독을 타거나, 상대방이 모시는 귀부인을 인질로 잡거나, 그런 정도잖아."

"발상이 악랄해!!"

"어디가 정정당당하다는 거야?! 어디가?!"

"뭐, 나는 그런 짓 안 하지만. 전설 시대에는 그런 악랄한 기사가 꽤 있었어."

"전설 시대는 이래서 문제야! 너무 살벌하다고요!"

"아아, 우리 학급은 이제 끝이야!"

그렇게 일동이 비통하게 떠들어 대는 가운데.

"저기…… 시드 경. 죄송하지만 역시 설명해 주세요."

앨빈이 호소하듯 시드에게 말했다.

"설명? 뭘?"

"이런 무모한 도박을 왜 받아들인 건가요?"

"……"

침묵하는 시드에게 앨빈은 계속 말했다.

"저는…… 당신을, 시드 경을 믿어요. 시드 경을 따라가면 검격이 낮은 저희도 언젠가 반드시 강해질 수 있을 거라고 믿어요."

"……"

"하지만…… 저희는 시드 경에게 가르침을 받은 지 아직 한 달 반밖에 안 됐어요. 그동안 경에게 배운 건 기초 체력 만들기와 월을 조작하는 방법뿐이에요. 최근 들어 실전 방식으로 훈련하게 됐다지만…… 저희는 아직 전설 시대의 검술도 마법도 전혀 배우지 못했어요."

"……"

"이런 상태로 저희보다 검격이 훨씬 높은 상대와…… 매일 교관 기사에게 요정마법을 배우며 실력을 높이고 있는 정령위, 신령위 종기사와 시합해 봤자 결과는……."

앨빈이 불안해하며 시선을 떨궜다.

시드는 그런 앨빈을 한동안 빤히 내려다보았다.

그리고 픽 웃고서 말했다.

"「기사는 진실만을 말한다」. ……**너희는 괜찮아.**"

"……네?"

그 말을 듣고 앨빈이 고개를 번쩍 들었다.

난리 치던 학생들도 소란 피우기를 멈추고 조용해졌다.

왜냐하면 그 말은.

그 옛 기사의 원칙은.

시드가 그 원칙을 말한다는 건…….

"더 자신감을 가져. 확실히 내가 너희를 지도한 기간은 이제 고작 한두 달 됐지. 하지만 너희는 내가 오기 전부터 줄곧 노력해 왔잖아?"

"그, 그야……."

"그렇긴 하지만……."

그래도 학생들은 불안한 얼굴로 자신의 요정검을 보았다.

"하, 하지만…… 저희의 검은 가장 낮은 검격인 지령위예요. 전체 요정검의 몇 퍼센트밖에 없다는 꽝…… 아야?!"

딱!

순간이동처럼 거리를 좁힌 시드가 크리스토퍼의 이마에 딱밤을 먹였다.

"아파아아아아?! 왜 때리는 거예요, 교관님?!"

"하나 묻겠는데. 너는 네 옆에 있는 동료들을 꽝이라고 생각한 적 있어?"

"네?! 그럴 리가—."

"근데 왜 유일무이한 파트너인 자신의 요정검을 꽝 취급해?"

그런 시드의 지적을 듣고 학생들은 말문이 막혔다.

"지령위…… 확실히 힘은 약해. 그야 그렇겠지. 「사람을 위해 있을지어다」…… 너희의 요정검은 그런 순수하고 착한 마음만으로 검이 된 요정 아이야. 하지만…… 그건 다양한 마음을 품고서 기사가 되고자 하는 너희와 다를 바 없잖아?"

"~~?!"

입을 다문 학생들을 보며 시드가 씩 웃었다.

그리고 이번에는 뒤에서 움츠리고 있는 텐코에게 걸어갔다.

"텐코."

"헉?! 넵?! 마, 말씀하세요, 스승님!"

지금까지 마음이 다른 곳에 가 있었는지.

흠칫 놀란 텐코는 차렷 자세를 취하고 시드를 보았다.

"컨디션은 어때?"

"……커, 컨디션은…… 그, 그게……."

텐코가 칼집에 든 자신의 요정검을 끌어안으며 이리저리 눈을 굴렸다.

그리고 이내 결심하고서 시드에게 호소했다.

"스승님. 제가 여러모로 생각해 봤는데……."

"그런데?"

"그게…… 저기…… 저는…… 이번 교류 시합…… 사퇴해도 될까요?"

"……."

시드는 텐코의 진의를 확인하듯 텐코의 눈을 들여다보았다.

텐코는 고개를 돌려 그런 시드의 시선으로부터 도망치고

말을 이었다.

"저, 저는…… 그게…… 다른 애들과 달리, 월조차, 아직 제대로 다루지 못해요……. 분명 이 학급의 발목을 잡을 거예요……. 그런 건 한심해서……."

텐코가 귀를 축 접고 진심으로 송구스러워하며 중얼거리자.

시드는 텐코의 양쪽 어깨에 다정히 손을 얹고 말했다.

"스승이 너에게 해야 할 말은 하나야. 상관없어. 출전해."

"……네?!"

시드의 말을 듣고 텐코는 믿을 수 없다는 듯 고개를 들었다.

"어, 어째서죠, 스승님?! 스승님도 분명 아실 거예요! 지금 저는 이 학급에서 가장 약하―."

뭔가를 말하려고 한 텐코의 입을 시드가 손가락으로 막았다.

"제자. 자신을 깎아내리는 언령을 가볍게 말하지 마. 우리 기사가 왜 걸핏하면 「원칙」을 선언하는지 몰라?"

"……?!"

"확실히 지금의 네 실력이라면 오늘 시합은 안타깝게 끝날지도 몰라. 하지만…… 사람은 승리보다도 패배에서 배우는 법이야. 굴욕이나 패배를 한 번도 겪지 못한 기사는 없어. 그건 나도 마찬가지야."

"스, 스승님……."

"나는 평소에 줄곧 생각했어. 왜 네가 월을 못 쓰는지. 너처럼 올곧은 마음가짐으로 기사를 목표하는 자가 왜 월을 깨치지 못하는지."

"……."

"내가 너의 모든 것을 확인해 주겠어. 지금 너의 검을 보고 네가 대체 뭐에 고전하고 있는지…… 반드시 간파해 주겠어. 나를 믿어. 꼴사나운 굴욕을 두려워하지 마. 「기사는 진실만을 말한다」…… 네가 설령 어떤 결과로 끝나든 나는 너를 포기하지 않아. 나는 너의 스승이야."

그렇게 시드는 똑바로 텐코를 보며 힘 있는 언령을 전했다.

그런 시드의 말에 조금 용기가 났는지.

"네…… 알겠어요……. 저…… 할게요……."

불안해 보이긴 했지만, 텐코는 최대한 용기를 쥐어짜 합동 시합에 도전하기로 결심했다.

————.

이리하여 합동 시합은 바로 시작됐다.

시합장은 네 개로 나뉘어 있었고, 시합 예정 프로그램에 따라 다른 학급 학생과 일대일 시합을 치러 나갔다.

시합장에는 【불살 결계】가 쳐져 있어서 어떤 대미지든 치명상이 되지 않았다.

그렇기에 학생들은 평소에 단련한 검술과 요정마법을 거침없이 선보였다.

모집단의 특성으로 인해 가장 많은 대전 카드는 위령위 간의 시합이었다.

위령위 요정검을 가진 종기사는 전체의 80퍼센트를 넘으니 당연했다.

다만 위령위 간의 싸움은 기본적으로 도토리 키 재기였다. 검술을 구사하고, 요정마법을 구사하고, 어지간한 일이 없는 한 근소한 차이의 승부가 차례차례 펼쳐졌다.

하지만 위령위와 정령위의 싸움이 되면서 분위기가 확 달라졌다.

"으랴아아아! 뒈져 버려, 낮은 검격의 송사리 녀석아!"

제3시합장에서 어떤 정령위 종기사가 시합 개시 직후 빨강 요정마법으로 폭발을 일으켜서 위령위 종기사를 불태워 순식간에 결판을 냈다.

"오오오오오오오! 뒤란데 학급의 가트, 강해애애애애애애!"

"역시 엘리트인 정령위! 압도적이야!"

"우와…… 대전 상대인 위령위 아이…… 불쌍해……."

관전 중인 1학년 종기사들은 칭찬하면서도 전전긍긍했다.

"아아아아아아아악?! 으아아아아아아아아—?!"

승리를 거두고 의기양양하게 시합장을 떠나는 가트 뒤에

서 온몸이 불길에 휩싸인 앤서로 학급의 학생이 비명을 지르며 데굴데굴 굴렀다.

그런 학생 곁으로 구호반인 《호반의 여인》들이 허겁지겁 달려가 마법으로 물 정령을 소환하여 학생을 태우는 불을 껐다.

새까맣게 탄 학생에게 비약을 바르고 치유마법을 걸었다.

그러자 심한 화상은 순식간에 치유되었지만…….

"우와……."

"히, 히이이이이이익?!"

승부라고 할 수도 없는 그 시합을 보고 크리스토퍼는 질색했고 리네트는 울상을 지었다.

이렇게 검격이 차이 나는 자들의 시합은 싸움도 되지 않았다.

대부분 순식간에 결판이 났다.

간혹가다 간신히 무승부로 끌고 갈 수 있는…… 그 정도였다.

그리고 정령위 간의 싸움은ㅡ.

"""""오오오오오오오오오오오ㅡ?!"""""

ㅡ그 무시무시하게 수준 높은 싸움을 보고 시합장은 들끓었다.

지금 제2시합장에서는 뒤란데 학급의 1학년 학급장 올리비아와 앤서로 학급의 1학년 학급장 요한의 시합이 벌어지고 있었다.

올리비아는 빨강 요정검, 요한은 초록 요정검. 관객석에서 견학 중인 2학년 종기사^{세컨드 스콰이어}와 3학년 종기사^{써드 스콰이어}들도 주목하는 기대주들의 검격은 당연히 정령위였다.

올리비아는 검을 휘둘러 화염 파도를 날려서 요한을 공격했고, 요한은 주위에 무수한 흙골렘을 만들어 정면에서 압력을 가했다.

밀어닥치는 화염 파도가 흙골렘의 밀집 진형^{팔랑크스}을 차례차례 무너뜨려 나갔다.

하지만 계속해서 솟아나는 흙골렘은 화염 파도를 훌륭하게 막아 냈고―.

"―하앗!"

그 틈새로 질주한 요한이 화염 파도를 돌파하여―.

"덤벼!"

성대하게 금속음이 울리고 불꽃이 튀었다.

사납게 달려든 요한과, 정면으로 요격한 올리비아가 검을 교차시키며 격돌했다.

일진일퇴의 공방을 펼치는 두 사람의 모습에 대회장이 더욱 과열되었다.

"저 두 사람이 올해 1학년 최상위자인가."

"하하하! 올해 1학년들은 쌩쌩하네."

"그러니까 말이야. 반년 만에 이만큼이나 검의 힘을 끌어내다니."

"이거 우리도 여유 부릴 수 없겠어."

관객석에서 견학 중인 상급생들도 감탄하며 열심히 시합을 보고 있었다.

그리고.

그렇게 수준 높은 정령위조차 비웃는 듯한 존재가 오늘 이 대회장에 있었다.

"하아—!"

살을 에는 압도적인 냉기의 파동이 시합장에 휘몰아쳤다.

얼어붙은 공기는 세빙이 되어 반짝였고, 날카로운 고드름이 무수히 빗발쳤다.

"꺄아아아아아아아악—?! 아, 아, 아…….."

앞선 시합에서 요한과 명승부를 펼쳤던 올리비아가 고드름에 온몸을 꿰뚫리고, 순식간에 성장한 거대한 얼음덩이 속에 갇혀 완전히 침묵했다.

시합이 시작되고 불과 10초 만에 벌어진 일이었다.

그 냉기 앞에서 그녀의 화염마법은 촛불과 같았다.

"……흥."

아무 말도 못 하고 아연히 바라보는 일동의 시선을 한 몸에 받으며 소녀— 루이제 세디아스는 쌍검을 갈무리하고 시합장을 뒤로했다.

"저게 바로……."

"……신령위인가……."

상급생들도 눈을 크게 뜨고 식은땀을 흘리며 숨을 삼킬 수밖에 없었다.

신령위—「선택받은 자」.

그 검의 힘은 그토록 압도적이었다.

그렇게 괴물들이 잇따라 날뛰는 시합장을 본 블리체 학급 학생들은 머리를 싸매고 의기소침해져 있었다.

"저게 뭐야……."

"뭐, 저런 규격을 벗어난 인간은 내버려 두기로 하고…… 우리가 상대해야 하는 정령위 녀석들도 압도적이잖아……."

"이건…… 확실히 창피를 당하겠네요……."

"훌쩍…… 으아아아앙, 흑…… 무서워…… 무서워~~."

블리체 학급 학생들은 완전히 자신감을 잃고 말았다.

'시드 경은 그렇게 말했지만…… 정말로 우리의 힘이 통할까……?'

그리고 앨빈도 역시 얼굴이 굳어 있었다.

하지만 시드만큼은—.

"~♪."

여유로운 표정으로 계속 시합을 바라보았다.

그리고—.

―――――.

"오오! 루이제다! 루이제가 나왔어!"

"루이제의 다음 상대는 누구야?!"

"으음, 진행표에 의하면…… 아, 앨빈이야! 블리체 학급의 앨빈이야!"

"진짜?! 그 쓰레기통 학급의 앨빈?! 왕족이면서 꽝을 뽑은?!"

"이래서야 싸움이 되지도 않겠어……."

환호성과 야유가 쏟아지는 가운데, 앨빈은 숨을 크게 들이마시며 시합장에 섰다.

몇 미터 떨어진 앞에 아까 정령위를 상대로 압승을 거둔 파죽지세의 루이제가 왕처럼 여유롭게 서 있었다.

"흥…… 왕자인가."

루이제는 앨빈에게 전혀 관심이 없다는 듯 중얼거렸다.

"루이제. 너와 이렇게 검을 맞대는 건 입학 이후로 처음이지?"

앨빈은 자신의 세검형 요정검―《여명》을 뽑아 천천히 들었다.

"정정당당히 시합하자. 누가 지든…… 원망하지 않는 거야."

앨빈의 그런 당당한 태도는 조금 신경에 거슬린 모양이었다.

"……누가 지든?"

루이제가 앨빈을 물어뜯기 시작했다.

"흥, 왕자…… 역시 조금 기고만장해져 있는 것 같네."

"뭐……? 내가 기고만장하다고? 그, 그렇지는……."

"지령위인 네가 신령위인 나랑 싸우려고 하는 것 자체가 자만심이야."

"……!"

매몰찬 말투에 앨빈이 입을 다물자 루이제가 짜증스레 쏘아붙였다.

"흥…… 용으로부터 왕도를 지키고자 싸운 기사의 귀감이라고 백성들이 치켜세우니까 착각했나 봐? 실제로는 지령위뿐인 약소 학급인데."

"그, 그건……."

"너희가 지난번 왕도 동란 때 활약할 수 있었던 건 상급생들과 나 같은 높은 검격이 파봄 평원 방어전에 참전했기 때문이야! 내가 왕도에 남아 있었다면 왕도를 지킨 건, 명예를 얻은 건 분명 나였을 거야!"

"~~?!"

어째선지 루이제는 일방적으로 앨빈을 라이벌로 보고 있는 것 같았다.

그리고 얼떨떨해하는 앨빈에게 계속 말했다.

"어쨌든, 왕자. 시합이 시작되면 바로 항복을 선언해."

"……?!"

"말 안 해도 알겠지만, 지령위인 왕자와 신령위인 내가 시합해 봤자 싸움이 안 돼. 하지만 너는 이 나라의 왕자. 이렇게 많은 사람 앞에서 창피 주고 싶지도 않아. 그러니까—."

하지만—.

"안 돼. 그럴 순 없어."

앨빈이 기죽지 않고 대답하자 루이제가 눈썹을 움찔했다.

"이해는 안 되지만 시드 경은 나를 믿고 응원해 줬어. 신하의 믿음을 배신한다면 왕이라고 할 수 없어. 안 그래?"

"시드 경…… 《야만인》 시드 경인가……!"

그러자 루이제는 시합장 밖에 여유롭게 서서 동향을 살피는 시드를 날카롭게 흘겨보았다.

그리고 미워 죽겠다는 듯 표정을 일그러뜨리고 내뱉었다.

"무자비하며 잔인무도…… 기사라고 할 수도 없는 《야만인》 주제에! 큭…… 저런 괴물이 있다면…… 나는……!"

"……루이제?"

루이제의 모습이 이상해져서 앨빈은 고개를 갸웃했다.

"왕자! 너도 제정신이 아니야! 왜 저런 남자를 데려왔지?! 기사의 긍지라고는 조금도 없는, 그저 강하기만 한 폭력 장치를!"

"……."

"그렇게까지 해서 이 나라의 왕이 되고 싶어?! 우리가 준수해야 할, 백성의 규범이 되어야 할 기사의 긍지와 기개, 전통을 파괴할지도 모르는 족속에게 매달리면서까지!"

"그, 그렇지는……."

"저런 남자에게 가르침을 청해 봤자 아무것도 얻을 수 없어! 오늘 이 시합에서 내가 검으로 그걸 증명하겠어!"

그렇게 선언하고 루이제가 쌍검을 들었다.

루이제의 파랑 요정검 《창성》— 두 자루가 한 쌍인 쌍검형 요정검에 냉기가 서리며 주위의 기온이 순식간에 내려가고 앨빈의 피부를 마비시켰다.

"……양자, 경례! 시작!"

심판의 구호에 맞춰 기사의 결투 예법을 따라 서로의 검을 맞대 인사하고.

마침내 금일 블리체 학급의 첫 시합인 앨빈과 루이제의 싸움이 시작되었다.

"하아아아아아아아—!"

루이제는 일격으로 승부를 가를 심산인지.

요정검의 신체 능력 강화를 믿고서, 중단 자세인 앨빈에게 파고들었고.

순식간에 검을 치켜들어 진심으로 가하는 일격을 앨빈에게—.

……그때.

그곳에 있던 모두가 이 시합은 삽시간에 끝날 거라고 보았다.

루이제는 최고 검격인 신령위고 앨빈은 최저 검격인 지령위니까.

검격은 요정마법의 출력뿐만 아니라 요정검이 가져오는 신체 능력 강화 효과에도 크게 영향을 준다.

그러니— 싸움이 안 된다.

앨빈은 루이제의 검을 막을 수도 없다.

다들 그렇게 생각했고.

그리고 다들 그 생각에 배신당했다.

유일하게 의기양양한 얼굴로 여유를 부리던 시드, 단 한 명을 제외하고—.

키이이이이이이이잉!

"크윽—?!"

루이제의 검을 막은 순간, 상상을 뛰어넘는 충격이 앨빈의 몸을 관통했다.

엄청난 충격에 세검을 든 손이 저려서 하마터면 검을 떨어뜨릴 뻔했다.

하지만— 그게 다였다.

믿을 수 없는 광경이 펼쳐져 있었다.

앨빈이 루이제의 공격을 정면으로 막은 것이다.

"무슨—?"

이 일격으로 싱겁게 끝날 거라고 확신했던 루이제도.

이미 다음 시합으로 관심이 넘어갔었던 관객들도.

앨빈이 무사하기를 빌며 지켜보던 블리체 학급의 동료들도.

모두 말문이 막혀 아연히 시합장을 바라보고 있었다.

"—흡."

앨빈이 검을 거둬들여 재빨리 루이제와 거리를 두고 다시 자세를 잡았다.

후우—! 후우—! 독특한 율동으로 깊이 호흡하며 말했다.

"……봐주는 거야? 항상 온 힘을 다하는 너답지 않네. 나한테는 그럴 가치가 없다는 건가?"

당황스러워하는 것도 같고 비난하는 것 같기도 한 표정이었다.

하지만 희미한 분노가 담겨 있긴 해도 도발하거나 깔보는 기색은 전혀 없었다.

즉, 앨빈은 정말로 그렇게 생각하고 있는 것이다. —자신을 봐줬다고.

"봐줘……? 내가 봐줬다고……?!"

하지만 루이제에게는 자신보다 약한 상대에게 얕보인 것과 같은 일이었다.

"지령위 주제에……! 멋대로 지껄이지 마!"

솟구치는 격정을 따라 루이제는 앨빈에게 다시 달려들었다.

"아아아아아아아아아아아아아아ㅡ!"

다양하게 변화하며 휘둘리는 쌍검 난무, 그건 마치 휘몰아치는 폭풍 같은 연격이었다.

쪼개듯 내려치는 오른쪽 검, 뒤집어 되받아치는 왼쪽 검, 이어서 맹수처럼 돌진하는 오른쪽 검.

루이제가 휘두르는 쌍검의 궤도를 따라 세빙이 날리며 희게 반짝이는 호를 그렸다.

그것들은 전부 위령위는 물론이고 정령위도 단칼에 받아낼 수 없는 필살의 참격들이었다. 범위에 들어온 순간, 바로 승부를 가르는 종류의 공격이었다.

하지만 그 필살일 터인 공격을ㅡ.

"큭?! ……웃!"

앨빈이 막고 있었다.

세검을 교묘하게 조작해서 흘리고, 튕기고, 막았다.

루이제의 공격 횟수와 압력에 밀려서 확실히 한 걸음씩 후퇴하고 있기는 했지만ㅡ.

막아 내고 있었다. 싸움이 되고 있었다.

"이, 이거 어떻게 된 거야……?!"

"어, 어째서 앨빈 왕자가 루이제의 요정검을 상대로……?!"

예상치 못한 시합이 시작되어서 관전 중인 학생들은 동요와 곤혹을 감추지 못했고.

"루이제! 뭐 하는 겁니까?! 봐주는 것도 적당히 하세요!"

루이제가 소속된 오르토르 학급의 필두 교관 기사 크라이스도 명백하게 여유가 없었다.

"젠장……! 요리조리 귀찮게……!"

역시 초조해졌는지 루이제도 공격의 회전 속도를 높였지만.

"이얍―!"

찰나, 아래로 휘둘린 오른쪽 칼을 쳐 낸 앨빈이 반격조차 가했다.

그 칼끝은 가까스로 고개를 돌린 루이제의 뺨을 스쳤다.

"아니―?"

일순 루이제는 멍해졌다.

앨빈은 루이제의 속도를 따라오고 있었다.

"교, 교교교, 교관님?! 저거 대체 어떻게 된 거죠?!"

시합장 밖에서 크리스토퍼가 얼빠진 목소리를 냈다.

"아니, 확실히 앨빈은 우리보다 한발 앞서고 있지만, 아무리 그래도 저건 아니잖아요?! 상대는 신령위라고요!"

"호, 혹시 교관님, 저희 몰래 뭔가 마법을?!"

"그, 그그그, 그렇겠죠! 뭔가 엄청나게 파워업하는 전설 시대의 마법을 저희한테……."

"진정해. 그건 반칙이고, 그런 편리한 만능 마법은 없어."

어이없다는 얼굴로 쓴웃음을 지으며 시드가 대답했다.

"윌이야, 윌. 그저 윌을 태워서 손발에 마나를 보내 신체 능력을 높인 거야. 그게 신령위의 출력에 맞먹었어. 그게 다야."

"네에에에에에~~?!"

"위, 월은 신령위와 맞설 수 있을 만큼 힘을 올려 주나요?!"

"도, 도저히…… 믿을 수가 없어요……."

"살아 있는 견본인 내가 있는데 아직도 안 믿었던 거야? 역시 좀 상처인데."

말은 그렇게 하면서도 시드는 즐겁게 해설했다.

"이 시대의 기사들은 요정검에서 마나를 끌어내 신체 능력을 강화하고 마법을 행사해. 그래서 요정검의 강함이 곧 기사의 강함이라고 여기고, 요정검보다 더 강해지지 못해."

시드는 그렇게 말하며 주위를 두리번거리더니 근처에 있던 나무에서 가지를 부러뜨렸다.

"어어, 그건?"

"시로테라는 나무의 가지야. 일정 수준 이상의 마나에 반응해서 단계적으로 꽃을 피우는 성질이 있어. 다들 검을 꺼내 봐."

일레인이 의아해하며 자신의 요정검을 칼집에서 뽑자 시드는 그 도신에 가지를 댔다.

그러자…… 마른 가지에 급속도로 꽃봉오리가 맺히더니 자그마한 파란 꽃이 한 송이 피었다.

이어서 리네트의 요정검에 가지를 대자 이번에는 초록색

꽃이 하나 피었고, 세오도르의 요정검에 댔을 때는 빨간 꽃이 역시나 한 송이 피었다.

"……지령위는 한 송이인가. 그렇다면 신령위는 최소한 열 송이는 피겠지. 피어난 꽃의 개수가 검의 마나 출력이라고 생각하면 돼."

"여, 열 송이……?!"

"그, 그렇다면, 단순히 저희의 검보다 열 배는 강하다는 건가요?!"

"뭐, 그렇게 되지. 하지만 잘 봐……."

시드가 가지를 든 채 조용히 심호흡하기 시작했다. 그러자—

톡, 톡, 토도독! 나뭇가지에 잇따라 꽃봉오리가 맺히더니 하얀 꽃이 차례차례 피어났다. 활짝 핀 꽃은 떨어지고 곧장 다음 꽃봉오리가 맺혔다.

그 수는 10…… 20…… 30…… 그 이상.

개화가 전혀 멈출 기미를 보이지 않았다.

"봤어? 이게 윌이야."

"이게 무슨—?! 윌은 이렇게 대단했던 건가요?!"

"말도 안 돼! 인간이 요정검보다 더 많은 마나를 만들어 낸다고요?!"

"딱히 신기한 일은 아니야."

경악하는 학생들에게, 시드가 윌 호흡을 멈추고 여유롭

게 말했다.

"확실히 요정검의 마나는 방대하지만 **유한**해. 끌어낼 수 있는 마나에 한계가 있어. 하지만 윌은 달라. 이 세상에 보편적으로 존재하는 마나를 호흡으로 몸속에 들어서 출력하는 기술이야. 즉, 거의 **무한**해. 뭐, 나 정도 수준으로 할 수 있는 녀석은 흔치 않지만. 어쨌든 단순한 마나 출력 승부라면 윌이 요정검을 압도해. 애초에 이 시대의 기사들은 요정검을 잘못된 방식으로 쓰고 있어. 그래서 신령위여도 고작 열 송이 정도의 출력만 낼 수 있는 거야. 참 아까워."

"자, 잘못된 방식으로 쓰고 있다고요……?"

"뭐, 그건 넘어가고. 내가 보기에 지금 앨빈의 윌이라면 여덟 송이는 피울 수 있을 거야."

"여덟 송이?! 앨빈 녀석, 그 정도예요……?!"

"괴, 굉장해……."

"뭘 그렇게 놀라? 너희도 대여섯 송이는 피울 수 있을걸?"

그런 시드의 지적을 듣고 학생들이 서로 얼굴을 마주 보았다.

그리고 시드에게서 시로테 가지를 받아 숨을 고르고 윌을 태워 보았다.

그러자—.

"저, 정말이에요……. 파란 꽃이 다섯 개……."

"나도……. 초록색 꽃이 여섯 개……. 말도 안 돼……. 강해졌다는 실감은 전혀 안 들었는데…….”

“그야 당연하지. 너희의 훈련 상대는 나잖아? 1의 힘이 5나 6이 되더라도 10,000에 비하면 큰 차이 없어.”

그리고 시드는 필사적으로 싸우는 앨빈의 뒷모습을 힐끔 보았다.

그런 시드에게 학생들은 불안한 얼굴로 물었다.

“하, 하지만…… 앨빈이 월을 이용해 8의 마나를 쓸 수 있더라도 신령위인 루이제는 10이잖아요? 여전히 뒤처지지 않나요……?”

“마, 맞아요! 이대로 가면 언젠가 밀릴 텐데…….”

“아니, 이 시합은 문제없어.”

시드는 자신 있게 단언했다.

“낮은 검격은 높은 검격을 이길 수 없다…… 그건 결국 단순한 출력 차의 문제야. 압도적인 출력 차가 생기기에 상대조차 안 돼. 싸움이 안 돼. 하지만 어떻게든 공방을 펼칠 수 있을 만한 출력 차라면 충분히 싸움이 돼.”

“……네? 그게 대체 무슨 말이죠?”

세오도르가 의아해하며 묻자 시드가 씩 웃으며 대답했다.

“뻔한 거 아니야? **단순한 기량 차이야.** 앨빈을 비롯해서 너희는 검격이 낮아도 높은 검격에 대항하려고 반년간 필사적으로 노력했잖아? 즉, 조금이라도 검격의 차이를 메꾸려고 필사적으로 **기술**을 갈고닦았어.”

"아……."

　"요정검의 힘만 믿고 단순한 검술이나 전술 연구를 게을리한 대다수의 학생과 비교하면 본연의 기량은 너희가 더 높아. 저길 봐."

　시드가 턱짓한 시합장에서는―.

　"칫―! 냉엄하게 집행하라, 빙검장송(氷劍葬送)^{아이퓨네}!"

　"바람으로 지켜라^{월드}!"

　아까 올리비아를 순식간에 얼려 버렸던 루이제의 냉기 파동을, 앨빈은 바람 방패를 비스듬히 전개해서 받아넘겼다. 정면으로 막으면 출력 차이로 깨진다. 그렇기에 비스듬히 전개했다.

　"저거…… 일레인의 아이디어였지?"

　"마, 맞아요……. 높은 검격의 공격에 어떻게든 대항할 수 없을까 싶어서 고안했지만…… 여태까지는 결국 계란으로 바위 치기라서 도움이 안 됐는데……."

　아연해하는 학생들에게 시드가 다시 말했다.

　"봤지? 너희가 고생한 반년은…… 너희가 지금까지 필사적으로 쌓아 올린 것은 결코 헛되지 않았던 거야."

　"교, 교관님……."

　아마 학생들은 아직 시드가 교관으로 부임하기 전의…… 반년간의 고생길을 주마등처럼 떠올렸을 것이다.

　다들 감격한 얼굴로 말을 잇지 못했다.

"그렇다면…….."

유일하게 솔직하지 못한 세오도르가 퉁명스레 물었다.

"왜…… 이 사실을 저희에게 말해 주지 않은 거죠?"

"응? 그야 당연하지."

그러자 시드는 악동처럼 씩 웃더니 무안해하지도 않고 말했다.

"너희가 깜짝 놀라는 모습을 보고 싶었으니까."

"이, 이 사람은 진짜~~!"

세오도르는 물론이고 크리스토퍼도 일레인도 리네트도, 화난 마음과 어이없는 마음이 반반씩 섞인 얼굴로 소리칠 수밖에 없었다.

학생들이 그러든 말든, 시드는 다시 루이제와 싸우는 앨빈을 보더니 그 등을 향해 외쳤다.

"가라! 앨빈! **이길 수 있어!**"

"—!"

시드의 그 목소리를 들은 앨빈은 일순 퍼뜩 놀란 표정을 지었다가.

"네! 이이이이야아아아아아아아아—!"

날카롭게 발을 내디디며 찔러 들어가 루이제에게 카운터를 가했다.

"……이길 수 있다고?! 지령위인 네가 신령위인 나를 이

길 수 있단 거야?!"

앨빈의 찌르기를 왼쪽 검으로 흘리며 루이제가 분노로 얼굴을 붉혔다.

"웃기지 마! 어떤 마법을 썼는지 모르겠지만 이 정도로는 어림도 없어!"

하단에서 쳐올리는 앨빈의 검을 루이제가 오른쪽 검으로 쳐 냈다.

동시에 땅을 박차 흙먼지를 일으키며 빠르게 후퇴.

앨빈과 거리를 벌리고서―.

"나의 파랑 요정검 《창성》이여! 더! 더 힘을 빌려줘!"

그렇게 외친 순간이었다.

두근.

루이제의 요정검이 불길한 파란빛을 냈고…… 그 빛이 루이제에게 흘러들었다.

"―?!"

앨빈이 경계하며 물러나 방어 자세로 검을 든 것과―.

"이야아아아아아아―!"

사냥감에게 달려드는 사자처럼 루이제가 앨빈에게 달려든 것은 거의 동시였다.

귀청이 떨어질 듯한 금속음. 타닥타닥 튀는 불꽃과 세빙.

루이제의 일격을 간신히 검으로 막은 앨빈이 그 압력에 의해 땅에 길게 자국을 새기며 몇 미터쯤 밀려났다.

"큭―?!"

"나의 진정한 힘을 보여 주겠어!"

루이제는 눈앞에서 쌍검을 역십자 모양으로 교차시키고 고대 요정어로 말했다.

"그대는 창궁에 반짝이는 십자성. 데 스테라 엘 크루스"

그 언령에 호응하듯 루이제의 쌍검이 압도적으로 마나를 높이며 빛났다.

"떨어져 땅에 꽂히어." 폴소르드 스트라이 바스

그 언령에 호응하듯 루이제 주위의 기온이 단숨에 결빙점 밑으로 내려갔다.

쩌적쩌적.

루이제를 중심으로 공기가, 지면이, 모든 것이 소리를 내며 얼어붙었다.

쿵, 하고 무겁게 짓누르는 압력. 온갖 것을 정지시키는 막대한 냉기.

그에 비례하여 쌍검의 마나는 높아지고, 높아지고, 고조되었다.

그것은 학생들이 요정마법을 발동할 때 흔히 외우는 1절 기도가 아니었다.

더 많은 언령을 쓴 3절 이상의 기도―.

"무슨……?! 루이제, 너는 설마 벌써 **대기도**에 도달한 거야?!"

앨빈이 아연실색하여 외친 순간이었다.

"삼계에 정적을 가져올 자라!"
_{데 파른 브링 글라세 피로드}

쾅!

루이제의 전신에서 피어난 냉기가 빙설이 되어 소용돌이 쳤다.

땅이 곧장 새하얗게 덮이고, 고드름이 춤추는 마물처럼 소리 내며 성장했다.

맹렬한 극저온의 눈보라가 시합장 전체에 휘몰아치며 맞서는 모든 적을 얼리겠다는 듯 윙윙거렸다.

"파랑 대기도【삼계의 얼음 은하】! 이걸로 끝이다!"

사나운 눈보라가 전후좌우에서 앨빈을 집어삼키려 달려들었다.

멈춰 있으니 순식간에 성장하는 얼음이 앨빈의 다리를 타고 올라왔다.

앨빈은 심호흡을 한 번 하고서 다리를 삼키는 얼음을 밟아 부수고 한층 강하게 윌을 태웠다.

"—상냥한 봄을 고하라!"
_{아나스프링크}

그리고 염출한 마나를 요정검에 보내서 바람의 가호를 옷처럼 입었다.

초록 요정마법【봄바람 날개옷】— 열기와 냉기를 막는

보호마법이었다.

해일처럼 육박하는 눈보라를 바람옷이 막았지만—.

"……억…… 끄으……?!"

완전히 막지는 못했다.

압도적인 냉기가 앨빈의 몸 표면에 조금씩 살얼음을 만들었다.

"자, 끝내 주겠어!"

휘몰아치는 눈보라, 얼어붙어 반짝이는 공기, 빙결 지옥으로 변한 풍경 속에서.

루이제는 이걸로 끝장을 내겠다는 것처럼 앨빈에게 달려들었다.

"끄으으으으으—?!"

극저온의 냉기가 밀려들고 있는데 거기다 힘과 속도가 강화된 루이제의 맹공까지 더해졌고.

사나운 냉기가 한없이 앨빈의 열을 빼앗아 움직임을 둔화시켰다.

앨빈은 점차 수세에 몰렸다.

"후후, 아하하하하! 그래요, 잘하고 있습니다!"

그런 시합 양상을 본 크라이스가 크게 웃었다.

지금까지 마음 졸였던 굴욕을 전부 날려 버리려는 것처럼 웃었다.

"이게 바로 신령위와 지령위의 격차! 자질구레한 노력으로는 어떻게도 할 수 없는 차이를 이해력 달리는 왕자에게 가르쳐 주세요! 하하하하하하—!"

—한편.

"젠장! 대기도…… 그런 게 가능한 거야?!"

앨빈이 절체절명의 위기에 빠지자 블리체 학급 학생들이 허둥거리기 시작했다.

"애, 앨빈!"

절친의 위기에 텐코가 사색이 되어 외쳤다.

"스, 스승님! 어쩌죠?! 이대로는 앨빈이……!"

"과연. 대기도를 쓰는 건가. 이건 예상외야."

시드는 복잡한 표정으로 머리를 긁적였다.

요정검에 의한 요정마법은 기본적으로 더 많은 언령을 쓰는 마법일수록 강한 힘을 발휘한다.

요정기사 대다수의 전술 주체는 1절 기도나 2절 기도를 외는 요정마법이었다.

3절 기도 이상의 요정마법은 《대기도》라고 불리는 세계의 법칙에 개입하는 고등 마법이 되었고, 한정된 요정기사만이 쓸 수 있는 비기였다.

대기도를 외울 수 있는 것은 일류 요정기사라는 증거였다.

신령위 요정검에게 「선택받은 자」— 루이제 세디아스.

1학년 종기사면서 벌써 대기도에 도달한 그녀는 틀림없이 천재였다.

"하하하! 하긴, 그렇지. 그러고 보니 나는 너희에게 기초 체력 만들기와 월 훈련만 시키고 아직 마법에 관해서는 아무것도 안 알려 줬어."

블리체 학급 학생들의 매달리는 듯한 시선을 받으며 시드는 껄껄 웃었고.

"하지만 뭐, 어쨌든. **이건…… 끝났네.**"

털썩! 의자에 깊이 앉아 팔짱을 끼고 눈을 감았다.

"스, 스승님?! 그게 무슨 말인가요?!"

"이 시합은 더 볼 것도 없어. 끝나면 깨워."

그런 말을 남기고서.

시드는 순식간에 잠들어 버렸다.

"스승님~~~?!"

비난하는 듯한 텐코의 외침이 울려 퍼졌다.

루이제가 1학년 종기사면서 벌써 3절 기도를 외웠다—.

그 사실은 시합장을 뒤흔들었다.

학생들은 다른 시합장에서 동시 진행 중인 시합 따위 거들떠보지도 않고 앨빈과 루이제의 시합이 벌어지는 곳으로 모여들었다.

그리고 동시에 모두가 확신했다.

이제 끝났다. 승부가 갈렸다.

어떻게 된 건지는 잘 모르겠지만, 앨빈은 지령위면서 무적의 신령위를 상대로 그럭저럭 선전했다.

하지만 그 발악도 여기까지다.

앨빈이 사용하는 통상적인 1절 기도 요정마법으로는 대기도를 이길 수 없다.

앨빈은 이미 방어 일변도였고 당장에라도 나가떨어질 것 같았다.

그래, 이미 승부가 났다.

시합은 금방 끝날 것이다.

——.

—그러나.

"……뭔가…… 묘하게 시합이 길어지지 않아?"

"어, 응, 그러게…… 아직도 안 끝났나……?"

시합을 관전하던 학생들이 조금씩 술렁거리기 시작했다.

시합장에서는 여전히 앨빈과 루이제가 격렬하게 싸우고 있었다.

하지만 루이제가 대기도를 전개하고 벌써 시간이 꽤 지난 상태였다.

루이제는 해일처럼 밀려드는 냉기와 눈보라로 압력을 가하고 그 틈을 타 앨빈에게 맹공을 퍼부었다.

그런데도 앨빈은 나가떨어지지 않았다. 수세에 몰리긴 했지만 바람을 교묘하게 조종하여 루이제의 맹공을 처리하고 있었다.

오히려―.

"―흡!"

"아니―?!"

루이제의 빈틈을 포착하고서 즉각 반격에 나섰다.

곧장 호를 그리며 날아온 참섬(斬閃)을 루이제는 휘청거리며 피했다.

"뭐, 뭔가…… 흐름이……? 점점 앨빈 왕자가 우세해지고 있지 않아……?"

"말도 안 돼……."

"아니, 하지만 확실히……."

관객들이 말한 대로, 처음에는 방어 일변도였던 앨빈이 점차 반격에 나서는 일이 많아졌다.

"어, 어딜―!"

루이제가 뒤로 물러나 검을 치켜들었다.

그에 맞춰 주위의 눈보라가 재차 앨빈을 옥죄듯 삼키려고 했지만―.

앨빈은 다시 크게 숨을 들이마셔서 윌을 연소시켰고.

"빠르게 날아가 때려눕혀라!"
플라이하이비트

초록 요정마법【바람 망치】.

포탄 같은 돌풍이 냉기를 무산시켰다.

그리고 경악하여 눈을 크게 뜬 루이제에게 앨빈이 과감히 달려들었다.

상중하로 쇄도하는 앨빈의 3연속 찌르기를 루이제는 필사적으로 피했다.

"큭—?!"

"이얍—!"

그대로 앨빈은 단숨에 추격하여 압력을 가했다.

어느새— 형세는 완전히 역전되어 있었다.

"마, 맙소사……?! 앨빈 녀석, 강해진 거야?!"

"설마 이 시합 중에 성장이라도 했다는 건가……?!"

크리스토퍼와 세오도르가 경악하여 외쳤다.

"스, 스승님! 일어나세요, 스승님!"

가만있을 수 없었던 텐코는 의자에 앉아 눈을 감은 시드를 흔들었다.

"음? 뭔데……? 끝났어……?"

시드는 크게 하품하며 몸을 일으켰고…….

"뭐야, 아직 싸우고 있나. ……정말이지, 더 정진해야겠네."

텐코가 몇 번 흔들고 나서야 일어난 시드가 졸린 눈을 비비며 크게 하품했다.

"그, 그보다도 스승님! 이건 대체 어떻게 된 거죠?!"

"뭐가?"

"그…… 앨빈이 시합 중에 점점 강해지고 있어요……!"

"바보야. 그럴 리가 있겠냐."

콕. 허둥거리는 텐코의 이마를 시드가 손으로 찔렀다.

"반대야. 루이제가 약해진 거야."

"네?! 그게 대체 무슨……?!"

"뭘 따질 것도 없이 당연한 일이야. 루이제는 물론이고 이 시대의 기사는 하나같이 요정검을 잘못된 방식으로 쓰고 있어."

시드는 고개를 돌려 뚜둑 소리를 내며 설명하기 시작했다.

"루이제가 쓸 수 있는 요정검의 마나는 꽃으로 세면 열 송이 정도라고 했지? 마나를 무식하게 잡아먹는 대기도 마법 같은 걸 날리면 절반 정도는 단숨에 날아가. 당연히 이후로는 신체 능력 강화나 마법의 위력도 점점 떨어져. 요컨대 **요정검도 지치는** 거지."

"아……."

"하지만 앨빈은 달라. 신체 능력 강화는 윌을 태워서 스스로 행하고, 요정마법을 쓸 때는 오히려 요정검에게 마나를 주고 있어. 이러면 전투가 길어져도 호흡이 이어지는 한 앨빈과 요정검의 전투 성능은 거의 떨어지지 않아."

시드의 말을 듣고 학생들이 퍼뜩 깨달았다.

"애초에 대기도는 본래 윌을 전제로 사용자와 검이 일심동체가 되어 행사하는 마법이야. 요정검한테 다 맡긴 상태로 써 봤자 보기에만 화려하지 위력은 그만큼 안 나와. 가성비는 최악이야. 오히려 검의 마나를 낭비하는 것과 같아."

"그, 그런 거였어요……?"

"그리고……."

시드가 일어나서 다시 앨빈과 루이제의 싸움을 보았다.

앨빈과 루이제는 사람들의 시선을 한 몸에 받으며 격렬하게 검을 맞부딪치고 마법으로 응수하고 있었는데…….

"후우…… 후우……."

앨빈이 구슬땀을 흘리면서도 규칙적으로 호흡하는 데 반해.

"하아……! 하아……! 헉…… 헉……! 어째서……?!"

루이제는 확연하게 숨을 몰아쉬며 피폐해진 모습이었다.

앨빈은 이마에 땀이 맺힌 정도지만, 루이제는 온몸이 땀으로 흠뻑 젖었고 다리도 후들거렸다.

"전황이 막상막하로 길어지면 최후에 승부를 가르는 건 뭘까? 이것만큼은 옛날부터 당연했고 앞으로도 영원히 변치 않을 거야."

시드는 씩 웃으며 말했다.

"……**근본적인 기초 체력**. 매일 갑옷을 입고 죽기 직전까지 달린 앨빈과 비교하면 요정검만 믿고 지냈던 루이제는 압도적으로 단련이 부족해. 그래서 말했잖아? **이미 끝났다고.**"

시드가 그렇게 선언했을 때였다.

"지금이다! 하앗—!"

싸우다가 루이제가 순간 비틀거렸고, 그 좋은 기회를 놓치지 않은 앨빈이 땅을 박차고 돌진하여 단숨에 공격에 나섰다.

그리고 고대 요정어로 외쳤다.

"—나의 칼날에 맞춰 춤춰라!"
^{윈다즈세이버}

휘오오!

초록 요정마법【열풍(烈風)】. 앨빈이 휘두르는 검에 국지적으로 거센 바람이 휘감겨 검의 속도를 압도적으로 가속했다.

그 바람이 일으키는 풍압은 루이제를 지키는 눈보라를 순식간에 날려 버렸고—.

바람을 휘감아 가속한 검이 루이제를 곧장 덮쳤다.

"으— 아아아아아아—?!"

루이제는 순간적으로 검을 교차시켜 앨빈의 검을 막으려고 했지만—.

돌풍을 휘감은 앨빈의 검이 루이제의 쌍검을 튕겨 냈고.

푹! 그대로 루이제의 흉부에 들어갔다.

《호반의 여인》들이 시합장에 친【불살 결계】때문에 치명상이 되지는 않았지만— 그 대미지는 깊었다.

"……커, 헉……?!"

바람에 휩쓸린 루이제는 하늘을 날아가 땅에 처박혔다.

"쿨럭…… 이럴 수가, 안 돼…… 나는…… 질 수…… 없어……."

루이제는 검을 지팡이 삼아 떨리는 몸을 지탱하고 어떻게든 일어나려고 했다.

"나는…… 이 나라 제일의…… 기사가…… 되어야…… 해……!"

하지만.

이윽고 힘이 다한 루이제는 털썩 쓰러졌고 침묵했다.

"……."

앨빈은 쓰러진 루이제 앞에서 여전히 방심하지 않고 검을 들고 있었다.

"""…….""""

대회장이 쥐 죽은 듯 고요해졌다.

"……말도 안 돼…… 말도 안 돼…… 말도 안 돼……."

단 한 사람, 크라이스만이 입을 뻐끔거리며 신음하고 있었고…….

"……."

시합 진행을 맡은 심판도 꿈인지 생시인지 모르겠다는 것처럼 눈앞의 광경을 바라보고 있었다.

그러나 루이제가 전혀 일어나지 않자 눈앞의 광경이 뒤집을 수 없는 진실임을 인정할 수밖에 없어서.

"……승자…… 앨빈 왕자……."

"""""오오오오오오오오오오오오오오오오오오오오오오—!"""""

그런 선언과 함께 경악의 환호성이 대회장을 뒤덮었다.

고막이 터질 듯한 환호성이 쏟아지는 가운데—.

"해, 해냈어! 앨빈 녀석, 진짜로 해냈다고!"

"저, 정말로……? 지령위가 신령위를…… 정말로 이긴 건가요……?"

크리스토퍼와 일레인, 그 외 블리체 학급의 면면이 여우에 홀린 듯한 기분으로 아연히 있으니…….

"하아…… 하아…… 다, 다녀왔어, 얘들아……."

기분 좋게 땀을 흘린 앨빈이 의기양양하게 돌아왔다.

"오오오오오오오—! 앨빈! 너 대단하다!"

"저, 정말로, 이건 뭐 대단했어요! 축하해요, 앨빈!"

"흥…… 뭐…… 훌륭했어."

동료들은 앨빈을 에워싸고 등을 퍽퍽 때리며 떠들어 댔다.

"아하하, 고마워……."

한동안 앨빈은 이리 치이고 저리 치이며 얌전히 있었지만.

이윽고.

"……시드 경."

시드의 온화한 시선을 알아차리고 조심조심 시드 앞으로 걸어갔다.

"그, 그게…… 저 해냈어요. 으음…… 어, 어땠나요……?"

그러자 시드는 앨빈의 머리에 손을 얹고서.

"……잘했어. 훌륭해."

앨빈의 머리를 헝클어뜨리며 그렇게 짧게 칭찬했다.

머뭇머뭇 시선을 들어 보니 시드가 온화하게 미소 짓고 있어서…….

"……네!"

앨빈은 행복한 얼굴로 웃었다.

그런 앨빈의 시야 끄트머리에서.

"앨빈……."

텐코가 쓸쓸하게 앨빈을 바라보고 있었다.

하지만 역시 앨빈도 이때만큼은 승리했다는 고양감과 흥분, 시드에게 칭찬받은 기쁨으로 텐코의 모습이 이상하다는 것을 알아차리지 못했다.

"그나저나 진짜로 신령위를 이겨 버릴 줄은 몰랐어!"

"역시 위대한 시조, 성왕 아르슬의 계보예요!"

"정말로 대단해요, 앨빈…… 부러워요……."

그렇게 앨빈을 칭찬하고 동경하듯 바라보는 다른 블리체 학급 학생들에게 시드가 당연한 사실을 논하는 것처럼 말했다.

"무슨 소릴 하는 거야? 다음은 너희 차례야."

"네……?"

멍한 시선이 시드에게 모였다.

"너희의 시합도 이 뒤에 있잖아? 앨빈에 이어서 뚝딱 이기고 와."

"네에에에에에에에에—?!"

"저, 저희도요?!"

허둥거리는 일동에게 시드가 여유롭게 답했다.

"그래. 안심해. 너희가 앞으로 시합할 상대는 전원 정령위야."

"안심할 요소가 조금도 없는데요?!"

"마, 마마마, 맞아요! 신령위가 엄청나게 대단하기는 하지만, 그래도 정령위도 괴물처럼 강하잖아요!"

"애, 앨빈이라면 몰라도, 우리는……."

그렇게 당혹스러워하는 학생들을 보고 시드가 어깨를 으쓱였다.

"그야 지금 너희 실력으로 신령위를 상대하는 건 아직 무리겠지. 하지만— 정령위 정도라면 이길 수 있어."

시드가 자신만만하게 지적해서 일동은 믿을 수 없다는 얼굴로 숨을 삼켰다.

"우, 우리가……?"

"브, 정령위를…… 이길 수 있다고요……?"

"저, 정말로……?"

"그보다도. 너희의 목표가 누군데? 나잖아?"

씩. 시드는 웃으며 말했다.

"그리고 너희는 무시무시한 힘을 가진 요마와 암흑기사로부터 이 나라를 지키기 위해 기사가 될 거잖아? 그럼 이 시대의 엉터리 정령위들 정도는 슬슬 일축해 줘야지. 괜찮아, 나를 믿어. 그리고 지금까지 필사적으로 수련을 쌓아온 자신을 믿어. 너희는…… 강해졌어."

그런 시드의 최상급 격려에.

"그, 그렇죠! 나도 해치워 주겠어!"

"네! 맞아요!"

학생들은 의기충천. 각오를 다진 듯 씩씩하게 대답했다.

─그리고 그런 일동의 모습을.

텐코는 조금 떨어진 곳에서 역시나 쓸쓸하게 바라보고 있었다.

"나, 나는……."

꽉, 불안한 얼굴로 검을 움켜잡았다.

"나도…… 나도……."

자신을 타이르듯이, 믿게 하려는 것처럼 텐코는 계속 중얼거렸다.

하지만 그 불안한 표정이 밝아지는 일은 결코 없었다.

그리고 시합은…….

제3장 눈물

캘바니아성 북동쪽, 블리체 학급의 기숙사탑.

난롯불이 붉게 타오르는 담화실에서—

"""""건배~!"""""

한데 모인 블리체 학급 학생들이 사과주스를 따른 컵으로 건배했다.

"이야~ 끝났다, 끝났어!"

"다들 수고하셨어요!"

4학급 합동 교류 시합도 끝나고, 지금은 다 같이 뒤풀이 중이었다.

활짝 웃고 있는 학생들은 낮에 있었던 시합의 흥분이 가시지 않은 모습이었다.

"그나저나~ 이렇게 끝나고 난 지금도 믿기지 않아."

"마, 마마마, 맞아요! 저, 저희가…… 정령위를 이기다니!"

리네트가 황홀한 얼굴로 말했다.

"지금까지 줄곧 노력한 것이 이렇게 보답받는 날이 올 줄은 몰랐어요……."

일레인도 감격하여 중얼거렸다.

일레인의 전적은 3승 0패. 요정검의 출력 차를 윌로 메

꾼 그녀의 화려한 검과 마법 기교는 줄곧 대전 상대를 농락했다.

"그나저나 일레인은 역시 대단하네. 네 시합, 무진장 멋있었어."

"어머? 그런가요? 후후, 기쁘네요."

"응…… 너랑 비교하면 내 싸움은 얼마나 투박했는지……."

크리스토퍼가 쓴웃음을 지으며 중얼거렸다.

그의 전적도 일레인과 똑같이 3승 0패였다.

하지만 일레인과 달리 전부 진흙탕 싸움이었다.

크리스토퍼의 검술은 다듬어지지 않아서 상대에게 주도권을 줄 때도 많았지만, 타고난 터프함으로 상대의 공격을 끝까지 버텨서 이겼다.

"제가 보기에는 크리스토퍼, 당신이 더 이상한데요. 그렇게 지치는 방식으로 결국 끝까지 싸우고…… 대체 체력이 어떻게 되어 먹은 거죠?"

"농가 출신이니까. 체력에는 자신이 있어."

헤헤. 크리스토퍼가 의기양양하게 코를 문질렀다.

"두 사람 다 대단해요…… 저, 저는…… 두 사람과 비교하면 아직 멀었어요……."

리네트가 기운 없이 애매하게 웃었다.

전적은 2승 1패.

"어쩔 수 없잖아. 너는 굳이 따지자면 보조 역할이야."

테이블 가장자리에서 홀짝홀짝 주스를 마시며 세오도르가 말했다.

"너의 마법이 힘을 발휘하는 건 단체전이나 기마전이야. 이번 같은 일대일 도보 백병전은 네가 가장 어려워하는 분야잖아. 2승 한 걸 순순히 기뻐하면 돼."

"그렇다면 너도 자신의 승리를 순순히 기뻐해."

크리스토퍼가 야단스럽게 말하자.

"……흥."

세오도르는 퉁명스레 고개를 돌렸다.

그의 전적은 역시 3승 0패.

세오도르는 근접전에 약했다. 그의 요정검은 리치가 짧은 소검이라 지척에서 벌이는 백병전에는 전혀 적합하지 않았다. 상대가 코앞까지 파고들면 패배였다.

그래서 세오도르는 백병전을 완전히 버리고 원거리 화력 마법으로 철저한 아웃레인지 전법을 썼다. 그건 시드와의 훈련을 통해 그가 얻은 하나의 해답이었다.

하지만 대전 상대와 관객들은 그런 세오도르에게 엄청난 야유와 매도를 퍼부었다.

「제대로 싸워라」, 「비겁하다」, 「그러고도 네가 기사냐」…….

"……."

그때를 떠올렸는지 세오도르의 얼굴에 조금 그늘이 졌다.

하지만 그런 세오도르의 어깨를 시드가 두드렸다.

"신경 쓰지 마. 전쟁은 이긴 자가 정의야. 정정당당이고 비겁이고 논할 필요도 없어."

"……시드 경은 정말로 기사였던 겁니까?"

세도오르가 씁쓸하게 말했다.

"기사라면 좀 더…… 기사다워야 한다든가 정정당당히 싸워야 한다든가 말해야 하는 장면이잖아요?"

"안타깝게도 그런 예의 바른 시대에 태어나지 않아서."

시드가 어깨를 으쓱이고 대답했다.

"물론 정정당당한 기사 간 결투의 로망은 부정하지 않아. 나도 그런 건 좋게 생각해."

"로, 로망…… 명예와 긍지를 중시하는 상층부 기사들이 들으면 격노할 말이네요……."

"그럴지도 모르지. 하지만 현실의 전쟁에는 그런 정정당당함이나 로망이 개입할 여지가 별로 없어. 전쟁이 계속될수록 사람은 자신의 마음이 얼마나 어둡고 추한지를 알게 돼. 인간이 얼마나 왜소한 존재인지 통감하게 돼. 그렇기에 우리 기사는 「원칙」을 소중히 여겼어. 마음속 어둠에 잠식당하지 않도록, 올바름을 잊지 않고 조금이라도 의미 있는 일에 검을 휘두를 수 있게."

"……."

"비겁하다는 말을 듣는 힘이어도 그걸 네가 기사로서 올바르게 쓴다면 부끄러워할 일이 아니야. 마음껏 자랑스러워하면 돼.”

　학생들은 시드의 말을 가만히 듣고 있었다.

　지난번 왕도 동란 때 목숨이 왔다 갔다 하는 실전을 경험했다고는 하지만, 그건 어디까지나 요마 사냥(몬스터 헌트)이었지 전쟁이라고 할 수는 없었다.

　전란의 세상도 이제는 옛말이었다. 지금 세대의 사람들은 대부분 전쟁을 몰랐다.

　그렇기에 전설 시대에— 혼돈한 난세에 끝까지 싸웠던 시드의 말에는 깊은 울림이 있었다.

　“어쨌든 이번에 너희는 대체로 잘했어. 칭찬해 주마.”

　시드가 칭찬하자 학생들의 얼굴이 풀어졌다.

　“특히 앨빈. 신령위인 루이제를 포함해서 훌륭하게 3승을 거뒀어. 수고했다.”

　“네! 감사합니다!”

　챙.

　시드가 컵을 내밀어 앨빈의 컵에 가볍게 부딪치는 소리가 울렸다.

　그리고 그런 앨빈의 모습을.

　“…….”

　텐코가 담화실 구석에서 어두운 얼굴로 지그시 바라보고 있었다.

　학생들은 승리의 기쁨에 취해 그런 텐코의 상태를 눈치

채지 못하고 계속 떠들었다.

"그렇지…… 앨빈은 우리와 달리 신령위인 루이제까지 해 치운 3승이야……. 젠장, 아직 따라잡으려면 멀었네."

"반대로 루이제는 조금 불쌍했어요. 앨빈과 싸우면서 요 정검의 마나를 다 쓰고, 대기도의 반동으로 혼절하고…… 의식이 돌아오지 않아서 남은 시합은 기권하고……."

"신령위가 1승 2패라는 전혀 예상치 못한 결과가 나왔 죠……."

"흥, 승패는 병가상사잖아."

졌다고는 하지만 압도적이었던 루이제의 힘을 떠올리고 학생들은 몸서리쳤다.

"하, 하지만 납득이 안 가! 앨빈은 신령위인 루이제를 쓰 러뜨리고 3승 했잖아! 그런데 왜 최우수 신인상을 못 받은 거야?!"

크리스토퍼가 분개하며 말했다.

그랬다. 앨빈은 최우수 신인상을 받지 못했다.

상을 받은 사람은 앤서로 학급의 1학년 학급장 요한이었 다. 앨빈과 똑같이 3승을 한 정령위 요정검의 사용자였다.

모든 시합이 끝난 후 표창식 때, 요한도 설마 자신이 최 우수 신인상을 받을 줄은 몰랐는지 매우 복잡한 표정으로 훈장을 받았다.

"뭐…… 윗선에서 어떤 합의가 있었는지 어렴풋이 상상은 가지만요⋯⋯."

"앨빈과 우리의 승리가 대단히 마음에 안 들었던 거겠지."

"으으⋯⋯ 세상 살기 힘들어요⋯⋯."

일레인, 세오도르, 리네트는 한숨을 쉴 수밖에 없었다.

하지만 그런 일동에게 시드가 웃으며 말했다.

"그런 건 신경 쓰지 마. 중요한 건 너희가 지금까지 한 노력이 열매를 맺어서 이겼다는 사실이야. 그게 무엇보다 큰 훈장이잖아?"

"그, 그야 그렇지만⋯⋯."

"그럼 그렇게 낙심하지 마. 아, 너희에게 상이 도착한 모양이야."

시드가 그렇게 말했을 때였다.

어디선가 나타난 많은 가사요정이 담화실에 와 있었다.

가사요정들은 다들 요리가 담긴 쟁반을 머리에 이고 있었고⋯⋯ 테이블에 폴짝 뛰어올라 요리를 척척 차려 나갔다.

"""""오오오오오오오—?!"""""

그 요리를 본 순간, 학생들이 환호성을 질렀다. 이 학교에 입학한 이래 한 번도 먹어 본 적 없는 진수성찬이 테이블 위에 차려지고 있었다.

갓 구운 흰 빵, 로스트비프와 푸딩, 파이, 프리터, 포타주 수프, 갈레트와 샐러드. 디저트로 나온 과일 타르트⋯⋯. 마치 테이블 위가 반짝반짝 빛나는 것 같았다.

"어어, 그게…… 생각지 못한 일로 공적점이 많이 생겼으니까요……."

쓴웃음을 지은 앨빈이 뺨을 긁적이며 설명했다.

"한동안은 여유가 있을 것 같아서 적어도 오늘만큼은 팍팍 써도 괜찮지 않을까 싶었거든요. 식당의 가사요정들에게 공적점을 주고 부탁했어요."

"훗. 시합 후에 나한테 마지못해 공적점을 양도하는 필두 교관 기사들의 얼굴이 아주 재미있었어."

"시드 경도 참…… 성격이 나쁘다니까요……."

앨빈과 시드의 그런 대화도 학생들의 귀에는 들리지 않았다. 다들 테이블에 차려진 진수성찬에 정신이 팔려 있었다.

이리하여.

"그럼 다시금…… 오늘의 승리에 건배."

""""건배~~!""""

꿈처럼 즐거운 저녁 식사가 시작되었다.

"우오오오오오?! 마, 맛있어어어어어어어—?!"

블리체 학급 기숙사탑의 담화실에 학생들의 환호성이 울려 퍼졌다.

배가 고프기도 해서 학생들은 테이블에 차려진 진수성찬을 정신없이 먹어 댔다.

"으으…… 이 학교에 입학하고 처음으로 제대로 된 식사를 하게 됐어요…….”

“마, 맞아요…… 훌쩍…….”

일레인과 리네트도 울먹이고 있었다.

“……정말이지, 호들갑스러운 녀석들이야.”

세오도르는 빈정거리듯 그렇게 말했지만, 그런 그도 식사하는 손을 멈추지 않았다.

그렇게 일동은 떠들썩하게 대화를 나눴다.

“아하하, 다들 좋아해 줘서 다행이야.”

앨빈은 그런 일동의 모습을 바라보며 온화하게 웃었다.

“시드 경, 이 시대의 제대로 된 식사는 어떤가요?”

앨빈이 오른쪽에 앉은 시드에게 물었다.

“음…….”

의외로 시드는 요리를 먹으며 복잡한 얼굴로 침음을 흘렸다.

“너무 부드러워서 씹는 맛이 없어……. 맛이 너무 복잡해서 혀가 꼬부라질 것 같아.”

“그, 그런가요…… 그건 안타깝네요…… 아하하.”

변함없이 현대인과는 감각이 다른 시드를 보고 앨빈은 쓴웃음을 지을 수밖에 없었다.

“그렇다면 다음부터는 시드 경이 먹을 건 따로 준비시킬게요.”

“부탁해.”

그런 대화를 나누고 이번에는 왼쪽에 앉은 텐코를 보았다.

"……"

텐코는 우두커니 앉아서 자신 앞에 놓인 빈 접시를 멍하니 바라보고 있었다.

눈앞에 수북이 쌓인 요리에는 손도 대지 않은 것 같았다.

"……텐코. 너도 얼른 먹어."

앨빈은 그런 텐코를 재촉했다.

"네가 좋아하는 동방의…… 어어, 유부도 부탁했어."

"……"

"그…… 오늘 시합 결과를 너무 마음에 담아 두지 마. 시드 경도 말했잖아? 너는 이제부터 더 강해질 거야. 그러니까……"

하지만 그런 앨빈의 배려는 텐코에게 전해지지 않았다.

"……고마워요, 앨빈…… 하지만…… 저는 역시 됐어요……"

"테, 텐코…… 그러니까 오늘 시합 때문에 그런 거라면……"

"아, 아뇨, 그런 게 아니라…… 별로 배가 안 고파서요. 아하하……"

"그럴 수가……"

"그리고…… 저 실은 볼일이 있어요. 그러니까 저는 이만 실례할게요."

별안간 텐코가 자리에서 일어났다.

"텐코!"

"앨빈, 오늘 전승한 거 축하해요. 역시 앨빈은 대단한 사람이에요. ……언젠가 반드시 훌륭한 왕이 되어 훌륭한 기사들을 잔뜩 거느릴 거예요. 선왕 아르드 님처럼."

"……."

"……후후. 오늘 밤은 마음껏 즐기세요."

그 말을 남기고서 텐코는 슬며시 담화실을 뒤로했다.

즐거운 한때에 빠진 다른 학생들은 텐코가 나가는 것을 전혀 눈치채지 못했다.

"……텐코!"

앨빈이 자리에서 일어나 텐코를 뒤쫓으려고 했지만.

"주최자가 어디 가려고?"

시드가 어깨를 눌러서 저지했다.

"축하연에서 신하를 방치하고 자리를 뜨는 왕이 어디 있어?"

"하, 하지만……! 텐코가……."

"내가 갈게."

살짝 울 것 같은 표정인 앨빈에게 그렇게 말하고서 시드가 일어났다.

"나한테 맡겨."

그리고 똑바로 앨빈을 바라보았다.

그 눈은 매우 온화했고…… 깊었다.

"시드 경……."

앨빈은 한동안 빨려 들어갈 것처럼 그 눈을 바라보다가.

이윽고 결단했다.

"알겠어요……. 텐코를…… 부디 잘 부탁드려요. 저 아이는…… 옛날부터 아무래도 깊이 고민하는 구석이 있어서……."

"……그래."

그렇게 대답하고.

시드도 일동이 눈치채지 못하도록 슬며시 담화실을 나갔다.

─담화실을 나선 후.

텐코는 블리체 학급 기숙사탑의 뒤뜰에 와 있었다.

작은 숲에 둘러싸인 한산한 공간이었다. 가사요정들이 정기적으로 최소한의 관리를 해 줄 뿐이라서 휴식 공간다운 물건은 아무것도 없었다.

그다지 재미있는 점도 없는 살풍경한 뜰이기에 블리체 학급의 학생들조차 거의 찾아오지 않는 곳이었다.

"……."

텐코는 그런 뒤뜰 한복판에 혼자 우두커니 섰다.

해는 진즉에 저물어서 주변은 캄캄했다.

딱 하나 덩그러니 놓인 정원등의 불빛만이 주위를 희미하게 밝히고 있었다.

고개를 들어 보니 하늘은 우중충한 구름에 덮여 있었다.

이 지방의 가을 날씨는 쉽게 나빠져서, 낮에는 쾌청했는데 지금은 한바탕 비가 쏟아질 듯한 양상이었다.

휘몰아치는 바람은 곧 찾아올 겨울을 알리듯 차가워 몸속의 열을 빼앗아 갔다. 뜰을 에워싼 숲 안쪽에서 때때로 갸아갸아 하고 새의 울음소리가 작게 들려왔다.

그런 공간에서.

"......"

텐코는 자신의 요정검— 칼을 슬며시 뽑아 들었다.

그리고 휘두르기 시작했다.

1, 2, 3…… 시드에게 배운 특수한 율동의 호흡— 월의 호흡과 함께 검을 휘둘렀다.

하지만 텐코의 몸에는 아무 일도 일어나지 않았다.

그래도 텐코는 월의 호흡을 이어가며 계속 검을 휘둘렀다.

101, 102, 103…… 마음을 비우고 계속 검을 휘두르다 보니 어느새 차가운 빗방울이 뚝뚝 떨어지기 시작했다.

텐코의 몸이 조금씩 차가운 비에 젖어 갔다.

하지만 텐코는 전혀 신경 쓰지 않고 계속 검을 휘둘렀다.

지금까지 살면서 몇십만 번을 휘둘러 뼛속까지 박힌 동작을 무서우리만큼 정확하게 반복하며.

텐코는 낮에 있었던 시합을 홀로 회상했다.

──────.

"으하하하하하─! 꼴이 말이 아니네?! 텐코!"
떠들썩한 웃음소리가 시합장에 울려 퍼졌다.
뒤란데 학급의 정령위 요정검 사용자, 가트였다.
"……으…… 끄으으으으……?!"
그리고 만신창이가 된 텐코가 가트의 발밑에서 웅크리고
있었다.

간신히 칼은 놓지 않았지만…… 이미 누가 봐도 승패는
명확했다.

이 학교에서 이루어지는 실전 형식 시합은 《호반의 여
인》들의 【불살 결계】와 치유마법에 더해 비약도 준비되어
있어서 생명이 위험해질 일이 없었다.

그래서 시합은 한쪽이 의식을 잃어 전투 불능이 되거나
항복할 때까지 계속되었다.

하지만 실제로 기절할 때까지 시합을 계속하는 경우는
드물었다.

주로 쓰는 팔을 다치거나, 다리를 다치거나, 이 이상 싸
워도 승산이 없는 등…… 그렇게 어느 정도 대미지를 입은
쪽이 먼저 항복하여 시합을 끝내는 경우가 태반이었다.

텐코는 이미 진작 항복했어도 이상하지 않을 만큼 궁지에 몰려 있었다.

하지만— 그녀는 항복하지 않았다.

"아직…… 아직……이에요……!"

칼을 지팡이 삼아 부들부들 떨면서 일어났다.

당장에라도 쓰러질 것 같은 몸을 채찍질하고 후들거리는 다리를 다그치며 칼을 들었다.

"적어도…… 적어도 1승은……! 1승도 못 하면…… 저는……!"

"텐코! 이제 됐어! 그만해!"

시합장 밖에서 앨빈이 비통하게 외쳤다.

현재 다른 블리체 학급 학생들은 다른 시합장에서 시합 중이라 텐코의 시합을 보고 있는 사람은 앨빈뿐이었다.

"그 이상 싸우는 건 그저 쓸데없이 몸을 혹사하는 거야! 텐코!"

그래서 앨빈은 혼자 필사적으로 텐코를 말렸지만 텐코에게는 전해지지 않았다.

"나는…… 기사가…… 앨빈의 기사가…… 될 거니까……!"

온몸을 괴롭히는 미칠 듯한 격통을 견디며 텐코는 기백만으로 의식을 붙잡고서 가트에게 달려들었다.

하지만 평소에는 질풍처럼 날카로웠던 텐코의 참격도.

지금은 산들바람처럼 느리고 약했다.

"어이쿠?"

당연히 가트는 여유롭게 피하고 다리를 걸어 텐코를 넘어뜨렸다.

"아윽?!"

넘어지는 몸을 제어하지 못한 텐코는 다시 가트의 발밑에 꼴사납게 엎어지게 되었다.

그런 텐코를 내려다보며 가트가 히죽히죽 웃었다.

"이야~ 그나저나 너만큼은 여전히 허접해서 정말 다행이야!"

"—윽?!"

"무슨 짓을 했는지 모르겠지만, 너희 학급 녀석들, 지령위 주제에 수상쩍을 만큼 갑자기 강해졌잖아. ……뭐, 좋아. 너는 여전히 허접하니까."

"……큭…… 그, 그건……!"

텐코는 반론하고자 땅을 짚고 다시 일어나려고 했지만…….

콱! 가트가 그 손을 맹렬하게 밟아서 움직임을 봉했다.

"아윽?!"

"그나저나 꼴불견이네. 너희 학급에서 이렇게 깨진 건 너뿐이잖아. 창피하지 않아?"

"……으, 으으으으…… 으으으으~!"

"네가 그랬지? 앨빈의 기사가 되겠다고. 하지만 이래서야 앨빈도 나약한 너한테 질려서 버리지 않을까? 큭큭큭⋯⋯."

뭔가가 마음 깊이 푹 박히는 것을 느끼고 텐코는 눈을 부릅떴다.

"그, 그런⋯⋯ 일은⋯⋯!"

텐코가 그러든 말든 가트는 실실 웃으며 계속 말했다.

"전부터 계속 말했지만⋯⋯ 너, 앨빈을 섬기는 건 슬슬 그만두고 나한테 오지 않을래?"

"⋯⋯무슨⋯⋯ 말도 안 되는⋯⋯."

"나는 예전부터 귀미인을 한 마리 키워 보고 싶었거든. 하지만 천화월국이 망한 지금, 녀석들은 엄청나게 귀한 상품이라서 말이야."

텐코는 예전부터 가트가 귀미인인 자신에게 집착하고 있다는 걸 알고 있었다.

그건 결코 남녀의 애정 같은 게 아니라 애완동물이나 노예에 대한 집착이라는 것도.

"미래가 없는 저런 왕자에게 의리를 지키는 건 슬슬 그만두고 나한테 와. 나는 딱히 네가 허접해도 안 버려. 잔뜩 예뻐해 줄게. 큭큭큭⋯⋯."

"⋯⋯!"

"네가 내 것이 되겠다고 맹세하면, 그래. 져 줄 수도 있어. 약해 빠져서 멸망한 나라의 생존자에게는 감지덕지한

일 아니야? 으하하하하하―!"

용서할 수 없다. 용서할 수 없다. 분했다.

자신만 모욕하는 게 아니라 일족의 긍지조차 폄하하는 이 가트라는 소년을 용서할 수 없었다.

그리고 그런 가트에게 아무런 반격도 할 수 없을 만큼 약한 것이 분했다. 한심했다.

이런 굴욕을 용납할 수는 없다―!

"텐코! 이제 그만해!"

"으, 아아아아아아아아아아아아―!"

앨빈의 비통한 외침도 들리지 않았다. 텐코는 힘을 쥐어 짜 가트의 발을 뿌리치고 일어났다.

"잘도 내 긍지를! 용서 못 해…… 용서 못 해! 으아아아 아아―!"

그리고 그대로 울며 가트에게 달려들었다.

기술이고 뭐고 전혀 없이 그저 칼을 휘두를 뿐인 꼴사나운 일격이었다.

"하여간 귀미인 여자는 머리가 나쁘다니까……. 어쩔 수 없지."

가트는 달려드는 텐코를 향해 여유롭게 검을 내리쳤다.

——————.

—정신 차리고 보니 폭우 소리가 들렸다.

"하아…… 하아……!"

어느새 비가 억수처럼 쏟아지고 있었다.

하늘에 구멍이라도 난 것처럼 세차게 내리는 비가 텐코의 몸을 흠뻑 적셨다.

잔뜩 낀 먹구름 사이로 간혹 뱀의 혀처럼 번개가 모습을 드러냈다.

차갑게 찔러 드는 비가 텐코의 몸에서 시시각각 체온을 앗아 갔다.

"……헉…… 헉…… 헉……!"

그래도 텐코는 팔을 멈추지 않았다. 계속 칼을 휘둘렀다.

우직하리만큼 배운 대로 월의 호흡을 반복하며 계속 휘둘렀다.

하지만 텐코의 월은— 타오르지 않았다. 타오를 기미조차 없었다.

그렇기에 점점 열을 빼앗겼고…… 온몸에서 힘이 빠졌다.

"……하아……! 하아……!"

무거웠다. 몸이 납처럼 무거웠다. 평소에는 깃털처럼 가벼웠던 칼이 무거웠다.

뼛속까지 밴 휘두르기 동작이 엉망으로 흐트러졌다.

오늘 텐코가 마주한 현실은— 0승 3패.

몸보다도 마음이 더 무거웠다.

자신이 그런 결과로 끝날 것은 어렴풋이 예상했었다.

하지만 같은 학급 동료들은 모두 정령위를 상대로 차례차례 승리를 거뒀다.

분명 시드 덕분이다.

시드의 가르침으로 다들 고전하던 벽을 넘어선 것이다.

하지만— 그런 모두와 달리 꼴사납게 연전연패한 자신은 뭘까? 똑같이 시드의 가르침을 받았으면서 이토록 차이가 나게 된 자신은 대체.

"……아아……."

푹…… 휘둘린 칼이 정지하지 않고 그대로 땅에 박혔다.

"하아……! 하아……! 헉……!"

막연하게…… 텐코는 알아차리고 말았다.

분명 자신은…… 기사가 되지 못할 것을.

동료들과 달리 자신은 기사가 될 그릇이 아니었음을.

왜냐하면, 애초에.

텐코는, 사실…….

"……아…… 아아……."

텐코는 털썩 무릎을 꿇었다.

땅에 꽂힌 칼에 매달려 고개를 숙였다.

"흑…… 훌쩍…… 으아, 아아아아…… 아아아아아아……!"

그리고 비를 맞으며 흐느껴 울려고 했을 때였다.

"울지 마. 일어서."

갑자기 뒤에서 그런 말이 들려서 텐코는 고개를 번쩍 들었다.

조심조심 뒤돌아보니…… 대체 언제부터 거기 있었는지.

"……."

뒤에 시드가 서 있었다.

텐코와 마찬가지로 물에 빠진 생쥐 꼴이었다. 아무래도 오랫동안 텐코 뒤에서 텐코를 지켜본 것 같았다.

"……스, 스승님……."

어떻게 대답하면 좋을지 알 수 없어서 한동안 텐코는 입을 다물고 있었지만.

이윽고 쥐어짜듯 중얼거렸다.

"……흑…… 훌쩍…… 죄송, ……죄송해요……."

"왜 사과해?"

"왜냐하면, 저는…… 스승님에게 그렇게나 배웠는데…… 아무것도 살리지 못했어요……."

텐코는 울먹이는 목소리로 그렇게 말했다.

"……."

"……꼴불견……이죠……. 그런 주제에 저는 생각했어요……. 스승님에게 배우면 누구보다도 강해질 수 있을 거라고……."

"……."

"저는…… 천화월국 무가의 딸로…… 검을 배우기 시작한 건 아마 학급의 다른 누구보다도 빠를 테고…… 실제로 순수한 검 실력은…… 제가 제일이겠지만…….

"……."

"자만하고 있었어요……. 저는…… 재능이 없었던 거예요…… 훌쩍…… 흑…….

갑자기 시드가 움직였다.

천천히 걸어와 텐코 옆에 서서…… 텐코의 젖은 머리를 헝클었다.

"네가 너를 포기하지 마."

"……스승님……?"

"세상은 흔히 냉담해. 자신을 옳게 이해해 주고 인정해 주는 경우가 더 드물어. 그렇기에 적어도 자신만큼은…… 자신을 믿어 줘야 해."

대체 시드는 그 말에 어떤 생각을 담았는지.

"그래. 자신만큼은 자신이 해야 할 일을, 해낸 일을 믿어 줘야 해."

비가 폭포수처럼 쏟아지는 어두운 하늘을 올려다보며 그렇게 힘 있게 말했다.

어째선지 그 말에는 엄청난 무게가 실려 있었다.

"텐코. 너의 시합은 전부 봤어."

잠시 간격을 두고서.

"그리고…… 나는 너한테 하나 물어봐야 하는 게 있어."

시드는 조용히 그렇게 말했다.

"뭐…… 뭘 말인가요……?"

몹시 불길한 예감이 아주 살짝 들어서 텐코는 조심조심 반문했다.

시드는 잠시 입을 다물었다가…… 잔혹하게 물었다.

"너는…… 사실 기사가 되기 싫은 거지?"

"—?!"

그 순간.

하늘이 번쩍이며 어딘가에 벼락이 떨어지는 꽹음이 어둠 속에 울려 퍼졌다.

이윽고 뇌명이 그치고.

다시 폭우 소리가 지배하는 소란한 정적이 찾아왔을 때.

"……무…… 무슨…… 말씀을 하시는 거예요……?"

텐코가 덜덜 떨며 중얼거렸다.

"제, 제가 사실은 기사가 되기 싫어한다고요……? 아, 아무리 스승님이라지만 해도 되는 말이 있고 하면 안 되는 말이 있어요."

희번덕. 텐코는 눈물에 젖은 눈으로 시드를 노려보았다.

하지만 시드는 텐코의 마음속을 꿰뚫어 보는 것 같은 깊은 눈으로 지그시 내려다볼 뿐이었다.

"왜, 그런…… 그런 심한 말씀을 하세요……?! 제가, 기사가 되기 위해 지금까지 대체 얼마나, 줄곧, 줄곧 노력해 왔는데!"

"……."

"조국이 멸망하고……! 이 세상의 모든 것에 절망했을 때, 아르드 왕과 앨빈이 절 구해 줘서……! 그래서, 왕이 앨빈을 부탁해서, 앨빈을 지키기 위해, 필사적으로…… 줄곧, 필사적으로……!"

"……."

"그런데, 너무해요……. 그런 말을 하는 사람일 줄 몰랐어요! 역시 당신은…… 남의 마음을 모르는 《야만인》이었던 거네요!"

비애와 분노가 소용돌이치는 텐코에게.

시드는 담담히 말했다.

"예전에 내가 너한테 말했잖아? 「검은 사람의 마음을 비추는 거울」이라고."

"……?!"

"나는 오늘 너의 시합을 멀리서 줄곧 봤어. 그래, 확실히 너는 필사적으로 싸웠어. 너의 검술은 아주 아름다워. 언제 봐도 반할 정도야. 하지만— 명백하게 흑백이 갈리는 시합이란 형태라서 그런지. 패색이 짙어지면 그 순간 너의 검에서 이제껏 잘 숨겼던 어떤 감정이 설핏 보이더군. 그건 바로…… **안도**였어."

헉하고 놀라 눈을 크게 뜨는 텐코를 향해 시드가 계속 말했다.

"그게 의미하는 바는, 즉……."

"그런 건 거짓말이에요. 그럴 리가 없어요!"

하지만 텐코는 고개를 휘휘 저어 완강하게 부정했다.

"아니, 나는 이런 걸 알아보는 데 자신이 있어. 너는 마음 한편으로 기사가 되기 싫다고 생각하고 있어. 뭔가 짚이는 거 없어? 가르쳐 줘. 중요한 일이야."

"틀렸어요. 그런 일은 절대 없어요……! 저는, 줄곧 기사가 되기 위해……!"

"……텐코."

시드는 웅크린 텐코의 정면에 무릎을 꿇어 눈높이를 맞췄다.

그리고 텐코의 눈을 똑바로 깊이 들여다보고서…… 말했다.

"기사는……「그 마음에 용기의 불을 밝힌다」."

"―?!"

"절망적인 강적에 맞서 싸우는 것만이 용기가 아니야. 자신의 약함과, 진정한 자신과, 도망치지 않고 마주하는 것도…… 용기야."

텐코는 코앞에서 얼굴을 마주 보는 시드를 멍하니 바라보았다.

"……."

"……."

한동안 두 사람 사이에 무거운 침묵이 내려앉았다.

쏴아아아아아— 쏟아지는 폭우 소리조차 멀어져 정적에 휩싸였다.

시시각각 열을 빼앗겨서. 마치 시간과 함께 세계가 얼어붙는 것 같았다.

때때로 하늘에서 울리는 천둥과 섬광이 정지된 시간을 부쉈다.

이윽고—.

텐코는 마침내 체념한 것처럼 쥐어짜듯 중얼거렸다.

"……네……."

벌레의 울음소리처럼 가냘픈 목소리였다.

"저, 저는…… 흑…… 사, 사실은…… 훌쩍…… 흐으…… 기사가…… 기사 따위…… 되고 싶지 않았어요……! 싸우는 게 무서워요……!"

마침내 텐코는 자신의 가슴속에 고집스럽게 봉인했던 마음을 끄집어냈고…… 시드에게 매달려 오열했다.

잠시 후.

조금 진정된 텐코는 기어드는 목소리로 띄엄띄엄 이야기하기 시작했다.

"저희 엄마…… 텐키는 천자님과 나라를 지키는 진정한 무인으로…… 정말로 강한 사람이었어요. 저의 우상이었어요. 줄곧, 줄곧, 저의 목표였어요."

"……."

"그랬는데…… 고향이 멸망한 그 날…… 엄마는 어떤 암흑기사에게 간단히 살해당해 버렸어요. 누구도, 무엇도, 지키지 못했어요……."

"……."

거센 빗속에서 머리를 감싸는 텐코의 독백을 시드는 조용히 들었다.

"나라를 멸망시킨 자들에 대한 분노는 당연히 있어요……. 엄마를 죽인 것에 대한 증오도……. 언젠가 강해져서 엄마와 모두의 원수를 갚아 주겠다는…… 그런 마음도 있어요. 하지만…… 그 이상으로…… 그때, **제 마음은 꺾였어요.**"

"……."

"그렇게나 강했던 엄마가 결국 아무것도 지키지 못했는걸요. 그날 이후로 제 가슴속에는 항상 어떤 불안과 공포가 있어요……. 바로……「나 같은 게 뭘 하든 결국 전부 부질없는 일 아닐까?」하는 마음이."

"……."

"그리고…… 만약 제가 앨빈의 기사가 된다면…… 저는……
분명 언젠가 엄마를 죽인 암흑기사와 대치하게 될 거예요…….
십자 흠집이 난 투구를 쓴, 그 암흑기사와……."

텐코가 자신의 몸을 끌어안고 부르르 떨었다.

"무서워요……. 그 기사를 향한 분노보다도 저는 그 기
사가 무서워요……. 제가 아무리 강해져도…… 분명 저는
아무것도 못 하고 죽을 거예요……. 그런 안 좋은 상상을
지울 수 없어요……."

"……."

시드가 감정을 읽을 수 없는 표정으로 지그시 텐코를 바
라보고 있으니.

"아하, 아하하…… 스승님은…… 정말로 굉장한 사람이
네요……."

텐코가 작게 떨며 건조한 웃음소리를 냈다.

"스승님이 말한 대로예요. 저는 사실 기사가 되기 싫어
요. 기사가 되는 게 부담스러웠어요. 하지만 제게 큰 은혜
를 베푼 아르드 왕이 앨빈을 부탁했으니까…… 모든 것을
잃은 제게는…… 이제 그 길밖에 없었으니까……."

"……."

"스승님을 제일 먼저 「스승님」이라고 부른 것도…… 생
각해 보면 스스로 도망칠 길을 막아서 기사의 길에 자신을
묶으려고 그랬던 걸지도 몰라요……."

"……."

"흑…… 죄송해요, 스승님…… 제가, 이렇게 한심한 아이라서…… 실망하셨죠……? 질려 버리셨죠……?"

고개를 숙이고 하염없이 오열하는 텐코의 어깨를.

"텐코."

시드는 상냥하게 두드렸다.

"힘들었겠구나. 얘기해 줘서 고맙다."

"스, 스승님……."

"덕분에 네가 왜 윌을 못 쓰는지 알았어."

"……네?"

눈을 깜박이는 텐코에게 시드가 계속 말했다.

"윌에 관해 너희에게 가르쳐 주지 않은 게 하나 있어. ……지금의 너희한테는 필요 없다고 생각했으니까."

"……그, 그게 뭔데요……?"

"윌은 혼을 태우는 기술이라고 예전에 내가 설명했었지? 특수한 율동의 호흡으로 이 세계에 가득한 마나를 자신의 혼에 들이고 그걸 자신의 마나로 승화시키는 거라고."

"네……."

"그렇게 혼을 연소시킬 때, 특수한 호흡법 외에 또 하나 필요한 게 있어. 아주 미약해도 확실한 감정의 불씨…… 양보할 수 없는 자신의 신념을 위해 똑바로 돌진하고자 하는 강한 긍정적 감정…… 의지야."

"의지……?"

멍하니 반문하는 텐코에게 시드가 고개를 끄덕였다.

"「일념통암」이라고 하잖아? 일단 뭔가를 하기로 마음먹은 사람의 신념은 때로 믿을 수 없는 힘을 발휘해. 윌은 바로 그 연장선에 있어."

의지— 그 말을 듣고 텐코는 납득했다.

생각해 보면 블리체 학급의 학생들은 앨빈도, 크리스토퍼도, 일레인도, 리네트도, 세오도르도, 다들 저마다 강한 의지를 가지고서 기사가 되고자 했다.

기사를 목표하는 이유는 제각각이지만 겉과 속이 다르지 않았다.

"정의, 꿈, 희망, 우정, 박애…… 그런 긍정적인 의지로 태우는 혼…… 그래서 「윌」이야. 전설 시대에 윌 사용자가 대부분 기사였던 이유도 여기 있어. 그런 것들을 위해 자신의 검과 목숨을 바치고 사는 자들이 바로— 기사니까."

"……."

한동안 텐코는 시드의 얼굴을 말없이 바라보다가.

이윽고 메마른 웃음을 지으며 고개를 숙였다.

"그래서 제가 윌을 쓰지 못했던 거네요……. 왜냐하면 저는…… 사실 기사가 되기 싫으니까……. 무섭다, 도망치고 싶다, 싸우기 싫다…… 그런 소극적이고 부정적인 감정밖에 없었으니까…… 하하, 아하하……."

텐코는 그대로 자조적으로 웃었지만.

"……저, 학교…… 이제…… 그만둘래요……."

한바탕 웃은 후, 그렇게 나직이 중얼거렸고…….

"저는…… 기사가 될 그릇이 아니었던 거예요……. 저 같은 어정쩡한 사람이 있어 봤자 다른 학생들에게 폐만 되고…… 그러니까, 저는……! 흑…… 훌쩍…… 우으……."

이윽고 비를 맞으며 하염없이 울기 시작했다.

하지만— 그런 텐코에게 시드는 의연히 말했다.

"그래도— 너는 기사가 되어야 해."

그 순간, 천둥과 번개가 재차 하늘을 갈랐다.

텐코의 시야가 일순 새하얗게 번졌다가— 다시 점차 시드의 얼굴을 결상했다.

텐코를 똑바로 바라보는 시드의 얼굴은— 역시 한없이 깊고 진지했다.

"어째……서……?"

이해할 수 없다는 듯 텐코가 반문했다.

"왜……죠……? 방금 말씀드렸잖아요……. 저는 사실 기사가 되기 싫어요……. 그래서 월도 못 쓰는 거고……."

"확실히…… 네가 기사가 되는 걸 부담스럽게 느끼고 있는 건 사실이겠지. 하지만— 결코 **그게 전부가 아닐 거야.**"

"—?!"

"내가 말했을 텐데. **너의 검은 아름다워.** 그 검은 부정적인 마음으로는 결코 도달할 수 없는 검이야. 모든 것을 잃었어도 계속해 온, 너의 한결같은 노력의 결정체야. 거기에는 뭔가 긍정적인 의지가 확실히 있었을 거야."

"그, 그건⋯⋯."

"애초에 기사가 되기 싫다는 마음이 너의 전부라면⋯⋯ 왜 우는 거지?"

"―?!"

텐코가 퍼뜩 놀라 비와 눈물에 젖은 뺨에 손을 올렸다.

"그 눈물이 바로 증거야. 너는 기사가 되는 걸 부담스럽게 여기면서도⋯⋯ 역시 소중한 무언가를 위해 기사가 되고 싶었어. ⋯⋯그게 다야."

"그, 그런 건 몰라요. 모른다고요!"

텐코가 떼쓰는 아이처럼 머리를 흔들며 시드에게 소리쳤다.

"그런 건⋯⋯ 그런 건 모순됐잖아요!"

"텐코. 사람의 마음은 빛과 어둠, 흑과 백으로 딱 잘라 나눌 수 있을 만큼 단순하지 않아."

하지만 시드는 텐코의 외침을 의연히 정면으로 받았다.

"사람은 누구나 양쪽 마음을 모순되게 품은 채 만화경처럼 천변만화시키며 살아가. 마음속을 한 가지 색으로 도배한 녀석은 없어. 그래서 다들 고민하고, 괴로워하고, 갈등해."

"하, 하지만⋯⋯! 저, 저는⋯⋯!"

"앨빈도 그래."

"아⋯⋯."

시드의 지적에 텐코가 깜짝 놀라 입을 다물었다.

"앨빈이⋯⋯ 여자의 몸으로 남자로서 왕이 되는 것을⋯⋯ 정말로 아무런 망설임이나 갈등도 없이, 그 고난의 길을 그저 올곧은 일념으로 달려가고 있다고, 정말 그렇게 생각해? 힘들다, 도망치고 싶다, 괴롭다⋯⋯ 그런 느낌을 조금도 받지 않을 만큼 그 녀석이 망가졌다는 거야?"

"그, 그건⋯⋯."

시드는 발길을 돌려 말문이 막힌 텐코에게 등을 보였다.

"그렇다면 앨빈과 너의 차이는 뭘까? 자신의 약함을 인정하고서 앞으로 나아갈 각오를 한 것과 자신의 약함을 인정하지 않고 못 본 척한 것⋯⋯ 그게 다야."

"⋯⋯."

그리고 시드는 천천히 걸어가 텐코와 거리를 벌리고⋯⋯ 돌아보았다.

웅크린 텐코와의 거리는— 약 10미터.

그리고 시드가 천천히 전투태세를 취했다.

"다시 물을게. 텐코, 전진하든 후퇴하든 여기가 네 인생의 분수령이야. 지금 이 순간, 전신전령으로 자신의 마음과 마주하고 답을 내."

"아⋯⋯ 으⋯⋯?"

"너는⋯⋯ 지금, 줄곧 못 본 척했던 자신의 약함과 마주

했어. 그래도 기사가 되고 싶어? 되기 싫어? 그 길을 나아
갈 거야? 물러날 거야?"

"……."

"어쨌든 나는 너의 결단을 존중하겠다고 맹세해. 너의
대답은 뭐지?"

쏴아아아아아……

세찬 빗소리의 정적이 두 사람 사이를 지배했다.

시간이 멈춘 듯한 착각이 주변을 지배했다.

"가, 갑자기, 그렇게 물어보셔도…… 모른다고요……!"

이윽고 텐코가 부들부들 떨며 내씹듯이 외쳤다.

"스승님, 가르쳐 주세요! 저는 어쩌면 좋죠?!"

"응석 부리지 마. 네가 스스로 생각해."

하지만 전에 없이 엄격한 말이 돌아와서 텐코는 흠칫하
며 숨을 삼켰다.

"기사는 대의를 위해, 자신이 섬기는 주군을 위해, 자신
의 생명과 혼을 태우는 자야. 자신의 의지로 기사가 되고
자 하는 자만이 그럴 수 있어. 네가 스스로 결단하지 못한
다면 너는 틀림없이 기사가 될 수 없어. 이도 저도 아닌 채
로 지내다가 언젠가 전장에서 개죽음을 당하겠지."

"으…… 아…… 저, 저는……."

비를 맞으며 고개를 숙인 텐코는 할 말을 찾는 것처럼
입술을 달싹거렸다.

하지만 말이 나오지 않았다.

자신은 기사가 되고 싶은 걸까? 되기 싫은 걸까?

텐코의 사고는 같은 자리를 빙빙 돌며 난마처럼 뒤얽혀 전혀 실을 잣지 못했다.

"저, 저는……."

그래도 텐코는 생각했다. 자신이 어떤 자인지를. 무엇을 바라는지를.

쏴아아아아아…….

세찬 폭우가 가져오는 차가운 정적 속에서 필사적으로 사고의 실을 더듬었다.

기사가 된다는 것은— 대체 무엇일까? 모두가 동경하는 화려한 존재의 이면에는 외면해선 안 될 현실이 있다.

기사가 되는 것은 곧, 선혈이 낭자한 투쟁 세계에서 살아감을 의미한다.

엄마의 원수인 그 무서운 암흑기사와 언젠가 싸우는 것을 의미한다.

언젠가 주군인 앨빈을 위해 전장에서 자신의 목숨을 던질 것을 각오한다는 의미다.

무서웠다. 싫었다. 도망치고 싶었다. 왜 자신이 그래야 하는가? 왜 그런 길을 가야 하는가?

그런 미래를 상상만 해도 텐코는 공포로 온몸이 떨렸다.

'생각해 보면…… 나는…… 원래…….'

그저 검을 조금 좋아할 뿐인 소녀이지 않았던가?

엄마가 멋있어서, 엄마처럼 되고 싶어서…… 검을 연습하면 엄마가 대단하다며 머리를 쓰다듬어 줬다. 그게 기뻐서 열심히 연습했을 뿐이다.

동경하는 엄마를 좇아 누군가를 지키는 무인의 길을 걷고 싶다고 생각했을 뿐이다.

그 길을 걷는 것이 어떤 것인지 전혀 몰랐다. 무구한 동경을 품었을 뿐, 어린 자신은 아무것도 몰랐다.

그래.

물러나야 한다. 어울리지 않는다.

이렇게 겁쟁이인 자신은 기사가 되어서는 안 된다.

만약 기사가 되더라도 언젠가 반드시 후회할 것이다.

그러니까—.

"저는— 기사가……!"

…….

…….

……결론은 나왔다. 답은 나왔다.

그런데 왜? 왜 말이 이어지지 않을까.

「기사가 되지 않겠다」, 「이제 그만두겠다」.

그 짧은 말이 어째서 입 밖으로 나오지 않는 걸까?

뭔가가 마음에 걸렸다. 마지막 일선을 넘는 걸 거부하는 장벽이 되었다.

이게 대체 뭘까……?

그 정체를 알아내려는 것처럼 텐코가 떨구고 있던 시선을 들었을 때였다.

"……아……."

텐코는 알아차렸다.

"……."

언제 왔는지 시야 끄트머리에 앨빈이 있다는 것을.

앨빈은 뒤뜰 구석에서 비를 맞으며 상황을 가만히 지켜보고 있었다.

"……앨빈……."

그 순간, 텐코는 자신의 마음의 형태를 깨달았다.

"……아……아……."

그랬다.

예전에 자신은 모든 것을 잃고 이 세상에 절망하여 살아갈 기력도 잃었었다.

하지만 앨빈이 구해 줬다. 앨빈 덕분에 다시 웃을 수 있었다.

'나는…… 그런 상냥한 앨빈이 정말 좋았고…….'

하지만 앨빈에게는 가혹한 운명이 기다리고 있었다.

앨빈은 여자의 몸으로 남자로서 왕이 되어야 한다.

머지않아 이 나라를 지키기 위해 다양한 적과 싸워야만
한다.

앨빈 앞에 펼쳐진 인생이 풍파와 고초로 얼룩져 있을 것
은 상상하기 어렵지 않았다. 지극히 당연한 여자로서의 행
복도 바랄 수 없을 것이다.

텐코는 그런 앨빈의 짐을 조금이라도 덜어 주고 싶어서……
앨빈을 지키고 싶어서…… 곁에서 지탱해 주고 싶어서……
그래서…….

"……아…… 아아……? 나, 나는…….."

그래, 그건 단순한 이야기였다.

텐코가 기사가 되고자 했던 진짜 이유.

확실히 아르드 왕이 앨빈을 부탁한 게 하나의 계기이긴
했지만.

사실은, 그저, 텐코가 앨빈을…….

"─되겠어요!"

그것을 깨달은 순간, 텐코는 반사적으로 외쳤다.

"저는 기사가 될 거예요……! 되고 싶어요……! 앨빈을
위해……! 앨빈을 지키기 위해……! 그러니까…….."

그 순간이었다.

시드의 모습이─ 흐릿해졌다.

쏟아지는 호우를 가르며 텐코에게 돌진하여─ 왼손을 내
밀었다.

멍하니 선 텐코와 시드가 교차했고—.

"꺄악?!"

텐코가 요란하게 날아가 물웅덩이 속에서 바운드했다.

"잘 결단했어. 제자."

진흙투성이가 되어 엎어진 텐코를 시드가 진지한 표정으로 돌아보았다.

"그럼 일어나. 검을 들어."

"콜록…… 그, 그게 무슨……?"

갑자기 무슨 소리인지 모르겠다는 얼굴인 텐코 앞에서 시드의 모습이 다시 사라졌다.

좌악! 물이 갈라지는 소리가 났다.

시드가 그림자처럼 텐코와 엇갈렸고— 텐코의 몸이 재차 요란하게 날아갔다.

"커헉! 콜록! 쿨럭?!"

"텐코. 지금 너는 결단했어. 그렇다면 이제 변명도 우는 소리도 없는 거야."

시드가 몸을 돌려 다시 땅에 고개를 처박은 텐코를 응시했다.

"만약— 네가 기사의 길을 포기하고 다른 길을 택했다면 나는 너의 새 출발을 축하했겠지. 하지만— **너는 이제 기사야**. 기사가 되기를 바라며 기사의 길을 택했어. 이제 되돌릴 수 없어. 어리광은 허락되지 않아. 너는 강해져야 해."

"스, 스승님……."

"그러니 일어나. 힘들어도, 괴로워도, 이를 악물고 일어나. 울면서 검을 휘둘러. 지금 너의 결의를 검에 담아서 나를 쳐! 너는 기사가 될 거잖아?!"

"~~!"

그런 시드의 질타를 듣고.

차게 식은 텐코의 마음속에서 연기 같은 미약한 불이 피어올랐다.

그것을 구동력 삼아― 텐코는 검을 천천히 들었고―.

"―으, 아, 아아아아아아아아아아아아―!"

첨벙첨벙첨벙! 물웅덩이를 박차며 시드에게 돌진했다.

"후―."

하지만 텐코가 공격 범위에 들어온 순간, 시드의 모습은 다시 믿을 수 없는 속도로 사라졌고―.

"꺄아아아아아아―?!"

텐코는 재차 날아가 흙탕물 속을 굴렀다.

"이게 다야? 이 정도야? 역시 기사를 포기할래? 딱히 상관없어. 그게 너의 결단이라면."

"포기……하고 싶지 않아……!"

텐코는 이를 악물고 일어났다.

"하지만, 나는……! 약해서……! 너무나도…… 약해서……!"

그 순간, 시드가 텐코 옆을 신속하게 지나쳤다.

또다시 텐코의 몸이 날아갔다.

"우는소리 할 여유가 있으면 나한테 일격이라도 먹여."

"으으…… 으아으으으으……!"

진흙투성이인 텐코가 칼을 지팡이 삼아 일어나—.

"아아아아아아아아아아아아아아아아아—!"

재차 울부짖으며 시드에게 돌진— 전력으로 공격했다.

"흡—!"

내리치는 공격을 시드는 몸을 돌려 피했다. 웅 소리를 내며 비를 가르는 칼을 후퇴해서 피하고, 이어서 다시 돌아온 칼의 넓적한 부분을 손으로 찔러서 튕겼다.

울면서도 사납게 달려드는 텐코의 연속 공격을 시드는 모조리 피했다.

"아직이야! 더 파고들어! 전력으로! 나를 죽일 작정으로 덤벼!"

"왜…… 왜……!"

이제 기술이고 뭐고 없이 마구잡이로 달려들면서.

텐코는 울부짖듯이 시드에게 물었다.

"어째서 스승님은…… 이런 저를……! 약하고 꼴불견인 저를…… 왜 포기하지 않는 거죠……?! 왜 버리지 않는 거죠……?!"

"……!"

시드는 텐코의 질문을 받으며 담담히 계속 피했다.

"저는…… 나 자신이 싫어질 만큼 약하고, 한심하고…… 그런데도 아직 기사가 되기를 포기하지 못하는데……! 그런데…… 왜, 스승님은……?!"

그러자.

쿵! 시드가 공격을 피하면서 텐코의 흉부에 가볍게 촌경을 먹였다.

어마어마한 충격에 텐코의 몸이 떠올랐다. 수평 후방으로 공처럼 날아간 몸이 바운드되며 굴러갔다.

콜록콜록. 흙탕물을 뱉으며 웅크리는 텐코에게 시드가 말했다.

"바보야. 제자를 포기하는 스승이 어디 있어?"

"~~~?!"

엎어진 텐코가 눈을 크게 떴다.

"「기사는 진실만을 말한다」…… 맹세하지. 「나는 너를 포기하지 않아」. 나는 언제나 너의 스승이야."

"스, 스승님……."

"자, 덤벼! 검을 휘둘러! 사람의 마음은 반드시 강해져! 강해질 수 있어! 강해지고자 하는 의지를 네가 계속 품는 한!"

시드의 말이, 그 한마디 한마디가 압도적 열량으로 텐코의 혼을 태웠다.

시드는 절대 자신을 버리지 않는다. ─그런 안심감이 텐코의 마음속 틈새를 채워 나간 바로 그때.

두근…… 거칠게 숨을 헐떡이던 텐코는 몸 안쪽이 뜨겁게 떨리는 감각을 느꼈다.

"……아…… 아아아……?"

뜨거웠다. 처음 느끼는 감각이었다. 뭔가가 세차게 타오르는 듯한—.

하지만 지금 텐코는 그걸 의식할 여유가 없었다.

부응해야 했다. 이런 한심한 자신을 위해 이렇게까지 해 주는 스승에게 뭔가를 보여 줘야 했다.

그래서 가슴속에 타오르는 「열」이 이끄는 대로—.

"아아아아아아아아아아아아아아아—!"

텐코는 일어나 울부짖고 땅을 박차 달렸다.

여유롭게 선 시드에게 똑바로 돌진했다.

보법은 엉망진창이고, 호흡은 들쑥날쑥하고, 검을 휘두르는 동작은 처참했다.

그건 텐코의 인생 중에 가장 꼴사나운 일격이었다.

하지만— 온몸이 뜨거웠다. 타는 듯이 뜨거웠다.

머리가 아니라 혼이 이해했다. 이게 바로 지금 자신이 할 수 있는 최고의 일격임을.

"아아아아아아아아아아아아아아아아아아아—!"

그리고—.

키이이이이잉!

—정신 차리고 보니.

텐코가 내려친 일격을 시드는 왼쪽 손바닥으로 막고 있었다.

시드에게는 당연하게도 상처 하나 없었다.

"……아……."

그 순간 텐코의 몸에서 급격히 열기가 빠져나갔다. 힘이 빠져나갔다.

엄청난 탈력감과 권태감에 서 있을 수가 없었다. 의식이 천 갈래 만 갈래로 흩어졌다.

휘청…… 텐코가 그대로 고꾸라졌고…….

와락! 시드의 단단한 오른팔이 텐코의 몸을 받아 줬다.

"……스, 스승님……?"

"잘했어."

시드는 축 늘어진 텐코를 안으며 왼손으로 텐코의 머리를 쓰다듬었다.

"그게…… 윌이야."

"……윌…… 바, 방금 그게……?"

"그래. 아주 잠깐이었지만 방금 너의 윌은 확실하게 타올랐어. 너는 지금까지 외면했던 자신의 약함과 마주하고 진정한 마음의 소리를 들었어. ……그게 강한 의지가 됐어. 혼의 불씨가 됐어."

"……."

"방금 그건 우연이야. 아직 윌을 깨쳤다고는 할 수 없지만, 확실히 편린을 잡았어. 너의 의지가 너의 길을 연 거야. ……괜찮아. 너는 강해질 수 있어."

"스, 스승님……."

"**보습**은 여기까지야. 자, 들어가자. 슬슬 건강에 안 좋아."

"……스승님…… 스승님……!"

텐코는 뜨거운 것이 울컥 치미는 것을 견디지 못하고 눈물을 줄줄 흘리며 시드에게 매달렸다.

"흑…… 훌쩍…… 감사…… 감사, 합니……다……."

"그래."

이리하여.

시드의 품속에서— 텐코의 의식은 점점 아득해졌다.

시드는 그런 텐코를 옆으로 안고 기숙사탑을 향해 걷기 시작했다.

—그런 두 사람을.

"텐코…… 다행이야……."

앨빈은 온화한 얼굴로 지켜보고 있었다.

제4장 다가오는 어둠

똑…… 물방울 소리가 메아리쳤다.

자욱하게 낀 하얀 김. 기분 좋은 열기.

그곳은 대리석으로 만들어진 넓은 목욕탕이었다.

텐코는 뜨거운 물이 가득 담긴 욕조에 실오라기 하나 걸치지 않은 모습으로 몸을 담그고 있었다.

"후우…… 살 것 같아요……."

여우 귀가 쫑긋거리고 물속에서 꼬리가 움직였다.

차게 식었던 텐코의 사지에 기분 좋은 열이 스며들며 피로가 녹아내렸다. 마비되어 가던 손끝과 발끝의 감각이 찌릿찌릿한 느낌과 함께 부활했다.

청초한 곡선을 그리는 텐코의 하얀 나신이 수증기 속에서 연분홍색으로 물들었다.

"수고했어, 텐코."

텐코의 바로 옆에는 똑같이 실오라기 하나 걸치지 않은 앨빈이 텐코와 어깨를 맞대고서 목욕물에 몸을 담그고 있었다.

아니— 지금 앨빈은 앨빈이 아니었다. 마법의 빗으로 위장을 풀어 금실처럼 길고 아름다운 머리카락이 찰랑이는 수면에서 하늘거리고 있었다.

지금 앨빈은 왕자가 아니었다.

그저 한 명의 여자— 알마였다.

그 아름다운 나신은 조각처럼 균형이 잡혀 있었다. 풋과일처럼 봉긋한 가슴, 물방울이 또르르 흘러내리는 싱그럽고 탄력 있는 피부. 자욱한 김이 그런 알마의 신체 윤곽을 체면치레 수준으로 가리고 있었다.

"어때? 상처는 안 남았어? 시드 경한테 꽤 호되게 당하던데……."

"솔직히 치유마법을 쓸 것도 없이 멍 자국 하나 없었어요. 아무래도 충격만 줘서 날린 모양이라…… 스승님의 기량은 진짜 괴물이에요."

텐코는 한숨을 쉬며 자신의 몸을 신기하다는 듯 바라보았다.

그런 텐코를 알마는 기쁜 얼굴로 보았다.

"후후, 이렇게 텐코랑 같이 목욕하는 건 진짜 오랜만이야."

"그, 그렇죠…… 어릴 때는 자주 같이 씻었죠……."

아무래도 부끄러워서 텐코는 몸을 숨기듯 물속으로 천천히 가라앉았다.

아까 시드의 보습이 끝나고, 앨빈은 사람들의 눈을 피해 텐코를 캘바니아 왕성 상층에 있는 자신의 거관 내 개인 목욕탕으로 초대했다.

오랜만에 같이 목욕하지 않겠냐면서.

서로의 입장을 생각하면 단호히 거절해야 할 일이었지만 텐코는 순순히 앨빈의 제안을 받아들였다. 그러고 싶었기 때문이다.

"응응. 옛날 생각 난다……. 어릴 때 텐코는 목욕하는 걸 아주 싫어해서, 제대로 몸을 따뜻하게 해야 한다며 내가 억지로 텐코를 목욕물 속으로 끌어당겼었지?"

"그, 그거야 어릴 때나 그랬죠……! 그렇게 따지자면 알마도 머리 감는 게 서툴러서 제가 대신 감겨 줬잖아요!"

"아, 아하하, 그것도 이제 다 옛날얘기야……."

알마가 쑥스러워하며 어깨로 텐코를 툭 쳤다.

"하지만 이렇게 텐코와 같이 목욕하지 않게 된 지도…… 아니, 목욕할 수 없게 된 지도 꽤 됐어……."

"……그러게요. 알마도 저도 지금은 서로 입장이 있으니까요."

텐코는 갑자기 불안한 얼굴로 조심조심 물었다.

"저, 저기…… 정말로 괜찮은 건가요……?"

"뭐가?"

"그, 그게…… 저랑 알마가, 이렇게 같이 목욕해도."

"……."

"이런 시간에 제가 앨빈의 거처를 드나드는 걸…… 만약 누가 알기라도 하면, 분명 묘한 소문이…… 그러니까……."

하지만 얼굴을 붉히고 어물거리는 텐코에게 알마는 키득
키득 웃으며 대답했다.

"나는 딱히 **그렇게** 돼도 상관없으려나?"

"네?!"

"왕족 남자에게 애인이나 첩이 있는 건 이상한 일이 아
니잖아. 나랑 텐코를 두고 그런 소문이 난다는 건 다들 나
를 남자로 여긴다는 거니까."

"유서 깊은 왕가의 적장자가 밤마다 귀미인에게 밤시중
을 들게 한다는 소문이 나면…… 싫지 않겠어요?"

"상대가 텐코라면 그런 소문 따위 아무렇지도 않아."

"어휴…… 알마도 참……."

"아하하."

어이없어하며 한숨을 쉬는 텐코를 보고 알마는 수줍게
웃었다.

그렇게 한동안 텐코와 알마가 실없는 화제로 이야기꽃을
피우며 오랜만에 함께하는 목욕을 즐기고 있을 때.

"……고마워, 텐코."

알마가 불쑥 텐코에게 감사를 표했다.

"갑자기 웬 감사 인사예요?"

"텐코가 내 기사가 되는 길을 택해 줘서 기뻐."

그렇게 중얼거린 알마는 아주 행복하게 미소 지었다.

"나도…… 실은 줄곧 신경 쓰였어. 혹시…… 나는 텐코에

게 괜한 부담을 주고 있는 게 아닐까 하고…… 그래서…….”

“무슨 소리예요! 이상한 말 하지 말아요!”

참방! 물이 튈 만큼 거칠게 알마를 돌아본 텐코가 당당히 선언했다.

“저는 알마를 지키는 기사가 될 거예요! 어릴 때부터 그렇게 정했으니까 알마가 괜히 죄책감을 느낄 필요는 없어요! 그리고—.”

불현듯 텐코가 입을 다물었다.

따끈한 목욕물 때문에 조금 들뜬 머릿속에 어른거리는 것은— 차가운 빗속에서 자신과 똑바로 마주해 준 시드였다.

‘……스승님…….’

시드의 강렬한 눈빛이 텐코의 망막에 새겨져서 지워지지 않았다.

시드가 해 준 굳센 말이 지금도 텐코 안에서 메아리치고 있었다.

그걸 이렇게 속으로 반추하기만 해도 기분이 고양되었다.

시드를 생각하면 뺨에 열이 오르고 몸이 붕붕 뜨는 느낌이 들었다.

‘……이건 뭐지……?’

가슴속에 불을 밝힌 따뜻한 감정에 호응하듯 몸 안쪽에서 신기하게 용기가 샘솟았다. 아직 미숙하지만, 앞으로 힘내자는 희망이 흘러넘쳤다.

'그래…… 그 사람이 있으면 걱정 없어……. 그 사람을 따라가면…… 나는…….'

빠르게 뛰는 고동을 느끼며 텐코가 그렇게 멍하니 생각하고 있으니.

"우우~ 텐코, 너 지금 대체 누굴 생각하고 있는 거야~?"

어느새 앨빈이 텐코 뒤로 이동해 있었다. 언짢은 듯 뺨을 부풀리고서 양손으로 텐코의 가슴을 움켜잡았다.

"흐아아아아아?! 알마?! 무슨 짓이에요?!"

텐코는 화들짝 귀를 세우고서 얼빠진 비명을 질렀다.

"주군을 제쳐 놓고 다른 남자를 생각하는 헤픈 여기사에게는 벌을 줘야지. 에잇, 에잇, 에잇."

"흐야아아앙?! 잠깐, 알마?! 아, 안 돼요, 안 돼!"

첨벙첨벙 물보라가 일고. 수면이 세차게 물결치고. 두 소녀의 나신이 요염하게 뒤얽혔다. 버둥거리는 손발이 내는 물소리와 비명이 욕실 내에 울렸다.

하지만 이윽고 그것들은―.

"후후, 아하하! 아하하하!"

"에헤헤…… 아하하하하!"

―즐겁게 장난치는 웃음소리로 바뀌었다.

————————.

한밤중의 비밀 목욕도 끝나고.

남몰래 블리체 학급 기숙사탑의 자기 방으로 돌아온 텐코는 잠옷으로 갈아입고 침대에 대자로 누워 있었다.

목욕을 마친 뒤라서 몸이 달아올라 있었다.

하지만 텐코는 그 이상으로 뭔가 몸 안쪽에 조용히 밝혀진 열을 느끼고 있었다.

쏴아아아아아…… 창밖의 호우는 여전히 그칠 기미가 없었다.

방구석에서 고요히 타오르는 난롯불이 실내에 숨어드는 냉기를 몰아내고 있었다.

"……."

텐코는 어두운 방 안에서 빗소리를 들으며 천장을 향해 손을 뻗었다.

그 손을 멍하니 바라보며 생각했다.

아까부터 자연스럽게 떠오르는 것은 역시 시드였다.

'……스승님…….'

생각해 보면 오늘은 이런저런 일이 있었다.

시합에서 된통 깨지고, 기사가 되는 걸 포기하고 싶어질 만큼 낙담하고.

그리고 호우 속에서 시드에게 속마음과 감정을 모조리

털어놓아 본연의 자신을 드러내고…… 역시 기사가 되고 싶다는 걸 깨달을 수 있었다.

그리고 정신없는 와중에 아주 잠깐이었지만…… 윌을 태우기도 했다.

"……."

싸우는 건 무섭고 부담스럽다.

그래도 앨빈을 지키고 싶었다. 옆에 있고 싶었다.

분명 그것만큼은 틀림없이 텐코 아마츠키의 진실이니까.

"응, 좋았어! 내일부터 또 힘내요! 윌도…… 앞으로 더 노력하면 분명 자유자재로 다루게 될 거예요! 아뇨, 그렇게 만들 거예요!"

텐코는 침대의 캐노피를 바라보며 작게 기합을 넣었다.

"스승님이…… 내 스승님이라 정말 다행이야……."

시드. 전설 시대 최강의 기사.

자신의 스승은 정말로 굉장한 사람이다. 자신도 몰랐던, 외면하고 싶었던 약한 부분을 알아차리고 호우 속에서 끝까지 마주해 줬다.

스승으로서 제자는 절대 버리지 않는다고…… 그런 말까지 해 줬다. 텐코의 약함을 받아들이고서 질타하고 지지해 주고…… 그리고 누구보다도 상냥하게 대해 줬다.

그런 사람이 또 있을까?

텐코는 몸을 휙 돌려서 엎드렸다. 베개에 얼굴을 깊이

묻었다.

'……앨빈에게는 조금 미안하지만…… 역시 지금은……
지금만큼은…… 가슴속이 스승님으로 꽉 찼어요…….'

왜 이럴까? 호우 속에서의 그 일로 시드에 대한 뭔가가
바뀐 것 같았다.

원래부터 텐코는 시드에게 강한 감정을 가지고 있었다.

하지만 그건 전설의 기사에 대한— 자신보다 훨씬 높은
경지에 있는 존재에 대한 동경이라든가 숭배라든가 그런
종류의 감정이었을 터다.

하지만…… 지금 시드에게 품은 이 감정은, 생각은.

'뭔가…… 내가 앨빈에게 품는 감정과 비슷하면서도……
그 감정과는 미묘하게 방향이 다른 것 같기도 한데…….'

뭔가 간질간질하면서도 기분 좋은 그 감정의 정체를 알아
내려고 하니 자연스럽게 가슴이 뛰었다. 뺨이 뜨거워졌다.

'……뭐…… 좋아요……. 오늘은 이만…….'

열에 들뜬 사고가 조금씩 멀어졌다.

오늘은 심신이 모두 지쳤다. 아무튼 이만 쉬고 싶었다.

이것저것 생각하는 건…… 내일 하자—.

"……스승님…… 앨빈…… 나는 두 사람이 있으면, 분
명……."

텐코가 소중한 사람들을 떠올리며 서서히 꿈속에 빠지려
고 한 바로 그때였다.

『킥킥…… 우후후, 아하하하…….』

심해 밑바닥에서 울리는 듯한 소녀의 웃음소리에.

어둡고 차가우면서도 마치 방울 소리처럼 요요하고 아름답게 울리는 웃음소리에.

안락한 행복감에 휩싸여 잠들려고 했던 텐코의 의식은— 단숨에 각성했다.

기진맥진한 몸을 채찍질하여 벌떡 일어나 침대 옆에 세워 둔 자신의 요정검을 움켜잡으며 굴러서 바닥에 섰다.

아무런 낌새도 없이 갑자기 나타난 누군가를 향해 재빨리 전투태세를 취했다.

방에 설치된 소파에—.

"킥킥킥…… 안녕~?"

—한 소녀가 다리를 꼬고서 실로 우아하게 앉아 있었다.

죽음을 연상시키는 꺼림칙하리만치 하얀 피부와 아름다운 은발. 동성인 텐코조차 현혹하는 요요한 색향. 현란한 고딕 드레스를 입은 소녀였다.

머리에는 어째선지 불길하게 생긴 왕관을.

얼굴에는 흔히 귀족들이 가면무도회에서 착용하는 눈가만 가리는 가면을 쓰고 있었다.
_{매스커레이드}

정체를 숨기려는 의도가 명백한 그 가면 때문에 소녀가 어떻게 생겼는지 잘 파악이 되지 않았지만— 이 소녀가 절

세의 미소녀일 거라는 사실은 알 수 있었다.

그리고 위화감이 들었다. 이때 텐코는 이 가면 쓴 소녀가 자신이 아는 누군가와 닮았다고…… 마음 한편으로 느끼고 있었다.

하지만 그걸 다시금 고찰할 마음의 여유는 조금도 없었다.

왜냐하면— 어둠이. 가면 쓴 소녀에게서 피어오르는 압도적인 어둠이.

텐코의 오감을 망가뜨리고, 등골을 얼어붙게 하며, 텐코에게 어마어마한 압력을 가했기 때문이다.

눈앞에 있는 것은 가련한 소녀인데 존재감은 마치 태산만 한 거인 같았다.

그리고 그 한편에 그득한 심해의 밑바닥 같은 어둠. 타오르는 난롯불의 빛도 온기도 순식간에 어둠에 덮여 결빙점을 돌파한 것 같았다.

사람의 형태를 하고 있지만 사람이 아닌 마인이 텐코 앞에 있었다.

"누…… 누구냐?!"

"음……?"

가면 쓴 소녀는 그 작은 턱에 귀엽게 검지를 올리고서 대답했다.

"엔데아. 그래, 지금은 엔데아라고 해 둘까?"

"에, 엔데아……?"

그건 분명 고대 요정어로 「종언」을 뜻하는 말이었다.

"여하튼. 텐코 아마츠키. 나는…… 너한테 볼일이 있어서 왔어."

"어떻게…… 내 이름을……? 애초에 너는 대체 어디서 나타난 거지……?!"

대답하지 않고.

탁. 부츠 소리를 내며 엔데아가 소파에서 일어났다.

그대로 요염하게 미소 지으며 텐코에게 천천히 다가왔다.

"후후후…… 소란 피우지 마. 텐코."

"……아……."

그 순간, 텐코의 시간이 멈췄다.

과호흡을 반복하며 한 발짝도 움직이지 못한 채 다가오는 엔데아를 응시했다.

맹렬한 예감이 들었다. **움직이면 죽는다. 살해당한다.**

손이, 다리가, 전신이 덜덜 떨렸다. 자연스럽게 눈물이 흘러넘쳤다.

왼손에 든 칼집에 담긴 칼이— 몹시 무거웠다.

당장에라도 떨어뜨릴 것 같았다.

"어라어라어라어라?"

그런 텐코의 모습을 보고 갸웃. 가면 쓴 소녀는 망가진 미소를 지으며 고개를 기울였다.

"무서워? 응? 무서워? 내가 무서워? 텐코. 킥킥킥……."

위험하다. 엔데아라는 이 소녀는 매우 위험하다.

무서운데도— 엔데아의 말은 한없이 달콤하여 편안한 느낌조차 들었다.

"……!"

따뜻하게 녹았을 터인 몸은 비를 맞았을 때보다도 차게 식어 있었다.

폭포수처럼 식은땀을 흘리며— 텐코는 막연하게 깨달았다.

'나는…… 이제 죽을 거야…….'

두근. 텐코의 심장이 터질 듯이 뛰었다.

석상처럼 경직된 텐코에게 가면 쓴 소녀가 유유히 다가왔다.

'이 감각은 그때와 똑같아……. 십자 흠집의 암흑기사가 엄마를 죽였던 그때와……! 나는 죽는 거야…… 아무것도…… 못 하고……!'

텐코는 머리가 아니라 혼으로 직감했다.

일찍이 느꼈던 숨 막히는 죽음의 기운이 감돌았다. 엔데아가 「작정」한다면, 정원사가 여분의 장미 봉오리를 제거하는 것처럼 자신의 목숨은 꺾일 것이다.

자신과 소녀 사이에는 그만큼 절망적인 차이가 있다—.

"……아…… 아…… 아아……?!"

이윽고 엔데아가 서로의 숨결이 느껴질 만큼 지척까지 다가와 얼굴을 가까이 댔다.

그리고 요요히 미소 지으며 텐코에게 말했다.

"가엾게도…… 이렇게나 떨고……."

엔데아는 겁먹어 떠는 텐코의 뺨에 오른손을 얹었다.

"그렇게 무서워하지 않아도 돼. 나는 딱히 널 해치려고 온 게 아니니까."

"……아……."

"후후, 안심하렴. 그래…… 너는 안심해도 돼……."

그 순간, 실 끊어진 인형처럼 텐코의 몸에서 힘이 빠졌다.

저도 모르게 무릎 꿇고 주저앉을 뻔한 것을 필사적으로 버텼다.

조금 전까지 느꼈던 죽음의 기운으로부터 해방되어 진심으로 안도했다.

좀 더 살 수 있다. 살아도 된다.

그런 생각이 들자 한심하리만큼 안도하고 말았다.

"……그, 그럼……."

텐코는 갈라진 목소리를 쥐어짜 물었다.

"에, 엔데아…… 너는…… 대체…… 무슨 목적으로, 이곳에……?"

그러자 엔데아는 텐코의 턱을 잡아 고개를 들게 했다. 마치 접문이라도 할 것 같은 거리에서 텐코의 얼굴을 들여다보았다.

"나는 말이지…… 너랑 친구가 되고 싶어."

"치, 친구……?"

"그래. 친, 구."

도무지 이해가 되지 않았다. 그래서 그저 두려울 뿐이었다.

그런데 왜일까? 엔데아의 눈길은, 말은…… 텐코의 마음 속에 점점 스며들었다. 텐코라는 존재를 침식해 나갔다—.

"나는…… 네가 마음에 들었어. 우리는 분명 좋은 친구 가 될 수 있을 거야. ……어때? 앨빈 따위 버리고 나한테 오지 않을래?"

"뭐……?"

그 순간. 확 타오르는 감정의 폭발과 함께 몸이 움직여 졌다.

텐코는 유혹을 뿌리치듯 홱 물러나서 발도 자세를 취했다.

"당신, 앨빈의 적인가요?!"

"어라? 화났어?"

엔데아는 어리둥절한 모습이었다.

"웃기지 말아요! 나는 앨빈의 기사! 앨빈을 지키기 위해 싸우기로 했어요! 그걸 현혹하려 든다면 더 대화할 필요도 없어요! 가차 없이—."

"우후후, 그렇게 센 척하지 않아도 돼."

엔데아의 그 목소리는 귓가에서 들렸다.

"어?"

정면에 있었을 터인 엔데아가 어느새 보이지 않았다.

엔데아는 뒤에서 텐코를 끌어안고 있었다.

"너는 늘 그러지. 사실은 누구보다 겁쟁이고 약한데…… 항상 자신을 속이고 센 척해. ……그렇게 사는 거, 피곤하지 않아?"

엔데아가 텐코의 귓가에 속삭였다. 텐코의 혼에 독을 푸는 것처럼 달콤하게 속삭였다.

"아, 아니야…… 왜냐하면, 스승님이 가르쳐 줬으니까……. 겁쟁이인 나도, 확실히 나지만…… 앨빈의 기사가 되고 싶어 하는 나도, 나라고…… 그러니까……!"

"응응, 그래그래, 이해해."

킥킥킥…… 엔데아가 웃었다. 비웃었다.

"하지만 아무리 그렇게 자신을 타일러도…… **결국 겁쟁이 인 너도 너 자신**이잖아? 틀림없는 너의 진실…… 아니야?"

"……으…… 그건…….."

텐코가 바로 반론하지 못하자.

쪽. 작은 새가 부리로 쪼듯이 엔데아가 텐코의 뺨에 장난스레 키스했다.

그 순간, 키스받은 뺨이 불타는 것 같았다. 거무칙칙한 무언가가 그곳을 통해 텐코 안으로 흘러들어 텐코의 혼을 침식해 나갔다. 마음을 더럽혔다.

"으…… 아…… 아아아……?! 바, 방금…… 무슨 짓을……?!"

자신에게 일어난 이변에 당황하는 텐코에게 엔데아가 계속 말했다.

　"우후후…… 외면하면 안 돼, 텐코. 누군가를 지키고 싶다…… 누군가의 힘이 되고 싶다…… 그런 듣기 좋은 말로 자신을 속이면 안 돼. 제대로 마주해야지. 자기 자신의 본심과, 공포와, 어둠과. ……아무리 고결해도 죽으면 끝이야."

　"……아…… 으……."

　"무서울 테지. 싸우는 게. 엄마와 똑같은 운명을 겪는 게. 그런데 그런 자신을 속이고 어째서 앨빈을 위해 기사가 되겠다고…… 경솔하게 말할 수 있는 거야? 정말 그걸로 좋아? 후회 안 해?"

　엔데아의 물음은— 시드의 물음과 똑같았지만 정반대였다.

　이미 자신 안에서 답은 나왔을 텐데.

　다시 알 수 없어졌다. 자기 자신이 불분명해졌다.

　기사가 되겠다고 아까 그토록 굳게 맹세했는데 어째서 이렇게 흔들리는 걸까.

　엔데아의 달콤하고 요사스러운 말을 듣고 있으니 마음이 모호해졌다.

　"그, 그러면……!"

　점차 애매모호해지는 마음을 조금이라도 지키려는 것처럼 텐코가 외쳤다.

　"나보고 어쩌라는 거예요?! 내가 어떻게 해야 하는데요?!"

그건 아까 시드가 훈계했던 「주도권을 상대에게 맡긴 최악의 질문」이었다.

그리고 그런 텐코를 보고서.

엔데아는 만족스럽게 사특하며 요염한 미소를 짓고…… 말했다.

"그러니까 말했잖아? 친구가 되자고."

"어……?"

"나는 너의 그 공포와 어둠을 없애 줄 수 있어. 너를 속박하고 괴롭히기만 하는 앨빈과 달리, 너에게 진정한 자유와 행복을 줄 수 있어."

"그런 걸…… 대체, 어떻게……?"

"간단해."

뒤에서 텐코를 끌어안은 엔데아가 오른손을 앞으로 내밀어 텐코의 눈앞에서 손을 펼쳤다.

그러자 그 손에 어둠이 서리더니…… 뭔가가 생겨났다.

칼이었다. 새까만 도신을 가진 꺼림칙하게 생긴 칼.

딱 봐도 불길한 압도적인 어둠의 마나가 그 도신에서 피어오르고 있었다.

"답은…… 「힘」."

"히, 힘……?"

"그래. 누구든 굴복시키고 엎드리게 하는 절대적인 힘…… 그런 힘이 있으면 너의 공포는 날아가지 않겠어? 더는 아무것도 두렵지 않겠지. ······안 그래?"

"아, 아아······."

"나는 너에게 그런 힘을 줄 수 있어. 그래······ 네가 원하는 만큼 너는 행복해질 수 있어. ······이 검을 잡는다면 말이야."

텐코는 눈앞에 있는 흑도(黑刀)를 조심조심 바라보았다.

"······이거······ 혹시 검정 요정검······?"

"맞아. 너를 위해 내가 마음을 담아 준비한, 너만의 검이야."

"설마······ 당신은, 오푸스 암흑교단의······?"

텐코가 묻자 엔데아는 웃었다. 그저 키득키득 웃었다.

엔데아의 제안을 받아들일지 말지. 그런 건 생각할 필요도 없었다.

받아들인다면 두 번 다시 양지로 돌아올 수 없다.

애초에 암흑기사는 엄마의 원수다. 일고할 가치도 없었다.

'하지만 왜 나는······ 제안을 받아들이고 싶어 하는 거지······?'

엔데아의 제안을 받아들이지 않는다면 텐코는 아마 무사하지 못할 것이다. 죽을 것이다.

하지만 그걸 제쳐 놓더라도— 이 제안은 고혹적이고 매력적이었다.

그렇게 느끼고 있다는 것이 무엇보다도 가장 무서웠다.

아까 그 키스 때문인지, 아니면 어떤 마법을 썼는지, 엔데아의 목소리를 듣고 있으니 자신의 마음을 알 수 없어졌다.

엔데아의 말이야말로 이 세상의 진실이라는 생각이 들어서 이대로 몸을 맡기고 싶어졌다.

"자, 받아……. 이 검의 힘은 굉장해."

엔데아가 움직이지 못하는 텐코의 손을 잡아 흑도를 쥐게 했다.

"으, 아……."

그 순간, 거무칙칙한 전능감이 텐코의 온몸을 뒤덮어 나갔다.

손에 쥔 칼에서 농후한 어둠이 텐코의 안으로 흘러들어 마음을, 몸을 점점 뒤덮어 텐코를 다른 존재로 변질시켰다.

동시에 믿을 수 없을 만큼 높은 경지로 올라가는 것을 알 수 있었다.

무시무시한 힘이었다. 여태껏 필사적으로 수련한 것이 바보 같아질 만큼.

"내 말 맞지? 굉장하지? 네가 그토록 갈망했던 힘을…… 나는 이렇게 간단히 줄 수 있어……."

"으, 아…… 싫어, 그만해……!"

자신이 다른 존재로 바뀌어 가는 것이 두렵고 혐오감이 들었다.

하지만 그런 감각조차도 점차 희미해져서…….

최소한의 저항으로 텐코는 흑도를 놓으려고 했다.

하지만—.

"어, 어째서……?! 칼을 놓을 수가 없어……! 어째서?!"

"그건 네가 마음 한편으로 그 검을 받아들였기 때문이 야……."

엔데아의 말에 텐코의 마음이 흠칫 떨렸다.

그 떨림이 혐오인지 환희인지, 이제 그것조차 알 수 없었다.

"내, 내가…… 바라고 있다고……? 이런 끔찍한 힘을……?!"

"그래. 왜냐하면 느껴지잖아? 압도적인 힘이…… 절대적인 힘이."

"─?!"

"동시에 알 수 있잖아? 너의 마음속에 있던 온갖 공포가 사라져 가는 것을."

"아…… 아아아…… 아아아아아……?!"

무서웠다. 엔데아의 말이 전부 진실이었기 때문이다.

항상 그렇게나 자신을 괴롭혔던 공포가 어둠에 뒤덮여 깨끗하게 사라져 갔다. 전능감과 행복감이 마음을 지배했다. 그것이 무엇보다도 무서웠다.

하지만 지금, 그 최후의 공포조차도 사라져 갔다.

"싫어, 싫어, 싫어! 나, 나는……!"

"괜찮아…… 어둠의 힘에 몸을 맡겨. 너에게는 누구보다 강한 암흑기사가 될 수 있는 재능이 있어. 그리고 나는 너를 고통스럽게 하고 너를 돌아보지도 않는 매정한 앨빈과 달

라. 나는 진심으로 네가 행복하기를 바라고, 그걸 위해 뭐든 줄 수 있어. 나랑 앨빈, 누가 너의 친구에 걸맞은지…… 뻔한 거 아니야?"

그리고.

"아, 아…… 앨……, ……스, 승……."

어둠이 텐코의 모든 것을 뒤덮으려고 한…….

……바로 그때였다.

"아, 아, 아아아아아아아아아아아아—!"

텐코의 몸이 치인 듯이 움직였다.

혼이 찢기는 듯한 느낌을 받으며 검정 요정검을 바닥에 내팽개치고—.

자신의 요정검을 잡아 발도 일섬.

온갖 어둠과 유혹을 뿌리친 텐코가 엔데아를 돌아보며 공격했다.

당연히 엔데아는 뒤로 슬쩍 물러나 여유롭게 피했다.

죽음을 각오한 텐코의 일격은 스치지도 않았다.

하지만—.

"……어째서?"

엔데아는 텐코와 바닥에 버려진 검정 요정검을 멍하니 번갈아 보았다.

"하아……! 하아……! 하아……!"

텐코는 발작하듯 온몸을 떨면서 고개를 숙이고 있었다.

"응? 이유가 뭐야?"

부들부들, 엔데아도 어깨를 떨며 싸늘하게 물었다.

"왜…… 나를 거절했어? 아니, **어떻게 거절할 수 있었어?**"

"헉…… 헉…… 헉……."

"그런 건 이상해. 왜냐하면 나는 너의 마음속을 샅샅이 들여다봤고……「매료^魅」도 썼단 말이야……! 저항하는 건 무리라고!"

"후우…… 후우…… 후우……."

"너의 마음은 언제나 막대한 공포와 어둠을 간직하고 있었어……. 너는 뛰어난 인재였어……. 누구보다 강한 암흑 기사가 될 소질이 있었어……!"

"헉…… 하아…… 하아……!"

"그렇기에 더더욱 너는 거부할 수 없었을 터! 지금의 너에게 검정 요정검은 마약 같은 거였어! 그런데 왜?! 어떻게 거부할 수 있었던 거야?!"

엔데아의 신경질적인 외침에.

텐코가 눈꼬리에 눈물을 매단 채 단언했다.

"기, 기사는……!「그 마음에 용기의 불을 밝힌다」……! 나는…… 앨빈의 기사……! 너의 동료는…… 되지 않아……!"

"……."

그 순간, 엔데아가 침묵했다.

침묵, 침묵, 침묵.

뭔가 치명적인 예감이 드는 위험한 침묵이 주변을 지배했다.

어안이 벙벙한 모습이던 엔데아의 얼굴이 이윽고 무표정이 되었고…… 부글부글 끓어오르는 분노와 격정이 나타났다.

그리고—.

"……그게 뭐야?"

이윽고 엔데아가 어두운 나락의 밑바닥 같은 눈으로 말했다.

"시드 경? 혹시 시드 경 때문에 너는 어둠의 유혹을 뿌리친 거야?"

"……?"

"그 사람은…… 그렇게까지 앨빈 편을 드는 거야? 나한테는 아무것도 안 해 줬으면서…… 앨빈한테는 그렇게까지 하는 거야?! 어째서…… 그렇게……!"

엔데아는 한동안 격분을 참듯 손톱을 잘근잘근 씹었지만.

이윽고—.

몸에 붙었던 귀신이 나간 것처럼 얼굴에서 감정이 사멸했다.

"아쉬워, 텐코. 너와는 좋은 친구가 될 수 있을 줄 알았는데. 나를 그렇게 거부한다면…… 이제 이렇게 할 수밖에 없어."

움직이지 못하는 텐코 앞에서 텐코가 내던진 검정 요정검― 흑도를 집어 들었다.

엔데아는 텐코에게 보여 주듯 손으로 도신을 쓸고서……
그 칼끝을 천천히 텐코에게 겨눴다.

"……아……."

텐코가 잔뜩 잠긴 목소리를 낸 그 순간.

푹!

"커헉―?!"

엔데아는 순간이동처럼 움직여 텐코의 흉부에 흑도를 꽂았다.

완전히 관통된 흑도의 칼끝이 텐코의 등으로 튀어나왔다.

좌악! 혈화가 선명하게 피어났다.

피를 토하는 텐코의 손에서 칼이 떨어져…… 소리를 내며 바닥을 굴렀다.

"아, 아…… 앨……, ……스, 승……."

텐코의 온몸에서 순식간에 힘이 빠져나갔다.

털썩, 흑도가 박힌 채 무릎을 꿇고.

철퍼덕, 힘없이 바닥에 엎어졌다.

텐코의 몸은 바닥에 퍼지는 피바다 속에 가라앉았다.

그리고―.

"잘 가."

그런 텐코를 냉혹히 잔혹하게 내려다보는 엔데아의 중얼 거림과 함께.

텐코의 의식은 깊디깊은 어둠의 밑바닥으로 떨어졌다.

제5장 실종

―합동 교류 시합의 다음 날.

날이 밝자마자 블리체 학급 기숙사탑에 격진이 일었다.

"일레인! 텐코는 찾았어?!"

"죄송해요, 앨빈! 역시 어디에도 안 보여요!"

"큭! 알겠어, 이따 봐!"

일레인과 스쳐 지나가며 서로의 상황을 확인하고 앨빈은 계단을 뛰어 올라갔다.

앨빈과 일레인만 그런 게 아니었다.

크리스토퍼도, 리네트도, 세오도르도.

"텐코! 어디 있어?!"

"이, 있으면 대답해 주세요~!!"

블리체 학급 기숙사탑을 끊임없이 뛰어다니고 있었다.

마치 탑이 뒤집어진 듯한 큰 소동이었다.

"큭…… 어째서…… 왜 이런 일이……?!"

온몸을 태우는 초조함이 이끄는 대로 뛰어다니며 앨빈은 생각했다―.

오늘도 평소처럼 새벽 교련이 시작될 터였다.

학생들은 날이 밝자마자 일어나 준비하고 평소처럼 교련장에 모였다.

하지만 아무리 시간이 지나도 텐코가 교련장에 나타나지 않았다.

늦잠을 잔 걸까? 어제 그런 일이 있었으니 많이 피곤한가 보다.

그렇게 생각하고 다 같이 텐코를 부르러 갔지만.

텐코는 방에 없었다. 방은 텅 비어 있었다.

심지어 바닥에 대량의 혈흔과 텐코의 요정검이 남겨져 있었다.

대체 어젯밤에 무슨 일이 있었는지는 알 수 없었다.

하지만 텐코에게 무슨 일이 생겼다는 건 의심할 여지가 없었다―.

"텐코!"

앨빈은 당장 울부짖고 싶은 충동을 필사적으로 참으며, 텐코를 찾아 캘바니아 성을 마구잡이로 뛰어다녔다.

다른 학급 학생들이 무슨 일이냐며 호기심 어린 눈길을 보냈지만 신경 쓸 때가 아니었다.

방에 남겨진 그 대량의 혈흔.

그게 텐코의 피라면……?

도저히 뿌리칠 수 없는 최악의 상상을 몰아내듯 머리를

흔들었다.

'텐코—!'

앨빈은 어젯밤을 떠올렸다.

오랜만에 같이 했던 목욕. 앨빈이 아니라 알마로서 텐코와 시간을 보냈다.

그때 텐코는 웃고 있었다. 망설임을 떨쳐 버린 듯 후련한 표정이었다. 텐코의 비약은 지금부터 시작된다…… 그런 예감이 든 한때였다.

'그랬는데…… 그랬는데……! 대체 왜 이렇게 된 거야……?!'

더 뛰려고 다리에 힘을 줬을 때였다.

"진정해, 앨빈."

덥석! 그런 앨빈의 팔뚝을 잡아 만류하는 자가 있었다.

시드였다.

"이자벨라도 마법의 눈을 쓰고 있어. 만약 우리 눈에 보이는 곳에 텐코가 있었다면 진작 찾았을 거야. 안달 내도 사태는 전혀 해결되지 않아."

"시드 경?! 하, 하지만, 텐코가……! 방에 피가 그렇게나 흥건히……!"

"……."

"분명 어떤 일에 휘말린 거예요! 어쩌면, 텐코는 이미……! 아아, 어쩌지! 만약 텐코가 죽었다면…… 나, 나는……?!"

그런데도 앨빈이 시드의 말을 듣지 않고 눈물을 글썽거

리며 버둥버둥 날뛰자.

"용서해, 나의 주군."

짝! 시드가 손바닥으로 앨빈의 뺨을 때렸다.

그런 기술인 건지 충격은 있지만 별로 아프지는 않았다.

"……?!"

하지만 그 충격으로 앨빈을 지배하던 어수선한 혼란의 물결이 물러났다.

"진정해. 남들 위에 서는 자가 **그까짓** 일로 꼴사납게 허둥대지 마."

"……시, 시드…… 경……?"

앨빈이 미미하게 열이 나는 뺨을 잡고서 멍하니 시드를 올려다보자.

시드는 그런 앨빈을 똑바로 내려다보며 말했다.

"만약 텐코가 죽었으면 어쩌냐고 했지? 잘 들어, 앨빈. 만약 정말로 **그런** 일이 벌어졌다면…… 너의 신하 중에서 **최초의 희생자**가 되는 거야."

"~~?!"

그 순간 앨빈의 눈이 충격으로 크게 뜨였다.

"앞으로 네가 왕으로서 신하를 이끌고 걸어가며 백성을 위해 계속 싸우는 한, **희생되는 신하는 더 많이 나올 거야.** 슬퍼하지 말라고는 안 해. 다만 각오는 해 둬."

"……."

앨빈은 한동안 눈을 질끈 감고서 말없이 고개를 숙이고 있다가.

"······죄, 죄송해요. ······추태를 부렸네요. 충언해 주셔서 고맙습니다."

뭔가를 참듯 쥐어짠 목소리로 그렇게 말했다.

단단히 움켜쥔 손은······ 덜덜 떨리고 있었다.

"······착하네."

시드는 그런 앨빈을 보고 미소 짓고서 앨빈의 머리를 쓰다듬었다.

"뭐, 말은 그렇게 했지만, 내가 생각하기에 텐코는 아직 안 죽었어."

"······네?"

"그 방에는 텐코의 요정검이 남아 있었어. 요정검은 사용자가 죽으면 《검의 샘》으로 돌아가. 그게 남아 있는 이상······ 아직 텐코는 살아 있을 거야."

"······아······."

"다만 낙관할 수 없는 상황이라는 건 변함없어. 그리고······."

시드의 표정이 드물게도 복잡해졌다.

"그리고······ 뭐죠?"

앨빈이 시드에게 뒷말을 재촉하려고 했을 때.

"시드 경. 앨빈 왕자님."

별안간 여인의 목소리가 위쪽에서 내려왔다.

아마 전이마법일 것이다. 허공에 삼각형 마법진이 떠오르더니 빛의 입자가 춤추듯 모여 두 사람의 눈앞에서 여인의 형상을 만들었다.

그렇게 나타난 것은—《호반의 여인》의 무녀장 이자벨라였다.

"이자벨라?!"

"텐코의 행방에 관해 뭔가 알아냈어?"

시드의 물음에 이자벨라가 무겁게 고개를 끄덕였다.

"네. 그리고 어젯밤 그 방에서 무슨 일이 있었는지도 알았습니다."

"정말?! 대체 무슨 일이 일었던 거야?! 텐코는 대체 어디로 간 거야?! 무사한 거야?!"

앨빈이 허겁지겁 묻자.

이자벨라는 담담히 설명하기 시작했다.

"아침부터 블리체 학급 기숙사탑을 마법으로 구석구석 조사한 결과…… 어떤 방에서 희미한 어둠의 마나 잔재가 검출됐습니다. 플로라가 쓰던 방에서요."

"……?!"

플로라. 그건 이전에 왕도와 《요정계》 심층을 연결하여 용을 소환해 내는 파격적인 대마법을 행사했던 여성의 이름이었다.

현 오푸스 암흑교단의 최고 지도자면서 블리체 학급의 1학년 종기사의 탈을 쓰고 사람들을 속여 그만한 일을 해낸 진짜 마녀였다.

"틀림없습니다. 플로라의 방은 【요정의 길】^{페어리 로드}을 통해 어딘가로 연결되어 있어요."

"【요정의 길】?!"

앨빈이 아연실색하여 외쳤다.

【요정의 길】이란 요정계를 이용한 장거리 이동마법이었다. 현재 위치와 목적지를 이계의 길로 연결하여 통상보다 몇 배나 빠르게 이동할 수 있었다.

"아마 플로라는 재학 중에 이런 때를 대비해서 방에 【요정의 길】의 뒷문^{백도어}을 구축했을 거예요. 설상가상으로 지난번 동란으로 왕도를 지키는 빛의 요정신의 가호가 상당히 상했기에 간단하게 【요정의 길】을 연결할 수 있었던 것 같아요."

"즉, 텐코의 이번 실종은 오푸스 암흑교단 짓인가. 마법으로 【요정의 길】을 연결하여 이 성에 침입해서 텐코를 데려갔다…… 그게 일의 전말인 것 같네."

"아마도 그렇겠죠. 실제 실행범이 플로라인지는 불명이지만."

시드의 추론에 이자벨라가 고개를 끄덕였다.

"하지만 지금까지 뒷문의 존재를 교묘하게 숨겨 왔으면서 이번에는 확연하게 흔적을 남긴 게 조금 신경 쓰여요……"

"그런 건 어찌 되든 좋아!"

앨빈이 초조한 모습으로 이자벨라에게 바싹 다가왔다.

"그보다 텐코를 납치한 녀석들이 어디로 갔는지 알아?!"

"탐사마법으로 간단히 추적 조사한 바에 의하면…… 그【요정의 길】은 북쪽의 구 마국령으로 이어져 있는 것 같아요."

"대체 무슨 목적으로?! 왜 나를 암살하는 게 아니라 일개 종기사에 불과한 텐코를 굳이 납치한 거야?!"

"아, 아직 그것까지는 잘……."

앨빈의 물음에 이자벨라가 말을 흐리며 고개를 푹 숙였다.

"죄송합니다, 왕자님…… 전부 제 탓입니다. 기본적으로 사람은 요정검이나 마법 도구 없이 마법을 쓸 수 없어요. 맨몸으로 마법을 쓸 수 있는 자는 시드 경 같은 예외를 제외하면 반인반요정족뿐이에요. 그렇기에 왕가는 저희《호반의 여인》과 맹약을 맺어 협력받고 있어요…… 이런 사태를 막기 위해서……."

"이자벨라……."

"그런데 지난번 왕도 동란도 그렇고, 이번 일도 그렇고, 이모양 이 꼴이에요……. 정말로 뭐라고 변명해야 할지……."

"아, 아니야, 이자벨라는 잘못 없어!"

초췌한 모습으로 시선을 떨구는 이자벨라를 보고 앨빈이 강하게 부정했다.

사실대로 말하자면 이자벨라는 사소한 일을 신경 쓸 수

없을 만큼 바빴다.

우선 이자벨라는 여전히 왕이 되지 못한 앨빈 대신 정무를 대행했다.

그것만으로도 상당히 부담일 텐데 이 나라의 지배권을 찬탈하려고 야심을 불태우는 3대 공작가를 견제하고 조심해야 했다.

성의 마법적 수호에 전념하지 못해서 경계가 허술해지는 것도 어쩔 수 없는 일이었다.

'적어도 내가 왕이었다면……! 이자벨라는……!'

앨빈이 그렇게 떨며 자신의 무력함을 탄식하고 있으니.

"훗, 두 사람 다 그렇게 비관적으로 굴지 마."

갑자기 시드가 오늘의 점심 메뉴를 제안하듯 말했다.

"납치당했다면 되찾으면 돼. 그렇잖아?"

"네……? 시드 경……?"

"이자벨라. 【요정의 길】은 이 《물질계》 이면에 존재하는 《요정계》를 이용해서 이동 시간을 단축하는 마법이지?"

"앗, 네……."

"녀석들의 목적지가 아득한 북쪽의 구 마국령이라면 역시 그런대로 이동에 시간이 걸릴 거야. 즉, 녀석들은 아직 【요정의 길】에 있어. 그럼 긴말할 필요 없지."

시드가 일어섰다.

"지금부터 우리도 【요정의 길】을 이용해서 쫓아가면 돼.

아니야?"

"그, 그건……?!"

"저기, 시드 경…… 지금 쫓아가도 따라잡을 수 있나요?"

"따라잡을 수 있을 거야."

앨빈의 물음에 시드가 자신감 넘치는 표정으로 말했다.

"정규 의식 순서를 거치지 않은 뒷문으로 【요정의 길】을 연결했다면 상당히 돌아가는 루트를 택할 수밖에 없었겠지. 이자벨라가 정규 의식 순서로 【요정의 길】을 다시 연결하면 지름길로 녀석들을 앞지를 수 있을 거야. ……맞지?"

"가능해요……. 하지만……."

이자벨라가 착잡한 얼굴로 무겁게 말했다.

"《요정계》에도 빛과 어둠의 영역이 존재하고…… 텐코를 납치한 무리가 사용한 것은 틀림없이 어둠 측 【요정의 길】…… 즉, 그들의 영역이에요."
다크 사이드

"……."

"아시겠어요? 어둠의 영역에서는 어둠의 세력의 힘이 강해지고, 저희의 요정검은 힘이 약해져요. 그렇기에 위험하기 짝이 없어요."

"요, 요정검의 힘이…… 약해진다고……?"

이자벨라의 그 말을 듣고 앨빈이 숨을 삼켰다.

기사에게 요정검의 힘은 생명선이다.

그것이 약해지는 전장에서 싸워야 하는 것이─ 얼마나

절망적인 일인지.

납치당한 텐코를 되찾기 위해 요정기사단의 정예로 구출 부대를 편성하더라도 대체 얼마나 희생자가 나올지 알 수 없었다.

"애초에 3대 공작이 블리체 학급의 일개 종기사를 구출하기 위해 자신들의 소중한 기사를 내줄 리도 없고……."

"……."

어둡게 가라앉은 이자벨라의 목소리에 앨빈도 머리를 싸매고 있으니.

"녀석들에게 도움을 구할 필요는 없어. 내가 가겠어."

시드가 당당히 말했다.

"네……?!"

말을 잇지 못하는 앨빈과 이자벨라를 향해 시드가 당당히 계속 말했다.

"납치당한 텐코는 내가 반드시 데려오겠어. 그럼 됐지?"

그러자 이자벨라가 타이르듯이 말했다.

"시드 경…… 제가 드린 말씀을 못 들으셨나요? 쫓아가더라도 텐코를 납치한 무리와 교전하는 장소는 어둠 측 【요정의 길】…… 그들의 영역이라고요."

"요정검의 힘이 떨어진다고? 문제없어. 나는 요정검을 안 갖고 있어."

"그렇더라도! 어둠의 영역에서 어둠의 세력과 싸우는 건 우책 중의 우책이에요! 아무리 시드 경이 전설 시대의 기사라지만……."

"우책. 그래, 확실히 그렇지."

시드가 씩 웃고서 말했다.

"하지만 설령 우책이더라도 목숨을 불태워야 하는 때가 있어…… 그게 기사야."

"—?!"

"나는 텐코의 스승이야. 제자인 텐코를 버린다는 선택은 없어. 말린다면 기사의 긍지를 걸고 밀어붙이겠어."

시드가 그렇게 말하니 이자벨라는 입을 다물 수밖에 없었다.

"하지만…… 나는 주군인 앨빈 왕자에게 내 검과 혼을 바친 기사야. 독단으로 움직일 수는 없어. 내가 움직이려면 왕명이 필요한데."

그리고 시드는 시험하듯 웃으며 앨빈을 보았다.

"훗…… 어쩔래? 앨빈. 너는 그저 마음이 가는 대로 명령하면 돼."

"……시, 시드 경."

앨빈이 시드에게 물었다.

"납치당한 건 텐코 한 명이에요. 텐코를 구하라고 명령하는 건…… 완전히 투정 부리는 거예요. 그래도 경은 괜찮나요?"

"훗, 새삼 이상한 말을 하네. 나는 너의 기사야. 긍지에 빠진 친구 한 명을 구하라고 명령하는 것과 무수한 백성을 지키라고 명령하는 것…… 거기에 대체 무슨 차이가 있지?"

"……?!"

"왕으로서 취사선택해야만 하는 때는 확실히 있어. 하지만 그게 지금은 아니야. 자, 명령해. 어떤 하명이든 나는 기사의 맹세를 완수하겠어."

자신의 기사가 이렇게까지 말한다면.

이렇게까지 검을 바친다면.

"……알겠다. 나는 행운아로군. 경의 충성에 무한한 감사를."

부응하지 않는다면 왕이 아니다.

앨빈은 결심하고서 깊이 심호흡하고 선언했다.

"납치당한 종기사 텐코는 나의 둘도 없는 친구이자 신하다. 장래 반드시 이 나라를 지탱하는 기사가 될 자다! 그녀를 잃는 것은 이 나라의 손실! 그러므로 왕명을 내리겠다! 나의 충실한 기사, 시드 경! 나의 벗을 구해 내도록!"

그런 앨빈의 하명에.

"홋…… 뜻대로 하겠나이다, 나의 주군."

시드는 가슴에 손을 얹고 약식으로 신하의 예를 취했다.

하지만 그런 시드의 멱살을 잡듯 앨빈이 매달렸다.

"오? 왜 그래? 앨빈."

"……명령은 내렸다. 하지만 나를 얕보지 않았으면 좋겠

군. 나는 신하만을 위험한 전방에 보내고 안전한 후방에서 안온하게 앉아 있는 왕이 아니다!"

청아한 눈 속에서 올곧은 의지를 태우며 앨빈이 시드에게 외쳤다.

"저도 가겠어요!"

그런 앨빈의 선언에 이자벨라가 눈을 부릅떴다.

"애, 앨빈 왕자님?! 대체 무슨 말씀을?!"

"애초에 텐코는 내 친구야! 내가 안 가는 건 말이 안 돼! 그렇잖아?! 확실히 시드 경의 힘은 빌리겠지만…… 이건 내 싸움이야!"

"그, 그게 무슨…… 왕자님에게 만에 하나 무슨 일이 생기면 어쩌시려고요?!"

"나도 알아…… 알고 있지만……! 지금 여기서 아무것도 안 한다면 분명 나는 앞으로 백성을 위해 싸울 수 없을 거야!"

이자벨라의 질책에 앨빈은 한 발짝도 물러나지 않고 반론했다.

"가장 친한 친구를 위해서도 움직이지 못하는 이가 어떻게 백성을 위해 싸울 수 있겠어?!"

"억지 부리지 마세요! 시, 시드 경도 뭐라고 말해 주세요."

이자벨라가 매달리듯 시드를 보자.

"—후."

시드는…….

"아하하! 아하하하하하하하!"

어째선지 앨빈의 머리를 마구 쓰다듬으며 크게 웃기 시작했다.

"시, 시드 경……?!"

"이야~ 닮았어! 앨빈, 역시 너는 아르슬과 진짜 닮았어! 아르슬도 곧잘 그런 소리를 해서 나를 애먹였었어!"

"우, 웃을 때가 아니잖아요?!"

이자벨라가 당황해서 소리쳤다.

"왕자님, 제대로 이해하신 건가요?! 위험해요! 지금부터 저희가 가려는 곳은 요정검의 힘이 약해지는 어둠의 영역이에요! 살아 돌아오리라는 보장은 없어요!"

"하, 하지만 이자벨라! 나는—."

"앨빈, 텐코를 생각하는 마음은 아프도록 이해해요! 하지만 제대로 분별하셔야 해요! 당신은 왕자고, 머지않아 왕이 될 사람이니까요!"

"으……."

"이번 일은 저와 시드 경에게 맡기시고 성에서 얌전히 대기하세요! 조금 힘을 기르고 자신감이 생기신 것 같지만, 어둠의 군세에 도전하기에는 아직 일러요!"

이자벨라의 가차 없는 말에 앨빈은 분한 얼굴로 원통해했다.

"크크큭…… 나 원 참, 맞는 말이야."

그러자 시드도 이자벨라에게 동의하듯 고개를 끄덕였다.

"기사는 「그 마음에 용기의 불을 밝힌다」— 확실히 나는 그렇게 가르쳤어. 하지만 그건 만용을 부리란 의미가 아니야. 자신의 기량과 상황을 냉정히 판단해서 물러나야 할 때는 물러나는 것— 그것도 용기야."

"……그, 그건……."

앨빈은 야단맞은 아이처럼 시무룩해졌다.

그러나 시드는 온화하게 미소 짓고 말했다.

"하지만 그런 너이기에 나는 너를 이번 생의 주군으로 인정한 거지. 좋아, 앨빈. 따라와."

"시, 시드 경?!"

앨빈이 얼굴을 번쩍 들었고, 이자벨라가 경악하여 시드를 보았다.

"제정신이신가요?! 거듭 말씀드리지만, 어둠의 영역에서 빛의 요정신의 권속 요정검은 힘이 현저히 떨어져요! 앨빈을 데려가도 짐이 될 뿐이라고요!"

이자벨라가 가슴께에서 주먹을 꽉 움켜쥐었다.

"구출 전력이 필요하다면…… 제가 3대 공작들에게 머리를 숙이고 오겠어요. 설령 저의 무엇을 희생하든, 반드시 협력을 얻어 낼 테니……."

"그건 안 돼."

시드가 고개를 저었다.

"오히려 성에 주둔하는 요정기사 중에 이 상황에서 제대로 전력이 되는 건, 내가 알기로 앨빈뿐이야."

"네?!"

시드의 말에 이자벨라가 눈을 크게 뜨고서 앨빈을 보았다.

"앨빈은 아직 미숙하긴 해도 월을 쓸 수 있어. 요정검의 힘이 떨어지는 건 별로 문제가 되지 않아. 오히려 요정검의 힘이 현저히 떨어지는 어둠의 영역에서 싸운다면 웬만한 요정기사보다 앨빈이 나아."

"아……."

그랬다. 월은 요정검의 힘을 끌어내는 것이 아니라 오히려 힘을 주는 기술이었다.

그리고 월을 쓰면 스스로 염출한 마나로 자신의 신체 능력도 강화할 수 있다.

요정검에게 받은 마나로 신체 능력을 강화하는 평범한 요정기사들과 비교하면 요정검의 힘이 떨어져도 크게 영향은 없었다.

"그리고."

시드는 조금 복잡한 얼굴로 말했다.

"이번 일에 관한 내 예상이 맞다면…… 진정한 의미에서 텐코를 다시 데려오려면 앨빈이 열쇠가 될 거야."

"……그, 그게 대체 무슨……?"

후, 하고 웃는 시드를 보며 이자벨라는 고개를 갸웃할

수밖에 없었다.

"뭐, 그런고로. 앨빈…… 정말로 같이 갈 거지?"

시드가 앨빈 쪽으로 고개를 돌렸다.

"네!"

"정말 괜찮겠어? 몇 번이나 말했지만, 죽을지도 몰라."

"그렇더라도. 지금 아무것도 안 한다면 저는 분명 무엇도 되지 못할 거예요. 만약 여기서 끝난다면 저는 그 정도밖에 안 되는 왕인 거겠죠."

앨빈이 시드를 똑바로 바라보았다.

"저는 죽지 않을 거고, 텐코도 구할 거예요. 그게 저의 왕도예요."

"그렇게 나와야지. 그럼 더는 토 달지 않겠어, 나의 주군."

강한 결의를 간직한 앨빈을 보고 이자벨라는 어이없어하는 마음을 반쯤 담아 한숨을 쉬었다.

"자신의 왕도와 그 길을 걷겠다는 강한 의지…… 하아…… 얼마 전까지만 해도 어린아이인 줄 알았는데…… 잠시 못 본 사이에 아주 늠름해지셨네요."

"이자벨라……."

"좋습니다. 그게 왕자님의 의지라면 더는 말리지 않겠어요. 저는 옛 맹약에 따라 이 나라의 미래를 짊어진 젊은 왕 지망생을 이 목숨과 맞바꿔 지키겠습니다."

그렇게 말하고 이자벨라는 생긋 웃었다.

─────.

"……여기야?"

앨빈 일행은 예전에 플로라가 1학년 종기사로 지냈던 빈 방에 있었다.

"네. 이 의상 장롱^{클로젯}…… 평범하게 사용하면 평범한 옷장 이지만……."

벌컥. 이자벨라가 양쪽에 문이 달린 의상 장롱을 열어 텅 빈 안쪽을 보여 주고 닫았다.

"마법적인 순서를 밟아서 열면……."

이자벨라가 고대 요정어로 뭐라 뭐라 작게 중얼거리고 옷장 문에 손으로 삼각 표식을 그렸다.

그리고 문을 열자─.

짙은 안개가 자욱한 던전 입구가 옷장 안에 나타났다.

이끼 낀 오래된 돌로 벽과 바닥이 포장된 그 던전은 거인^{티탄} 족의 지하 미궁 갱도를 연상시켰다. 안쪽에는 심연의 어둠 이 가득하여 대체 어디까지 이어져 있는지 알 수 없었다.

섬뜩하게 서늘한 공기가 이곳에 발을 들이면 안 된다고 근원적인 공포와 기피심을 환기시키는…… 그런 길이었다.

"그렇군. 이게 녀석들의 어둠 측【요정의 길】인가. 딱 보 기에도 그러네."

시드가 감탄하듯 말했다.

"네."

이자벨라가 옷장을 닫았다.

그리고 품에서 수정 구슬을 꺼내 고대 요정어로 뭔가를 외웠다.

그러자 수정 구슬 속에 지도 같은 것이 나타났다.

"이【요정의 길】은 이미 마법으로 매핑이 끝났습니다."

"과연, 이거 복잡한데."

"이 지도에 의하면…… 여기. 여기부터는 북쪽 구 마국령까지 일직선입니다. 즉, 상대가 이곳에 도달하면 더는 추적할 수 없어요."

"……텐코를 납치한 이들의 현재 위치는?"

"이곳입니다."

이자벨라가 손으로 어떤 곳을 가리켰다.

추적 가능한 한계 지점을 향해 광점이 천천히 이동 중이었다.

"흠. 아직 여유 있어 보이는데……."

"네. 하지만 느긋하게 있을 수는 없습니다. 서둘러 쫓아가야 해요."

"지름길을 만들 수 있겠어?"

"【요정의 길】은 세상의 이면에 존재하는 요정계를 이용해 이계의 길을 구축하는 마법입니다. 아무 데나 자유롭게 연결할 수 있는 건 아니라서 길을 바짝 붙일 수는 없지만……

앞지를 수 있는 장소에 길을 연결할 수 있어요."

"좋은데. 그럼 바로 부탁해."

시드에게 고개를 끄덕여 대답한 이자벨라는 옷장에 손을 얹고 고대 요정어로 주문을 외우기 시작했다.

그리고 잠시 후 옷장을 열었다.

그러자―.

번쩍! 아까와는 달리 찬란하게 빛나는 통로가 나타났다.

"제가 접속한 빛 측【요정의 길】입니다. 적을 앞지를 수 있게 연결했습니다. 서두르죠. 어쨌든 시간적 여유는 없으니까요."

"그렇지. 좋아, 바로 갈까."

시드는 앨빈과 이자벨라를 재촉해【요정의 길】에 발을 들이려다가.

"……하지만 그 전에. 너희는 무슨 일로 왔어?"

갑자기 발을 멈추더니 그렇게 뒤쪽에 대고 물었다.

그러자.

"……."

어디서 냄새를 맡았는지 크리스토퍼와 일레인을 비롯한 블리체 학급 학생들이 줄줄이 들어왔다. 다들 뭔가를 호소하는 듯한 눈이었다.

"교관님…… 우리는…… 안 돼……?"

"저희에게 아무 말도 없이 간다는 건…… 그런 뜻인가요?"

"······그렇지."

시드가 고개를 저었다.

"앨빈 정도의 월 심도라면 몰라도······ 너희의 월은 아직 얕아. 어둠의 영역에서 싸우는 건 못 버텨."

"동료가 궁지에 빠졌는데 우리는 그저 기다릴 수밖에 없는 건가······."

"······그, 그런 건······ 너무해요!"

그렇게 분한 모습으로 고개를 숙이는 학생들에게.

"그 분한 마음을 잊지 마."

시드는 온화하게 말했다.

"기사의······「그 검은 약자를 지키고」,「그 힘은 선을 지지한다」. 약하면 아무것도 할 수 없어. 자신의 정의를 관철할 수도 없어."

"······!"

"정의가 없는 힘은 단순한 폭력이지만, 힘이 없는 정의는 무력해. 마음에 잘 새겨 둬."

"교관님······."

"하지만 너희는 이제부터 더 강해질 거야. 이번에는 아직 일렀을 뿐이야. 이번 일은 선진에게 맡기면 돼. 늙은이는 그걸 위해 존재하는 거야."

그러자.

다들 어떻게든 납득한 것처럼 이를 갈고 말했다.

"아무쪼록…… 저희의 친구인 텐코를, 잘 부탁드려요……."

"그래. 기사의 이름을 걸고 맹세하마."

시드는 원통해하는 학생들을 향해 힘 있게 고개를 끄덕여 줬다.

제6장 텐코의 이변

그곳은 깊은 어둠으로 가득 찬, 복잡하게 뒤얽힌 미궁 같은 곳이었다.

차갑고 무거운 공기와 광대한 공간이 공명하여 땅속에서 중저음이 울려 퍼졌다.

천장은 높았고, 길게 이어진 통로는 마치 땅속 밑바닥까지 뻗어 있을 것 같았다.

이곳은 물질계의 뒤편— 어둠 측【요정의 길】.

험악한 표정을 지은 엔데아가 그곳을 걷고 있었다.

"……읏!"

그 작은 어깨가 씩씩대고 있었다. 그녀의 언짢은 기분을 나타내듯 땅을 밟는 보폭은 컸고, 지면에 화풀이하듯 발소리도 컸다.

"어머나, 굉장히 기분이 안 좋으신 모양이네요, 귀여운 주인님……."

그 옆에서 걷는 플로라가 여유롭게 미소 지으며 말했다.

"모처럼 일이 잘 풀렸는데 말이에요."

"……그래 보여?!"

엔데아가 뒤쪽을 날카롭게 흘겨보았다.

그곳에는— 텐코가 있었다. 텐코가 말없이 따르고 있었다.

"……."

하지만 지금 텐코는 명백하게 모습이 이상했다. 표정은 공허하며 생기가 없었고 말도 없었다. 입고 있는 종기사 정장은 어째선지 새까맣게 물들어 있었다.

흡사 의지를 잃은 인형 같았다. 지금 당장에라도 그 존재가 어둠 속으로 녹아 사라질 듯한…… 그런 분위기였다.

"뭐…… 주인님의 의도대로 저 아이가 스스로 어둠을 받아들이지 않은 건 아쉽지만요."

플로라는 쓴웃음을 지으며 고개를 팽 돌리는 엔데아를 달랬다.

"하지만 주인님의 진짜 목적은 앨빈 왕자에게 한 방 먹이는 것…… 그렇다면 최고의 결과 아닐까요?"

"……그, 그렇지! 내가 이런 일로 일일이 기분 상할 필요는 없지! 아하! 아하하하하하!"

엔데아가 만족스럽게 웃었다.

"꼴 좋다, 앨빈! 텐코를 뺏긴 그 녀석이 어떤 얼굴을 할지 아주 볼만할 거야! 후후후후후! 아아, 유쾌해라, 유쾌해!"

하지만 그 웃음은 진심으로 유쾌해서 웃는 게 아니라 유쾌한 척하는 웃음이었다.

"……."

플로라는 그런 엔데아를 곁눈질로 관찰하고서.

이윽고 어둠 속에 붉은 선을 긋듯 입술을 웃는 형태로 일그러뜨렸다.

"자, 플로라, 가자! 북쪽으로— 우리의 거성으로!"

"네, 귀여운 주인님. 갈까요."

플로라는 즐겁게 앞장선 엔데아를 뒤따라가려고 했지만……

"……!"

불현듯 발을 멈췄다.

말없이 높은 천장을 올려다보고 뭐라고 작게 중얼거렸다.

"왜 그래?"

엔데아가 뒤돌아 플로라에게 묻자.

"……왔어요."

천장을 올려다보던 플로라가 나직이 대답했다.

"왔다니…… 뭐가?"

"시드 경…… 그리고 앨빈, 이자벨라. 그렇군요…… 빛 측【요정의 길】을 이용해 저희를 앞지를 생각일 거예요. 아마 되찾으러 온 거겠죠."

플로라는 엔데아 뒤를 인형처럼 따르는 텐코를 힐끔 보았다.

"뭐?!"

그러자 엔데아가 믿을 수 없다는 듯 플로라에게 따져 들었다.

"쫓아왔다고?! 대체 어떻게?! 우리가 침입한 흔적은 **완전히 지웠다**고 네가 그랬잖아!"

"네, 그랬죠."

엔데아의 질책에 플로라는 요염하게 웃었다.

"정말로 어떻게 된 걸까요? 이상하네요. 저는 분명히 저희가 침입한 모든 흔적을 **지웠을 텐데**요. 아무래도 《호반의 여인》의 수장인 이자벨라는…… 상당히 관찰력이 뛰어난 분인가 봐요. 미처 지워지지 않은 미미한 흔적을 보고 저희의 침입을 간파했을지도 몰라요."

"큭……!"

엔데아는 자신을 말없이 따르는 텐코를 껴안았다.

"싫어! 싫다고! 이건 이제 내 거야! 앨빈한테 절대 안 돌려줘!"

"후후, 그렇게 걱정하지 마세요. 귀여운 주인님……."

그런 엔데아를 달래듯 플로라가 말했다.

"되찾으러 온다면 요격할 따름이에요."

"플로라……!"

"그리고…… 뒤집어 생각하면 이건 좋은 기회이지 않을까요?"

플로라가 요요하게 웃자 엔데아가 고개를 주억거렸다.

"마, 맞아……! 사실은 좀 더 시간을 끌고 싶었지만…… 앨빈의 울상을 볼 절호의 기회지! 응!"

엔데아는 텐코를 놓고서 가슴을 쭉 펴고 당당히 선언했다.

"그런고로 준비해 줘, 플로라! 나는 최고로 유쾌하고 통쾌한 희극을 기대하고 있으니까!"

"네, 맡겨 주세요, 귀여운 주인님……."

공손히 인사하면서도.

역시 플로라의 입가에는 요요한 웃음이 떠올라 있었다.

───────.

"기샤아아아아아아아—!"

세상 끔찍한 포효가 갱도에 무수히 울리며 어둠 속에서 끝없이 메아리쳤다.

어둠 측【요정의 길】에 돌입한 앨빈 일행을 기다리고 있던 것은 무시무시한 요마들이었다.

털이 덥수룩한 구체형 몸통에 커다란 외눈과 커다란 입, 마른 나무 같은 손발, 곰 같은 발톱을 가진 요마— 버그베어.

전신이 근육질인 추한 인간형 요마— 귀인(鬼人).

인간 아이처럼 왜소하지만 추악하기 짝이 없는 외모를 가진 요마— 소귀(小鬼) 요정.

다양한 요마가 자신들의 영역에 발을 들인 어리석은 이를 사냥하려고 우르르 몰려들었다.

하지만— 앨빈은 전혀 기죽지 않고 응전하고 있었다.

"순풍을 일으켜라! 하아—!"
^{티위드}

앨빈이 날카로운 기백과 함께 바람을 타고 달려가 검으로 예리하게 찔렸다.

"억?!"

몽둥이를 치켜들고 정면에서 달려든 소귀 요정의 목을 정확하게 꿰뚫고, 재빨리 발로 차 세검을 뽑은 후—.

"—하!"

몸을 돌려 옆에서 돌진해 온 버그베어를 피하고, 엇갈리며 참격을 먹였다.

찰나, 뒤에서 귀인이 커다란 도끼를 횡으로 휘둘렀다. 그것을 도약하여 피하고— 기합 일섬.

전신의 탄력을 이용해 내려친 세검이 귀인의 머리를 쪼갰다.

"야아아아아—!"

그리고 공중에서 우아하게 몸을 틀어 세검을 횡으로 일섬.

소귀 요정 몇 마리를 한꺼번에 베어서 날려 버렸다.

"괴, 굉장해……."

이자벨라는 앨빈의 그런 사자분신의 활약을 반쯤 넋이 나간 채 보고 있었다.

"저 아이가 어둠의 영역에서 이렇게나 움직일 수 있다니…… 이게 월의 힘인가요?"

"그래, 맞아."

이자벨라 뒤에 있는 시드가 여유롭게 말했다.

"하지만 아직 병아리야. 이제 겨우 내가 살던 시대의 종사(從士)가 될 수 있는 수준이지."

"……이 정도인데 아직 종기사조차 못 되는 거군요……."

종사란 지금은 폐지된 옛 시대의 기사 계급 중 하나로, 종기사의 시중을 드는 이를 가리켰다.

요컨대 **수습** 수습 기사였다.

"뭐, 블리체 학급 녀석들은 다들 소질이 있어. 약해진 지금의 나 정도는 여유롭게 쓰러뜨릴 수 있는 수준에 도달해 줘야 해."

"그, 그건 또 …… 기준이 참……."

"아니. 언젠가 북쪽 마국과 싸울 거라면 그 정도는 돼야 해. 내 말이 틀렸어?"

"……그렇죠, 말씀하신 대로예요."

시드의 말에 이자벨라가 한숨을 쉬었다.

"왕국의 상층부는 위기감이 영 부족하지만요……."

"어둠의 군세의 진정한 무서움을 모를 테니까. 이 시대에는 기껏해야 저급 유령기사나 조무래기 암흑기사와 가끔 소규모 싸움을 벌이는 정도잖아?"

"네. 파벌 싸움 같은 우를 범하는 것도 위기감이 없기 때문이에요."

씁쓸하게 수긍하는 이자벨라에게 시드가 계속해서 말했다.

"그래서 나는 학생들을 철저히 단련시킬 작정이야. 가장 약한 존재로 여겨지던 앨빈과 학생들이 강해지면 약체화된 현 기사단의 의식도 바뀔 거야."

"시드 경……."

"나 같은 구시대의 화석이 없어도 괜찮을 만큼 이 시대의 기사들이 강해졌을 때…… 그때가 바로 내 역할이 끝나는 때야. 아르슬 녀석도 용서해 주겠지."

시드의 그 말을 듣고 이자벨라는 깨달았다.

역시 이 시드라는 기사는 얌체 같은 파벌 싸움 따위 전혀 안중에 없었다.

오히려 자신을 냉대하는 3대 공작들조차 같은 나라를 지키는 동지로 여기고 있었다.

그 근본에는 그저 자신의 소중한 것을, 지켜야 할 것을 지키겠다는 숭고한 의지만이 있었다. 그 의지대로 싸우는 것이…… 시드라는 기사였다.

'정말로…… 왜 이런 영웅호걸이 《야만인》이라는 불명예스러운 이명으로 불리고 있는 걸까요? 조금 조사해 보는 게 좋을까요……?'

이자벨라가 그렇게 생각하고 있으니.

"그렇지만 지금은 태평하게 앨빈의 성장을 바라보고 있을 시간도 없어. 《호반의 여인》의 당대 수장, 이자벨라 님의 신통력을 한번 보고 싶은데?"

씩, 시드가 이자벨라를 보며 웃었다.

"알겠습니다. 전설 시대 기사님의 눈에 찰지는 모르겠지만……."

이자벨라가 장난스럽게 웃고 30센티미터 정도 되는 지팡이를 허리에서 뽑아 고대 요정어로 주문을 외우기 시작했다.

"어머니 되는 물이여, 춤추어 그들을 상냥하게 품으라……."

반인반요정족의 특성은 그 몸에 강대한 마나와 요정의 힘을 간직하고 있는 것이었다.

요정검에게 『기도』를 올려 요정마법을 행사하는 기사들과 달리, 반인반요정족들은 직접 『주문』을 외워서 이 세상의 섭리를 조종했다.

그렇기에 어둠의 영역에서도 강력한 마법을 쓸 수 있었다.

"—가라!"

이윽고 이자벨라의 주문이 끝나자.

이자벨라 주위에 수박만 한 물방울이 무수히 나타났다.

이자벨라가 지팡이를 휘두르니 그것들은 주변으로 일제히 퍼졌다.

"—?!"

첨벙첨벙첨벙! 이자벨라가 날린 무수한 물방울은 전부 겨냥하고 날린 것처럼 요마의 얼굴을 때리며 성대한 물소리를 냈다.

하지만― 물은 흩어지지 않았다. 흘러내리지 않았다.

요마들의 입 안, 목구멍 속, 폐로 흘러가 점토처럼 들러붙었다.

요마들은 당황하여 물을 떼어 내려고 했지만 결국은 물. 잡힐 리가 없어서 허무하게 물을 할퀼 뿐이었다.

잠시 후, 요마들은 땅을 데굴데굴 구르며 격렬하게 날뛰다…… 이윽고 경련하더니 움직임을 멈췄다. ……다들 익사한 것이다.

"우, 우와……."

앨빈은 기겁하고서 요마들의 그 모습을 바라보았고…….

"……뭐, 이렇게 해 보았는데 어떤가요? 시드 경."

"훌륭해. 내가 살던 시대의 반인반요정족보다 나으면 나았지 못하지는 않은 마법 실력이야."

"어머, 칭찬을 잘하시네요. 제 실력은 시조님들의 발뒤꿈치에도 미치지 못해요."

시드와 이자벨라는 화기애애하게 담소를 나눴다.

"저렇게 온화하게 웃으면서 이토록 잔인한 공격을 하다니…… 너무 심기를 건드리지 말아야겠다."

앨빈은 전전긍긍할 수밖에 없었다.

그리고 앨빈의 그런 심경 따위 꿈에도 모르고서 시드가 말했다.

"좋아, 앨빈. 앞으로 가자. 시간적 여유도 별로 없으니까."

"앗, 네!"

이리하여.

이자벨라의 인도를 따라 일동은 앞으로 나아갔다.

──────.

뚜벅, 뚜벅, 뚜벅…… 앨빈 일행의 발소리가 갱도에 울려 퍼졌다.

이자벨라가 마법으로 소환한 도깨비불 요정이 일동의 주변을 둥실둥실 떠다니며 땅속까지 이어져 있을 것 같은 갱도를 희미하게 밝혔다.

굉장히 복잡하게 뒤얽힌 던전이었다. 이자벨라가 사전에 취득한 지도가 없었다면 영원히 헤맸을 것이다.

만에 하나 이자벨라를 놓치기라도 하면 죽는다. 앨빈은 그런 긴장감을 견디며 앞으로 나아갔다.

세 갈래 길에서 오른쪽으로 가고…… 계단을 내려가고…… 굴을 빠져나가고…… 산발적으로 달려드는 요마들을 해치우고…… 그렇게 얼마나 걸었을까.

별안간 전방에서 통로가 끝나고 탁 트인 공간으로 이어지는 것이 보였다.

"……이 앞에 누군가가 있습니다."

수정 구슬을 보며 앞장서 걷던 이자벨라가 경고했다.

그것을 들은 앨빈의 표정이 굳었다.

"걱정하지 마. 내가 함께 있어."

기습에 대비해 제일 끝에 있던 시드가 뒤에서 힘 있게 말했고.

앨빈 일행은 탁 트인 공간에 발을 들였다.

"여, 여기는……?"

수혈, 이라고도 부를 수 있는 곳이었다.

뭔가 의식에 쓰이는 장소처럼 보이는 널찍한 공간이었다.

주변에는 거대한 기둥이 무수히 서 있었고, 그것들이 받치고 있을 천장은 완전한 어둠에 삼켜져 보이지 않았다.

여기저기에 설치된 화톳불이 주위의 어둠을 희미하게 몰아내 간신히 시야가 확보되었다.

"대체 여긴 뭘까요……."

"거인족의 제사 장소와 비슷해. 요정계는 물질계와 표리일체. 그래서 종종 물질계의 이미지를 가져와서 구현해."

앨빈의 물음에 답하며 시드가 주위를 둘러보니.

공간의 중앙에서 누군가가 이쪽에 등을 돌리고 서 있는 것이 보였다.

그 뒷모습은—.

"텐코?!"

앨빈이 무의식적으로 외쳤다.

그러자 그 누군가— 텐코가 지금 눈치챘다는 것처럼 휙

돌아보았다.

확실히 텐코였다.

어째선지 새까맣게 물든 종기사 옷을 입고 있지만, 특별히 다친 곳은 없어 보였다.

무사한 텐코의 모습을 보고 앨빈은 저도 모르게 외치며 달려갔다.

"텐코! 무사했구나! 다행이야!"

"……."

"구해 주러 왔어! 자, 같이 돌아—."

하지만—.

"……시드 경?"

어느새 앞으로 나온 시드가 팔을 들어 앨빈을 제지했다.

"가까이 가지 마."

"……가까이 가지 말라니…… 어째서……?"

앨빈은 무심코 시드와 텐코를 번갈아 보았다.

그리고 알아차렸다.

"……텐코?"

어느새 텐코가 몸을 비스듬히 틀고서 칼자루를 잡고 있었다.

텐코에게 달려가려고 했던 앨빈을 감정을 읽을 수 없는 눈으로 응시하고 있었다.

그 자세는, 마치—.

'마치, 나를 공격하려는 것 같아……?'

앨빈이 언뜻 그렇게 생각했을 때였다.

"거기서 몰래 구경 중인 취미 한번 고약한 너는 누구지? 나와."

시드가 위쪽을 향해 날카롭게 말했다.

그러자.

"어라~? 역시 아는 거야? 과연 전설 시대의 기사님."

위쪽에서 사람을 깔보는 듯한 목소리가 울렸다.

고개를 들어 확인하니 주위에 늘어선 무수한 돌기둥 중 하나― 중간에 부러진 어떤 기둥의 꼭대기에 누군가가 있었다.

새하얀 은발, 왕관, 눈가만을 가린 가면. 고딕 드레스를 입은 소녀가 여유롭게 다리를 꼬고 기둥 가장자리에 앉아 시드를 내려다보고 있었다.

"모처럼 재미있는 여흥을 볼 수 있을 줄 알았는데…… 정말로 유희라는 걸 모르는 멋없는 《야만인》이네? 시드 경……."

"너, 너는 누구냐?!"

의문의 소녀가 나타나서 앨빈이 날카롭게 외쳤다.

그러자 소녀는 앨빈을 힐끔 보더니 특상의 얼음 같은 미소를 짓고 대답했다.

"……엔데아. 엔데아라고 부르도록 해, 앨빈."

"무슨……?! 너는 날 아는 건가?!"

"응, 물론이지……. 나는 너를 잘 알아……."

그때까지 여유롭게 비웃던 소녀— 엔데아의 눈에서 갑자기 거무칙칙한 감정이 타올랐다.

"그래, 나는 너를 알고 있어…… 줄곧…… 줄곧……!"

엔데아가 앨빈에게 보내는 감정은— 틀림없는 증오와 분노였다.

대체 뭘 어떻게 하면 이 정도로 부정적인 감정을 보낼 수 있을까.

"……?!"

짚이는 것이 전혀 없는 앨빈은 그 감정에 압도당해 한 걸음 물러날 수밖에 없었다.

그때.

"엔데아……라고 했지? 넌 정체가 뭐야?"

시드가 앨빈 대신 어깨를 으쓱이며 이야기를 이어받았다.

"글쎄? 정체가 뭐일 것 같아?"

"쉽게 대답할 리도 없나. 뭐, 지금은 어찌 되든 좋아."

시드가 다소 날카로운 표정으로 엔데아를 노려보았다.

"네 정체가 뭐든 상관없어. 텐코는 돌려줘야겠어."

"후후, 그건 싫은데. 왜냐하면 그 아이는 이제 내 거거든."

그리고 엔데아는 머리 위에서 깔깔 웃었다.

"웃기지 마!"

앨빈이 언성을 높여 외쳤다.

"텐코는 텐코야! 누구의 것도 아니야! 이 이상 멋대로 말한다면…… 힘으로 데려가겠어!"

앨빈이 검을 뽑아 들었다.

그와 함께 이자벨라도 지팡이를 들고 마법 영창 태세에 들어갔다.

엔데아는 지루하다는 듯 그런 앨빈 일행을 흘낏 보고서 말했다.

"나 참, 우습네."

"뭐가 우스워?"

"네가 방금 자기 입으로 말했잖아? 텐코는 텐코라고. 그렇다면…… 본인의 뜻이 중요한 거 아니야?"

"……?"

의아한 표정을 짓는 앨빈을 내버려 두고서.

"너도 그렇게 생각하지? 텐코. 앨빈보다 내가 훨씬 더좋지? 나랑 같이 있고 싶지?"

엔데아는 여유로운 얼굴로 텐코에게 말했다.

그러자.

"……네."

여태 인형 같았던 텐코가 나락 밑바닥 같은 눈으로 웃으며 분명하게 말했다.

"저는 엔데아의 기사가 될 거예요. 앨빈, 당신은 이제 됐어요."

"뭐……?"

뒤통수를 얻어맞은 듯한 충격에 앨빈은 경직됐다.

이자벨라가 눈을 크게 뜨고서 말을 잇지 못했고, 시드는 눈을 가늘게 떴다.

그리고 엔데아는 당황한 앨빈의 얼굴을 내려다보며 희열에 찬 웃음을 짓고 업신여기듯 말했다.

"거봐."

"어째……서……?"

앨빈이 덜덜 떨며 텐코에게 물었다.

"거, 거짓말이지? 텐코…… 그런 거…….."

"거짓말? 왜 이런 상황에서 거짓말을 해야 하죠? 자신에게 불리한 말은 전부 거짓말로 치부하려는 건가요?"

"아니야…… 그건 너의 본심이 아니야……. 너는 분명 마법 같은 거로 조종당해서…….."

"아, 그런 걸로 해 두면 만족인가요? 그럼 지금 저는 마법으로 조종당하고 있다고 쳐도 되니까 잠깐 얘기를 들어줄래요?"

"무, 무슨 얘길 하려고…….."

당혹스러워하는 앨빈을 텐코는 딴사람 같은 눈으로 노려보며 말했다.

"앨빈…… 역시 저한테 당신은 어릴 때부터 줄곧 무거운 짐이었어요. 어제는 부정했지만…… 실은 그거, 거짓말이에요."

"—?!"

아연실색하는 앨빈을 몰아붙이듯 텐코는 계속 말했다.

"애초에 왜 제가 기사가 되어야 하죠? 옛날에 제가 어떤 무서운 일을 당했는지 몰라요? 아픈 것도 무서운 것도 이제 지긋지긋해요! 하지만 저는 당신의 기사가 될 수밖에 없었어요! 왜냐하면 저는 외톨이 귀미인이니까! 당신의 비호가 없으면 살아갈 수 없으니까!"

"뭐……?"

"그래도…… 당신이 그저 무능했다면 좋았을 텐데! 3대 공작의 꼭두각시를 돌보는 것 정도라면 해도 좋았어요! 하지만 당신은 아니었어! 모두를 위해 짊어지지 않아도 되는 것까지 짊어지고 혼자서 가시밭길을 나아가는 진정한 바보였어요! 덕분에 당신을 지켜야 하는 저도 무거운 짐을 지고, 휘둘리고, 남들에게 무시당하게 됐어요……. 하아, 진짜 작작 좀 하라고요! 당신이 원해서 달려가는 바보 같은 길에 저를 끌어들이지 마세요! 당신 따위 너무너무 싫어요!"

"테, 텐코…… 거짓말이지……?"

"거짓말 아닌데요? 이게 저, 텐코 아마츠키의 틀림없는 본심이에요. 뭐, 조종당해서 억지로 말하는 거라고 생각하고 싶다면야 마음대로 하세요."

텐코는 키득키득 웃었다.

깊은 어둠이 서린 망가진 웃음을 짓는 그 얼굴은 아예

다른 사람 같았다.

"아, 아니야…… 그럴 리 없어…… 왜냐하면 텐코랑 나는, 어릴 때부터 같이 지냈고…… 쭉 같이 있어 주겠다고…… 나를 지켜 주겠다고……."

"전부 거짓말이라고 아까도 말했잖아요? 줄곧 아양을 떤 거예요. 왜냐하면 저는 당신의 비호가 없으면 살 수 없었는걸요."

"……그럴 수가."

"하지만 엔데아는 달라요. 제가 곁에 있는 걸 당연하게 여기며 저를 전혀 돌아보지 않는 앨빈과는 달라요."

텐코가 매우 친근한 눈으로 엔데아를 힐끔 보았다.

"엔데아는 제게 힘을 줬어요. 누구든 굴복시킬 수 있는 절대적인 힘을 줬어요. 덕분에 저는 이제 아무것도 두렵지 않아요. 오히려 기쁨조차 느껴요. 지금 저는 한없이 자유로워요. 엔데아가 제게 자유를 줬어요. 후후, 어때요? 엔데아와 앨빈…… 제가 누구 편이 될지는 뻔할 뻔 자죠? 분명 엔데아야말로 저의 진정한 주군이었던 거예요."

"~~!"

앨빈이 휘청거리며 입을 뻐끔거렸다. 오래 알고 지낸 소꿉친구이기에 깨닫고 말았다. 텐코의 말이 마법으로 조종당해서 한 말이 아니라 틀림없는 본심임을.

하지만 그래도.

"거짓말…… 거짓말이야, 그런 거…….'

믿을 수 없어서 앨빈은 눈물을 글썽거리며 텐코에게 비틀비틀 다가갔다.

한 걸음, 또 한 걸음.

"왜냐하면…… 너는……. 부탁이야, 거짓말이라고 말해줘…… 텐코…….'

그리고 앨빈이 매달리듯 말을 쥐어짰을 때.

"그렇군요. 그럼 이게 대답이에요.'

텐코가— 갑자기 움직였다.

"죽어.'

보이지 않을 만큼 빠르게 손을 움직여 칼을 잡고, 모습이 흐릿해질 만큼 신속하게 달려들었다.

순식간에 줄어드는 피아의 거리는 십여 미터.

반 호흡 만에 텐코가 앨빈에게 육박하여— 칼코등이를 위로 밀었다.

"—?!'

신속한 발도.

텐코의 칼이 공기를 가르며 휘둘려져서 우두커니 선 앨빈의 목으로 날카롭게 쇄도했고—.

촤악! 어둠 속에 성대한 붉은색이 솟구쳤다.

"시드 경?!"

"……칫."

텐코의 칼날은 즉각 앨빈을 감싼 시드의 등을 깊이 벴다.

그 광경을 보고 앨빈과 이자벨라가 숨을 삼켰다.

"텐코…… 지금, 진심으로 나를……?!"

"그뿐만이 아니에요! 시드 경에게 상처를 입히다니……?!"

명백하게 이상 사태였다.

시드는 월의 달인이다. 그렇기에 그 육체는 그야말로 강철 같았다. 웬만한 공격은 통하지 않았다.

실제로 평소에 학생들이 전력으로 달려들어도 시드의 피부에는 상처 하나 나지 않았었다.

그런데 시드에게 이토록 깊은 상처를 입히다니―.

"……시, 시드 경…… 미, 미안해요…… 저…… 넋이 나가서……."

"……."

하지만 시드는 전혀 움직이지 않고 앨빈을 감싸며 텐코를 응시하고 있었다.

더 정확히 말하자면 텐코가 손에 든 검은 칼을.

그리고 그 모습을 위에서 지켜보던 엔데아가 더는 참을 수 없다는 듯 배를 잡고 웃기 시작했다.

"아하! 아하하하하하하하하! 봤어?! 어때?! 앨빈! 텐코는 이제 네가 싫대! 내가 더 좋대! 기분이 어때?! 지금까지 친

구라고 생각했던 아이에게 이렇게 혹독히 배신당하고 버려
지니 기분이 어때?! 응?! 아하하하하하하하하! 참 비참
하네, 앨빈! 하지만 너한테는 그 비참함이 어울려! 이게 끝
일 것 같아?! 이건 시작에 불과해! 나는 너한테서 모든 걸
뺏을 거니까! 아하하하하! 아하하하하하하하하하하─!"

"……에, 엔데아아아아아아─!"

분하고 화가 나서 눈물을 흘리며 앨빈이 외쳤을 때였다.

"……검정 요정검인가."

시드가 나직이 중얼거렸다.

그 순간, 떠들썩하게 울리던 엔데아의 웃음소리가 뚝 그
쳤다.

"엔데아라고 했지? 너, 텐코에게 어둠의 요정검을 쥐여
준 거지?"

그러자.

"…….'

엔데아는 한동안 천장을 올려다보고서 침묵하다가…….

"그래, 맞아. 《야만인》. 그래서? 그게 어쨌는데?"

부모의 원수라도 보는 것처럼 시드를 노려보았다.

"역시나. 앨빈, 텐코가 변모한 원인은 검정 요정검이야."

"검정…… 요정검……?"

눈물에 젖은 눈을 깜박거린 앨빈이 시드를 올려다보았지만.

정작 시드는 텐코가 들고 있는 칼을 노려보고 있었다.

텐코의 칼은 새까만 도신을 가진 꺼림칙한 칼이었다.

"너희가 쓰는 빛의 요정신의 삼색 요정검과 대조되는 어둠의 요정신의 요정검이야. 두려움, 분노, 증오, 불안, 파괴 충동, 파멸 소망…… 그런 부정적인 감정을 근원으로 무시무시한 힘을 발휘는 마검이지. 검정 요정검에 홀리면 부정적인 감정이 증폭되어 그 감정에 지배돼. 타인을 짓밟는 살육으로 더없는 행복과 희열을 느끼게 돼. 즉, 사람이면서 사람이 아닌 괴물— 암흑기사가 탄생하는 거야."

"그, 그럴 수가…… 그럼 텐코가 저렇게 된 건 검정 요정검 때문인가요?!"

앨빈이 작은 희망을 발견한 것처럼 시드에게 물었다.

하지만—.

"아니. 원인 중 하나일 뿐이야."

시드는 복잡한 표정으로 고개를 저었다.

"검정 요정검은 마음속 어둠을 증폭하고 지배하는 힘을 가지고 있지만…… 원래부터 없는 것을 증폭시킬 수는 없어."

"네……? 그, 그럼……?"

"그래. 텐코의 저 모습은, 어떤 의미에서 텐코의 진짜 모습이야."

"—?!"

텐코는 마법으로 조종당하고 있을 뿐이다…… 그런 작은 희망이 부서져서 앨빈은 고개를 푹 숙였다.

하지만 그런 앨빈의 머리에 시드가 손을 올려 격려했다.

"그렇게 낙담하지 마. 마음속에 어둠을 기르지 않는 인간은 없어. 그건 너도 그렇고…… **나도 그래**. 우리의 마음은 약하니까…… 그렇기에 기사의 원칙이 있는 거야."

"시드 경……?"

멍해진 앨빈을 두고 시드가 앞으로 나갔다.

그리고 말했다.

"엔데아. 미안하지만 텐코는 돌려줘야겠어."

"싫어."

엔데아가 콧방귀를 뀌고서 시드에게 말했다.

"들었잖아? 텐코는 앨빈보다 내가 더 좋다고 했어. 애초에 텐코는 자신의 의지로 검정 요정검을 잡았어. 텐코의 마음은 이미 나한테 기울었─."

"거짓말이군."

시드가 대담하게 단언하자 엔데아가 입을 다물었다.

"방에 남은 혈흔을 보건대…… 아마 너는 텐코를 유혹했겠지만 텐코가 검정 요정검을 거절했을 거야. 그래서 너는 텐코의 혼에 직접 검정 요정검을 찔러서 텐코의 혼과 검을 억지로 동화시켰어. ……맞지?"

"……뭐? 아니거든. 나는 그런 짓 안 했어. 텐코는 스스로─."

"거짓말이야."

흔들림 없이 확신하며 부정하는 시드를 엔데아가 물어뜯을 것처럼 노려보았다.

"직접 본 것처럼 말하는데! 괜히 이상하게 떠보지 마!"

"직접 본 것처럼 말한다고 했는데, 비슷한 상황을 **본 적이 있어서 말이지.**"

시드가 여유롭게 대답했다.

"뭐? 대체 무슨 소릴 하는 거야? 《야만인》!"

"그렇다면 의문은 엔데아, 너의 목적이야."

엔데아의 물음에는 답하지 않고 시드가 이야기를 계속했다.

"너는 왜 텐코를 납치했지? 왜 텐코가 자기 의지로 네 편이 되었다는 그런 의미 없는 거짓말을 한 거지?"

"……?!"

말문이 막힌 엔데아를 시드가 담담히 추궁했다.

"확실히 텐코에게는 암흑기사가 될 만한 보기 드문 소질이 있었던 것 같아. 네가 암흑교단 사람이라면 전력을 확충하기 위해 텐코를 끌어들이는 건 합리적이야. 하지만 그렇다면 그런 거짓말은 할 필요가 없어."

"닥쳐."

뼛속까지 얼릴 듯한 음색으로 엔데아가 말했다. 이때까지 여유로웠던 엔데아의 안색이 바뀌며 주변 공기가 단숨에 무거워졌다.

하지만 시드는 그걸 완전히 무시하고서 칼 같은 말로 엔데아를 후벼 팠다.

"그래…… 아마 너는 앨빈에게 텐코 같은 허물없는 친구가 있는 것이 **단순히 부러웠던 거야**. ……아니야? 그래서 너는—."

"닥치라고오오오오오오오오오오오오오—!"

갑자기 엔데아가 눈을 부릅뜨고 외쳤다.

화산 분화와 같은 격정이었다. 그 정서 급변에 앨빈은 눈을 깜박일 수밖에 없었다.

"뭐?! 누가 누구를 부러워해?! 바보 아니야?! 무슨 이해 못 할 소리를 하는 거야?! 나는! 나는—!! 이제 됐어! 이번에는 텐코만 뺏고 넘어가 주려고 했었지만! 너희 전부 여기서 죽어! 앨빈을 따르는 녀석은 전부 죽어어어!!"

엔데아의 떼쓰는 것 같은 신경질적인 외침이 주변에 메아리쳤다.

"큭—?! 그렇게는 못 합니다!"

이에 이자벨라가 지팡이를 뽑아 엔데아에게 겨눴다.

"묶어라, 묶어라, 묶어라—."

고대 요정어로 잇따라 주문을 외웠을 때였다.

"어머나, 제삼자가 끼어드는 건 멋없는 짓이에요, 이자벨라 님."

그런 목소리와 함께 갑자기 이자벨라 옆에 급속도로 어

둠이 응어리졌다.

꿈틀거린 어둠은 순식간에 사람의 형상을 만들었고— 이자벨라를 향해 지팡이를 들었다.

"—?!"

주문을 중단한 이자벨라가 순간적으로 지팡이를 맞댔다.

지팡이와 지팡이가 교차하고.

빛의 마나와 어둠의 마나가 세차게 불꽃을 튀기며 산화했다.

그렇게 나타난 사람은—.

"플로라?!"

"우후후…… 마법사는 마법사가 상대하는 게 도리겠죠?"

"큭……."

"예로부터 마법사는 무대 뒤에서 이야기를 굴러가게 하는 역할…… 단순한 무력보다도 존재 자체가 성가신 자니까요."

이자벨라와 지팡이를 교차시킨 채 플로라가 고대 요정어로 주문을 외웠다.

"오라, 어둠 속에 숨어 독니를 드러내는 무시무시한 무리여—."

그러자 벌레가 움직이는 듯한 불온한 소리와 함께 플로라의 그림자에서 무수한 무언가가 일제히 솟아 나왔다.

뱀, 거미, 지네, 개구리— 온갖 유독 생물들이었다.

어둠 속에서 태어난 대량의 유독 생물들이 떼를 짓고 끔찍한 해일이 되어서 주변을 집어삼키려 했지만—.

"마를 물리치는 성스러운 나무여!"
<small>홀리아 엘 우디아</small>

이번에는 이자벨라가 플로라와 지팡이를 교차시킨 채 고대 요정어로 주문을 외웠다.

그러자 이자벨라를 중심으로 어린 호랑가시나무가 군생해 나갔다.

성스러운 호랑가시나무의 뾰족한 잎에 닿은 벌레들은 치이익 하고 하얀 연기를 내며 죽어 없어졌다.

"어머머? 이 시대의 마법사치고는 제법이네요? 이자벨라 님."

"큭……?!"

"그렇다면…… 이런 건 어떤가요? 검은 불꽃이여—."
<small>메키아</small>

플로라의 지팡이 끝에서 검은 불꽃이 타올랐고—.

"……정화의 물이여—."
<small>클레어터</small>

이자벨라의 지팡이 끝에서는 맑은 물이 흘러넘쳤다.

마녀와 무녀— 희대의 마법사들의 마법 싸움이 막을 올렸다.

"시드 경! 플로라는 제가 목숨 걸고 막겠어요! 경은 앨빈 왕자를 지켜 주세요……!"

플로라를 데리고 홱! 거리를 두는 이자벨라를 흘낏 봤다가.

"……알겠어. 그쪽은 맡길게."

시드는 정면을 응시했다.

그곳에는―.

"……"

텐코가 서 있었다.

깊고 낮게 발도 자세를 취하고서 어둠의 마나와 살기를 풍기며 시드와 앨빈을 주시하고 있었다.

"테, 텐코……"

앨빈은 어쩌면 좋을지 알 수 없어서 시드와 텐코를 번갈아 보며 허둥댔다.

그런 앨빈을 감싸듯 앞에 선 시드가 말했다.

"텐코. 암흑기사는 너의 고향과 엄마의 원수 아니었어?"

"아~ 그러고 보니 그랬죠. 뭐, 약한 게 잘못이었던 거예요, 분명."

"……너는 싸우는 게 무서운 거 아니었어?"

"네, 무서웠어요. 이전에는요."

피식. 텐코가 입가를 일그러뜨려 희미하게 웃는 형태로 만들었다.

"하지만 지금은 조금도 무섭지 않아요."

"……"

"시드 경이라면 알 텐데요? 지금 저의 힘을."

텐코의 검은 칼에서 장절한 어둠의 마나가 흘러넘쳐 텐코를 가득 채웠다.

"어둠의 힘은 굉장해요. 솔직히 지금까지 시드 경한테서 느꼈던 압력이 지금은 조금도 느껴지지 않아요. 분명 지금은 제가 시드 경보다 더 강한 거예요."

"……."

"아하, 아하하하…… 어째서 저는 어둠의 힘을 기피했던 걸까요? 강해지려고 쓸데없는 노력을 했던 걸까요? 이렇게……이렇게 간단한 일이었는데……."

그렇게 황홀하게 도취한 텐코를 보고 시드가 한숨을 쉬었다.

"멍청한 제자 같으니라고. 알기 쉽게 어둠에 잡아먹혀서는."

"시, 시드 경…… 대체 어쩌면 좋죠……?"

앨빈이 시드의 뒤에서 불안해하며 물었다.

"텐코를 제정신으로 돌릴 방법은 있나요……?"

하지만 그 물음에 답한 사람은─.

"없어."

위에서 구경 중인 엔데아였다.

"몰랐나 봐? 검정 요정검을 받아들여서 혼이 타락한 자는 두 번 다시 원래대로 돌아오지 않아. 즉, 텐코는 이제 내 거란 말이지!"

"─그, 그럴 수가……?!"

"아하하! 아주 볼만할 거야! 너희가 나의 텐코에게 속수무책으로 참패하여 살해당할 때 어떤 얼굴로 죽으려나?! 아하하하하하!"

"……큭!"

앨빈이 분하고 절망스러워 떨고 있을 때였다.

"물러나 있어."

마음 약해진 앨빈을 질타하듯 시드가 힘 있게 말했다.

"아직 방법은 있어."

그런 시드의 말을 듣고 엔데아는 눈썹을 치켜세웠다.

"뭐? 무슨 그런 물러 터진 소리를 하는 거야? 그러고도 네가 전설 시대의 기사야?"

아무래도 엔데아는 시드의 태도에 몹시 짜증이 난 것 같았다. 언짢음을 숨기려고 하지도 않았다.

"그럼 묻겠는데. 동서고금, 암흑기사로 전락한 사람이 원래대로 돌아온 전례가 있었어?"

"…….."

시드는 말이 없었다. 감정을 읽을 수 없는 표정으로 아무런 대답도 하지 않았다.

그런 시드를 보고 의기양양해진 엔데아가 깔보듯 히죽히죽 웃었다.

앨빈은 입술을 깨물었다.

'엔데아의 말이 맞아……! 암흑기사가 된 사람이 제정신으로 돌아온 사례는 없어……! 즉, 텐코는 이제……!'

돌아오지 않는다. 돌아올 수 없다—.

텐코의 미소, 함께 보낸 나날이 앨빈의 뇌리에 떠올랐다가 사라졌다.

추억들이 유리처럼 덧없이 깨졌다.

너무나도 큰 절망에 세상이 무너지는 것 같았지만.

「기사는 진실만을 말한다.」

시드는 그저 옛 기사의 원칙을 말했다.

"시드 경……?"

"앨빈, 잊어버렸어? 나는 너에게 맹세했어. ……「반드시 데려오겠다」고."

그렇게 말하는 시드의 등은 매우 커서.

"아……."

앨빈은 그저 그 등을 멍하니 바라볼 수밖에 없었다.

"하지만 이번만큼은 너의 힘이 필요해, 나의 주군."

"……네?"

"준비 작업은 내가 해 두겠어. 하지만 마지막 한 수는…… 텐코의 주군인 네가 놓아야 해. 그건 너에게도 텐코에게도 필요한 일이야."

"제, 제가요……? 대, 대체 뭘 해야……?"

"……그때가 되면 알 거야. 너는 마음 가는 대로 움직이면 돼."

그렇게 말하고서.

시드는 앞으로 나가 다시금 텐코와 마주했다.

"하아…… 감동적인 연설은 끝났어?"

위쪽에서 엔데아가 넌더리를 내며 투덜거렸다.

"그래, 다 했어. 슬슬 시작할까."

그러자 엔데아가 신경질적으로 소리쳤다.

"흥! 나의 충실한 암흑기사 텐코! 왕명이다! 나를 거역하는 어리석은 자들을 모조리 죽여 버려! 지금의 너라면 할 수 있어!"

—그 순간.

"존명."

몸을 앞으로 크게 기울인 텐코가 시드를 향해 쏜살같이 돌진했다.

그 속도를 남김없이 실어서 발도 일섬.

엄청난 속도에 잔상이 남을 정도인 텐코의 참격을—.

"—흡!"

여유롭게 요격한 시드가 주먹으로 막았다.

찰나, 충격음을 내며 격돌한 검압(劍壓)과 권압(拳壓)이 도망칠 곳을 찾아 주위로 흩어졌다.

"끄으—?!"

휘오오, 폭풍이 휘몰아쳐서 앨빈은 팔로 눈가를 가렸다.

그리고—.

"이것 참…… **이로써 두 번째인가.**"

지척에서 텐코를 노려보며 시드는 씩 웃었다.

"몇 번이든 해 주겠어. 주군을 위해서라면."

미리 짜기라도 한 듯 서로 홱 물러나고서.

시드와 텐코는 정면으로 맞부딪치기 시작했다.

―――――――.

"하아아아아아아아아―!"

텐코가 달렸다.

어둠의 마나를 전신에 가득 채우고서 시드를 향해 똑바로 돌진했다.

선수를 친 사람은 텐코였다.

대상단에서 번개처럼 휘둘린 텐코의 흑도가 시드의 정수리를 노렸다.

그 도신에서는 딱 봐도 꺼림칙한 폭력적인 어둠의 마나가 흘러넘치고 있었다.

"후―."

시드가 몸을 틀어 그것을 피하고― 관수로 찔렀지만.

텐코는 믿을 수 없는 반응 속도로 흑도를 되돌려 손을 쳐 냈고.

"―하앗!"

그대로 날카롭게 반걸음 다가와 시드의 흉부를 깊이 뱄다.

촤악! 순간적인 공방의 결과, 시드의 피가 솟구쳤다.

"……윽?!"

시드는 일단 거리를 벌리려고 물러났지만—.

"……놓치지 않아!"

텐코가 시드의 움직임에 맞춰 따라와서 간격을 벌리지 못하게 했다.

"이야아아아아아아아아—!"

그대로 텐코가 춤추듯 칼을 세 번 휘둘렀다.

하단을 베고, 왼발을 축으로 회전하며 베고, 도약, 회전— 그 후 상단에서 벴다.

"—윽?!"

서걱! 왈칵! 혈화가 성대하게 피었다.

시드의 몸이 계속해서 썰리고 그 위력에 몸이 날아갔다.

피가 텐코의 얼굴과 머리카락을 축축하게 적셨다.

날아간 시드의 몸은 기둥에 부딪쳐 요란하게 기둥을 넘어뜨리고 대량의 분진을 일으켰다.

"시드 경?!"

앨빈이 비명을 질렀고.

바로 그때.

번쩍! 뭉게뭉게 피어오르는 분진 너머에서 생겨난 번개가 지면에 선을 그리며 순식간에 달려왔다.

찰나, 시드가 그 번개의 선로를 벼락같은 속도로 달려 텐코에게 육박했다.

전설 시대에 시드를 《섬광의 기사》로 만든 【신뢰각】이었다.

번개와 일체화된 시드는 어둠을 가르며 왼손으로 텐코를 찔렀다.

하지만— 갈라진 텐코의 모습이 흐물흐물 무너지더니 어둠에 녹아들었다.

그리고 【신뢰각】이 끝나 일순 움직임을 멈춘 시드의 등을 향해.

서걱! 상공에서 내려온 텐코가 정확하게 참격을 가했다.

"안일하네요! 검정 요정마법 【환몽월(幻夢月)】— 그건 환상이에요!"

텐코는 공중에서 몸을 틀었고, 착지와 동시에 사납게 발차기를 날렸다.

"윽—?!"

쿵! 등을 걷어차인 시드가 바닥을 굴러갔다.

도중에 땅을 짚고 재빨리 다시 일어난 시드가 텐코 쪽으로 몸을 돌렸지만…….

"칫…….."

싸움이 시작된 지 아직 1분도 지나지 않았는데.

시드는 이미 전신을 베여 피투성이였다.

"……그 정도밖에 안 되나요?"

그런 시드를 업신여기듯 텐코가 중얼거렸다.

"그 정도 실력으로 잘난 척하며 제 스승 행세를 한 건가요?

……실망이에요."

텐코는 깔보는 눈으로 시드를 응시하며 다시 칼을 들었다.

앨빈은 믿을 수가 없었다.

텐코가 시드를 완전히 압도하고 있는 눈앞의 사실을―.

"마, 말도 안 돼…… 지금의 텐코는 시드 경도 당해 낼 수 없는 거야……?!"

마른침을 삼키며 지켜보던 앨빈이 아연히 말했다.

"아하하하하하하하! 놀랐어?! 어때?! 이게 검정 요정검…… 너희가 기피해 마지않는 어둠의 힘이야!"

반대쪽 벽의 파인 부분에 앉아 구경 중인 엔데아의 떠들썩한 웃음이 메아리쳤다.

"어둠의 요정검을 처음 잡고 이만한 힘을 낼 수 있는 아이는 별로 없긴 하지만! 역시 나의 텐코는 천재 암흑기사였어! 나야말로 텐코의 주군이 될 사람이란 거지!"

"큭…… 그렇지는……!"

"텐코의 암흑기사 재능, 그리고 검정 요정검의 힘이 강해지는 이 어둠의 영역! 여기서라면 설령 상대가 저《야만인》이어도 문제없어! 자, 봐!"

엔데아의 환희를 증명하듯.

"이이이이이이이야아아아아아아아―!"

텐코의 신속한 발도가 한일자로 일섬.

시드와 엇갈리면서 그의 바위 같은 옆구리를 예리하게

도려냈다.

좌악! 재차 피가 요란하게 튀었고.

기우뚱. 시드의 몸이 휘청였다.

"아, 아아……?!"

그걸 지켜보는 앨빈은 눈을 돌리고 싶은 충동을 필사적으로 참을 수밖에 없었다.

"역시 나의 텐코야!"

한편 엔데아는 희색만면하여 크게 흥분했다.

"뭐야, 그 유명한 《야만인》도 이 정도밖에 안 되는 거였어? 전~혀 별 볼 일 없잖아! 아하하하하하하──!"

엔데아의 홍소가 불협화음을 연주하는 가운데.

"하아아아아아아아아──!"

"……윽!"

텐코는 방어 일변도인 시드를 더욱 공격하고, 공격하고, 공격해 댔다.

옆구리를 베고, 어깨를 찌르고, 썰고, 썰고, 마구 썰었다.

시드는 금세 온몸이 피투성이가 되어 갔다.

─────.

시드의 싸움을 지켜본 앨빈은 아연실색했다.

'시드 경이 꼼짝도 못 하다니……!'

시드가 가하는 공격은 모조리 처리되고, 반격하는 텐코의 칼은 모조리 시드에게 적중했다. 귀신처럼 강한 전설시대 최강의 기사가 속수무책이었다.

깊이 생각할 것도 없이, 어떤 한 가지 사실이 부상했다.

텐코가 시드보다 압도적으로 강한 것이다.

'시드 경은 **뭔가**를 노리고 있는 것 같지만…… 이래서는……!'

그 **무언가**를 제대로 실행할 수도 없을 것이다…….

어둠의 요정검이 그만큼 강한 것인지.

아니면—.

'텐코…… 네가 품고 있었던 어둠은…… 그만큼 깊었던 거야?'

검정 요정검은 마음속의 어둠을 힘으로 바꾸는 검이라고 했다.

그렇다면 텐코의 이 어마어마한 힘은. 시드조차 압도하는 이 힘은.

'결국…… 나는…… 내 생각밖에 안 했어…….'

이제는 확실히 알 수 있었다. 자신은 텐코에게 응석 부리고 있었던 것이다.

'어제도…… 텐코가 내 기사가 되는 길을 택해 줘서 기뻐하기만 했지…… 텐코의 진짜 마음과 마주하지 않았어…….'

앨빈은 회한에 잠겨 칼자루를 움켜쥐었다.

'나는 남자로서 이 나라의 왕이 되어야 하고…… 아군이 적은 가운데 그 중책을 필사적으로 버텨야 하지만…… 소꿉친구인 텐코만큼은 조건 없이 내 편이 되어 줄 거라고, 그렇게 멋대로 생각했었어……! 텐코만큼은 계속 내 옆에 있어 줬으면 해서…… 그래서 텐코가 괴로워하는 걸 못 본 척했어……. 나는…… 줄곧, 줄곧 텐코에게 응석 부리고 있었던 거야……!'

그렇게 이기적으로 군 결과가—.

"아하하하! 약해! 너무 약하다고요, 시드 경!"

"……윽!"

"이것 좀 보세요! 경이 없어도 저는 이렇게 강해졌어요! 이게 저의 진짜 힘이에요! 아하하하하—!"

—저렇게 시드를 상처 입히며 희희낙락대는 친구(텐코)의 비틀린 모습이었다.

고결하면서도 상냥했던 텐코의 모습은 이제 흔적도 찾아볼 수 없었다.

'암흑기사로 전락한 자가 돌아오는 일은 없어…….'

그렇다면 언젠가 텐코는 다른 암흑기사들처럼 자신의 사리사욕과 갈망을 채우기 위해 살육을 반복하는 피에 젖은 존재가 될 것이다.

검정 요정검을 쥔 것만으로도 이만한 힘을 발휘했다.

이대로 텐코가 암흑기사로서 성장하면 어떻게 될지……
생각하고 싶지도 않았다.

텐코의 존재는 언젠가 큰 위협이 될 것이 틀림없다. 어
둠의 선봉장이 된 텐코가 이 나라와 백성에게 얼마나 큰
피해를 줄지 이루 헤아릴 수 없다.

'그렇다면…… 차라리…….'

앨빈은 고심 끝에 자신의 검을 슬며시 뽑았다.

앨빈은 이 나라의 왕이 될 자다.

왕이라면 백성을 위해 때로는 비정한 결단을 내려야 한다.

그건 왕의 의무이자 숙명이다. 도망치거나 남에게 기대
는 건 허락되지 않는다.

'언젠가 텐코가 이 나라의 적이 된다면…… 텐코가 죄 없
는 백성을 죽이게 할 바에야…… 차라리 내 손으로……!'

눈물 때문에 시야가 번진 가운데, 앨빈은 시드를 압도하
는 텐코를 응시했다.

지금 텐코는 시드를 난도질하는 데 푹 빠져 있었다. 시
드 말고는 안중에 없었다.

위쪽을 보니 엔데아도 그런 텐코의 모습에 손뼉 치며 기
뻐할 뿐이었다.

이자벨라와 플로라는 여전히 떨어진 곳에서 장절한 마법
싸움을 벌이고 있었다.

아무도 앨빈에게 주의를 기울이지 않았고 앨빈만이 자유롭게 움직일 수 있었다.

그렇다면—.

'나라면…… 제대로 허를 찌르면 텐코를 끝장낼 수 있을지도 몰라.'

이 손으로 텐코를 죽인다.

지금까지 동고동락한 친구를, 자신이 끝장낸다.

상상만 해도 온몸이 떨렸다. 머리를 감싸 안고서 울부짖고 싶어졌다.

왜 일이 이렇게 되어 버렸을까?

사실은 텐코가 자신의 기사가 되어 주지 않아도 상관없었다.

그저 텐코가 옆에 있기만 해도 행복했는데.

어떤 어려움과 고난도 견딜 수 있을 것 같았는데—.

'하지만……! 지금은 내가 해야 해……. 내가 해야만 해……!'

덜덜 떨면서도 앨빈은 시드와 텐코의 싸움을 지켜보았다.

필요한 것은— 빈틈이다.

텐코의 신경이 온통 시드에게 쏠려 앨빈에게 등을 보이는 잠깐의 빈틈.

그 틈에 지금 앨빈이 낼 수 있는 최고 속력으로 달려가서— 이 검으로 텐코의 심장을 찌른다. 그것뿐이다.

'나는…… 왕이니까…… 모두를…… 백성을 지켜야 하니까…… 그러니까……!'

보았다.

앨빈은 조용히 윌을 태워 모든 감각을 극한까지 높이고 텐코를 보았다.

변함없이 텐코는 시드를 일방적으로 공격하고 있었다.

텐코가 칼을 휘두를 때마다 시드의 몸이 썰리며 피가 튀었다.

두 사람의 위치는 그 일방적인 싸움의 흐름에 따라 변화했다.

마치 둘이서 춤추듯 위치가 바뀌고, 바뀌고—.

——.

—이윽고.

흐름을 따라 텐코가 앨빈에게 완전히 등을 보이는— 그때가 왔다.

텐코가 시드에게 전신전령의 일격을 가하려고 하는— 그때가 왔다.

피아의 거리는 약 십여 미터. 모든 신경을 가다듬어 윌을 높인 지금의 앨빈이라면 한 호흡에— 한 걸음에 공격할 수 있는 거리였다.

'……왔다.'

극한까지 집중하여 시간이 완만해진 것 같은 착각 속에서.

앨빈은— 비장한 각오를 다졌다.

'미안해. 안녕…… 텐코…….'

그렇게.

앨빈이 텐코의 등을 향해.

쏜살같이 걸음을 내디디려고 했을 때였다.

―그 한순간, 앨빈에게는 확신이 있었다.

텐코는 검정 요정검에게 잡아먹혀서 확실히 강대한 힘을 얻었지만 노회한 역전의 강자는 아니었다. 그녀는 전사로서 아직 미숙했다.

그렇기에 앨빈에게 치명적인 빈틈을 보였고— 그 찰나를 이용한다면 앨빈은 기습으로 텐코를 끝장낼 수 있었다. 반드시 죽일 수 있으리라는 그런 확신이 있었다.

하지만 앨빈은— 움직이지 않았다.

아니― 움직이지 못했다.

"……?!"

필살을 확신하고 움직이려고 한 앨빈을 멈추게 한 것은― 시드였다.

시드가 텐코의 맞은편에서 앨빈을 응시하고 있었다.

시드의 올곧은 눈이. 타오르는 듯한 의지의 빛을 간직한 눈이.

바로 지금, 텐코가 가한 전신전령의 일격에 베이는 와중에— 시드는 앨빈만을 바라보고 있었다.

앨빈에게 눈으로 뭔가를 호소하고 있었다.

'아…….'

그 순간, 앨빈은 자신이 부끄러워졌다. 자기 혼자 고뇌하고 비장감에 취해서 안이하게 최악의 결단을 내리려고 한 것이 진심으로 부끄러웠다.

'나는…… 대체 무슨 짓을 하려고 한 거지……?!'

갑자기 정신이 번쩍 들었다.

'시드 경이 말했잖아! 「기사는 진실만을 말한다」고! 나는 신하를 믿지 않고 멋대로 무슨 짓을……?! 이거야말로 왕실격이야……!'

으드득. 앨빈은 이를 갈고서.

뽑았던 검을 빙글 돌려 땅에 푹 꽂고 움켜잡았다.

그리고 지금도 여전히 싸우고 있는 시드를 똑바로 강하게 응시했다.

"……!"

앨빈이 할 수 있는 말은 아무것도 없었다.

그저 「당신을 믿는다」고. 앨빈은 눈으로 시드에게 호소했다.

그러자.

뭔가가 시드에게 전해졌는지.

"……홋."

싸우면서 시드는 미미하게 입가를 비틀어 웃는 형태를 만들었고.

그리고 그대로 정면에서 쇄도하는 텐코의 신속한 삼단 찌르기를 피했다.

―――.

이리하여 시드와 텐코의 싸움은 끝없이 이어졌다.

앨빈은 그저 그 싸움을 계속 지켜보았다.

텐코가 대상단에서 시드를 베려 했다.

시드가 팔을 교차시켜 그것을 막았다.

칼날이 팔에 파고들어 피가 튀었다.

텐코가 재빨리 칼을 되돌려 시드의 발밑을 벴다.

시드가 즉각 몸을 물렸지만 완전히 피하지는 못하여 허벅지에서 피가 뿜어져 나왔다.

텐코가 곧장 몸을 회전시켜 대각선으로 칼을 휘둘렀다.

텐코의 칼이 시드의 흉부를 정확히 벴다.

균형을 잃은 시드는 흉부에서 피를 흘리며 굴러갔다.

저도 모르게 숨을 삼키는 앨빈.

환호성을 지르는 엔데아.

땅을 짚고 묵묵히 일어나 자세를 잡는 시드.

다시 시드에게 신속히 육박하는 텐코.

춤추듯 검이 궤적을 그렸다. 베고, 베고, 벴다.

시드는 주먹으로 공격을 받아넘겼지만 완전히 흘려 넘기지는 못했다.

조금씩 확실하게 몸이 썰려 나갔다. 피가 흘렀다.

이제 시드는 반격도 간신히 하고 있었다.

하지만 그렇게 시드가 날린 주먹을 텐코는 칼의 옆면으로 베어 강렬한 카운터를 먹였다.

시드의 주먹이 찢어졌다.

동시에 텐코의 칼이 시드의 오른쪽 어깨에 푹 박혔다.

휘청. 시드가 주저앉을 뻔하며 고통에 얼굴을 찡그렸다.

히죽. 텐코가 으스스하게 웃었다.

칼을 되돌린 텐코가 더욱 사납게 공격했다.

칼과 주먹이 격돌하고. 칼과 주먹이 맞대응하고. 칼과 다리가 맞부딪쳤다.

그렇게 칼과 주먹이 한창 교차하던 와중에 텐코가 갑자기 거리를 벌리더니 고대 요정어를 외쳤다.

휘둘러진 칼에서 검은 불꽃이 뿜어져 나와 시드를 때렸다.

회오리치는 검은색 화염 폭풍의 충격과 초열이 시드를 후려쳤다. 시드를 태웠다.

시드는 즉각 옆으로 뛰어 그 자리에서 이탈했다.

하지만 그걸 내다보고 바람처럼 미리 이동해 있던 텐코

가 칼을 매끄럽게 휘둘렀다.

좌악! 시드의 등에서 피가 솟구쳤다.

피. 피. 피—.

앨빈은 보고 있었다. 그걸 보고 있었다.

질끈, 땅에 꽂은 검의 손잡이를 움켜잡으며 그걸 보고 있었다.

그런 앨빈에게 보여 주듯 텐코가 시드를 벴다.

참격, 이탈, 참타(斬打), 이탈, 찌르기, 이탈—.

빠르고 세세한 일격 이탈을 반복하며 베고, 베고, 벴다.

텐코의 모습이 시드의 전후좌우에 나타났다가 사라지고, 나타났다가 사라지며 잔상을 남겼다.

잔상이 남을 때마다 시드의 몸이 썰려 나갔다.

하지만 아무리 썰려도 시드는 똑바로 텐코에게 몸을 돌렸다.

수없이 땅에 무릎 꿇고.

수없이 쓰러지고.

수없이 굴러가도.

그럴 때마다 시드는 담담히 일어났다.

일어나서 텐코에게 똑바로 맞섰다.

더는 싸움이라고 할 수도 없는 싸움에 꼭두각시처럼 계속 도전했다.

시드의 그런 꼴사나운 모습에 엔데아가 손뼉을 치며 기

뻐했다.

시드의 그런 우스꽝스러운 모습에 텐코가 입을 크게 벌리고 웃었다.

그리고 시드가 일어날 때마다 더 강하게, 더 격렬하게, 시드에게 참격을 퍼부었다.

사람이 마치 볏짚처럼 계속 베이는 처참하기 짝이 없는 광경을.

앨빈은 보고 있었다. 가만히 그것을 보고 있었다.

눈을 돌리고 싶은 충동을 필사적으로 억눌렀다.

덜덜 떨면서 비통하게 얼굴을 일그러뜨리며 그것을 보고 있었다.

당장 뛰쳐나가 끼어들고 싶은 충동을 필사적으로 참으며 그것을 보고 있었다.

왜냐하면— 시드가 서서 싸우고 있었으니까.

앨빈에게 충성을 맹세한 앨빈의 첫째 기사가 아직 싸우고 있었다.

자신한테 맡기라고 뒷모습으로 무엇보다 확실하게 말하면서.

피투성이가 되면서도, 채썰기를 당하면서도, 그래도 물러나지 않고 싸우고 있었다.

"……읏!"

그렇다면 앨빈은 견딜 수밖에 없었다.

끝까지 믿고 지켜보는 수밖에 없지 않은가.

시드가 베일 때마다 자신의 몸이 베이는 것 같은 아픔이 앨빈의 마음을 괴롭혔다.

하지만 그런 건 어리광이라며 앨빈은 이를 악물었다.

이런 아픔은 시드의 아픔과 비교하면 아픔이라고 할 수도 없지 않은가.

'시드 경……!'

아무것도 할 수 없는 앨빈이 지금 할 수 있는 일이라고는.

그저 시드의 싸움을 지켜보는 것뿐이었다.

그저 시드를 믿는 것뿐이었다.

'……시드 경…… 시드 경……!'

외면하고 싶어지는 광경으로부터 결코 눈을 돌리지 않았다.

그것만이 지금 앨빈이 할 수 있는 자기 자신의 싸움이니까.

그리고―.

―――.

―그때는…… 마침내 찾아왔다.

"이이이이이야아아아아아아아아―!"

텐코의 선풍 같은 올려 베기가 시드의 몸을 한층 깊이 갈랐다.

텐코의 기검체(氣劍體)가 완전히 일치한 회심의 일격이
었다.

"—윽?!"

시드의 몸이 피를 뿌리며 하늘 높이 날았다.

그 몸은 완전히 힘이 빠져서 축 늘어져 있었고…….

철퍼덕!

그저 중력을 따라 낙하하여 땅에 곤두박질쳤다.

아무런 낙법도 취하지 않고 두 번, 세 번 바운드되어 굴
러갔다.

이윽고 그 몸이 멈췄을 때.

시드는 마치 버려진 인형처럼 땅에 엎어져 있었다.

이제 완전히 침묵하여 꿈쩍도 하지 않았다.

숨조차 쉬지 않는 것 같았다.

"시, 시드 경—?!"

마침내 앨빈도 인내의 한계를 넘어서서 저도 모르게 외
치고 말았다.

가만있을 수 없어서 쓰러진 시드에게 달려가려고 했다.

하지만 그런 앨빈을 막은 사람이 있었으니—.

"어디 가려고요? 앨빈……."

질풍처럼 막아선 텐코였다.

"테, 텐코……?!"

"동경하던 기사님이 제게 꼼짝 못 하고 쓰러진 걸 보니

기분이 어때요?"

그리고 텐코는 앨빈에게 흑도를 겨눴다.

"걱정하지 마세요. 다음은 당신 차례니까……."

"……큭……?!"

텐코가 발산하는 날카로운 살기에 앨빈은 무심코 뒷걸음질 쳤다.

"어이구, 꼴이 말이 아니네? 《야만인》. 네 실력이 그 정도밖에 안 됐다니, 솔직히 실망이야…… 우후후, 아하하하하!"

위에서 구경 중인 엔데아가 때는 이때라는 것처럼 조롱하며 웃었다.

"큭……?! 검정 요정검 앞에서는 시드 경조차 상대가 안 된다는 건가요?!"

"한눈팔 때가 아닐 텐데요."

비통하게 외치는 이자벨라를 향해 플로라가 지팡이를 들었다.

스멀스멀, 새까만 가시가 이자벨라를 잡으려고 무수히 덩굴을 뻗었고—.

"비, 비켜 주세요!"

이자벨라가 지팡이를 휘두르자 그 지팡이 끝에서 불이 일어나 가시를 태웠다.

하지만 이자벨라와 플로라의 마법 싸움은 팽팽한 접전이라 도저히 돌파할 수 없었다.

이자벨라는 아름다운 얼굴을 절망적으로 일그러뜨릴 수밖에 없었다.

그런 가운데—.

"후후……! 후후후후후! 아~ 정말로 후련하네요!"

텐코가 개운하게 일그러진 웃음을 지으며 앨빈에게 말했다.

"말이 나왔으니 말인데…… 실은 저, 당신이 데려온 시드 경이…… 줄곧 마음에 안 들었어요!"

"……테, 텐코……?"

눈을 깜박이는 앨빈을 텐코가 증오스럽다는 듯 노려보았다.

"《야만인》이니, 전설 시대 최강의 기사니, 개뿔도 아니면서! 제가 더 오래 앨빈이랑 줄곧, 줄곧 같이 있었는데!"

"……?!"

"그런데 앨빈의 가장 큰 신뢰도, 앨빈의 첫째 기사 자리도 간단히 뺏어 가고! 당신이 충동적으로 데려온 《야만인》 때문에 제가 얼마나 고민하고 괴로워했는지…… 알기나 해요?!"

"……아…….."

"당신을 위해 지금까지 줄곧 부담을 견디면서 필사적으로 노력했는데! 그랬는데, 이 배신자! 배신자!!"

눈물까지 글썽거리며 격앙하는 텐코를 보고 앨빈은 말문이 막혔다.

이것도…… 아마 텐코의 마음 한편에 있었던 본심일 것이다.

앨빈은 그저 그것을 묵묵히 받아들일 수밖에 없었다.

"하지만 이제 됐어요. 저한테는 엔데아가 있으니까요."

이윽고 텐코는 뭔가를 떨쳐 낸 것처럼 일소했다.

"엔데아는 앨빈과 달라요. 이렇게 엄청난 힘을 제게 줬어요! 저의 온갖 공포와 고뇌를 없애 줬어요! 아아, 이제 알겠어요! 저는 엔데아를 섬기기 위해 태어난 거예요! 그걸 위해 그때 살려진 거예요! 아하, 아하하하하……!"

떠들썩하게 웃는 텐코에게서는 긍정적이고 고결했던 옛 모습을 조금도 찾아볼 수 없었다.

「아아, 이 아이는 이제 틀렸다」.

이제 돌아올 수 없다. 다른 암흑기사들과 마찬가지로 타락할 대로 타락한 것이다.

그런 절망감이 앨빈을 지배했다.

"자, 그럼. 슬슬 작별하기로 해요, 앨빈."

텐코가 몸을 깊이 낮추고 앨빈을 향해 중단 자세를 취했다.

치명적인 살기와 마나를 높여 온몸에 그득 채워 나갔다.

"텐코…… 미안…… 미안해…… 나는……."

그런 텐코 앞에서 앨빈은 더 저항할 기력도 없어서 고개를 숙였다.

"늦었어요."

텐코가 앨빈의 사죄를 고집스럽게 거부하고.

앨빈을 향해 걸음을 내디딘 바로 그때.

척······.

앨빈을 감싸듯 앞을 막아서는 자가 있었다.

"······."

시드였다.

"아니, 어떻게—."

"시, 시드 경······?!"

"하아······? 거, 거짓말이지······?"

그 믿을 수 없는 광경을 보고 텐코도, 앨빈도, 엔데아조차 말을 잇지 못했다.

간신히 땅에 선 시드는 온몸이 만신창이고 피투성이라다 죽어 가고 있었다.

다리가 후들후들 떨려서 손으로 툭 건드리면 픽 쓰러질것 같은······ 그런 꼴이었다.

그런데도 시드는 일어섰다.

일어서서 텐코를 보고 있었다.

"······아, 아직도, 일어나는 건가요······?"

역시 텐코도 그런 시드의 모습에 동요를 감추지 못하고목소리가 떨렸다.

"그렇게나 베어서 만신창이인데, 아직도······?"

그러자.

쓱. 시드는 입가에 흐르는 피를 닦고서······ 대담하게 웃었다.

"텐코. 너…… 나를 그렇게 생각하고 있었어?"

"……?"

움찔. 여우귀를 움직이고 눈썹을 찌푸리는 텐코에게 시드가 계속 말했다.

"후, 하하하…… 이해해. **나도 그랬어.**"

"무, 무슨 소리죠……?"

"내 기사로서의 스승님도 무진장 강했거든."

동요하는 텐코 앞에서 시드가 재미있다는 얼굴로 어깨를 으쓱였다.

"무슨 짓을 해도 당해 낼 수 없었어. 정말로 분통 터지는 눈엣가시였어. 언젠가 반드시 뒤통수를 세게 갈겨 주겠다고…… 그 무렵에는 항상 그 생각뿐이었어."

"……지, 지금 뭐 하자는 거예요?"

그러자 짜증이 났는지 텐코가 시드에게 따져 들었다.

"혹시…… 이 지경이 됐는데 아직도 제 스승 행세를 하려는 건가요?!"

"행세를 할 것도 없이 나는 너의 스승인데?"

씩. 시드가 미소 지었다.

"무슨…… 대체 무슨 말을 하는 거죠……?!"

질끈. 텐코가 칼자루를 움켜잡았다.

"이미 나 같은 건 진즉에 포기했으면서!"

"포기했다고? 무슨 바보 같은 소리야. 내가 널 포기할

리 없잖아."

"그게 무슨?! 대체 당신은 무슨 소리를—?!"

챙강! 텐코가 짜증스레 칼로 지면을 때리자.

시드는 이렇게 단언했다.

「기사는 진실만을 말한다」. 어젯밤 나는 너한테 맹세했어. 「너를 포기하지 않겠다」고. 네가 어떤 자가 되든 나는 기사의 맹세를 완수할 뿐이야."

그런 시드의 힘 있는 언령을 듣고.

"……아……."

텐코의 움직임이 일순 굳었다.

괴로운 듯 머리를 부여잡고 뭔가를 망설이는 기색을 보였다.

"……어? 텐코? 어째서……?"

지금까지 말이 전혀 통하지 않았던 텐코의 이변을 보고 앨빈은 어안이 벙벙해졌다.

'이상해……. 암흑기사로 전락한 자는 두 번 다시 원래대로 돌아오지 않을 텐데……?! 그런데 지금 텐코는 왜 흔들렸지?!'

그런 앨빈을 내버려 둔 채 시드가 계속 말했다.

"너의 그 사춘기 특유의 치기 어린 허세는 예전에 내가 스승님한테 부렸던 것과 비교하면 귀여운 수준이야."

"으…… 윽, ……나, 나는……!"

"뭐, 좋은 기회야. 네가 마음속에 담아 뒀던 것들을 여기서 전부 토해 버려. 받아 줄게. ……스승으로서."

"아, 아니야…… 나는…… 나는……!"

부상의 깊이와 개수만을 본다면 시드가 압도적으로 지고 있었다.

하지만— 어째선지 이제 추세는 완전히 역전되어 있었다.

"뭐, 뭐 하는 거야! 텐코!"

그 순간, 엔데아가 신경질적으로 고함쳤다.

"너는 나의 기사가 되어 줄 거잖아?! 그럼 얼른 끝장내! 다시 공포와 고뇌뿐인 나날로 돌아가고 싶어?!"

"—?!"

엔데아가 질타하자 어째선지 망설이는 기색을 보였던 텐코의 얼굴이 재차 어둠에 물들었다.

하지만 그 자세는…… 아까와 비교하면 확연하게 기백이 떨어졌다.

"……이것 참, **드디어 효과가 나타나기 시작했나.**"

의미심장한 얼굴로 시드가 중얼거렸다.

"앨빈…… 슬슬 네가 나설 차례야. 텐코를 맡기마."

"……네?"

멍청한 목소리를 내는 앨빈 앞에서.

"나의 검정 요정검 《식월(蝕月)》…… 진정한 힘을 보여 주겠어요……!"

텐코가 흑도를 휘둘러 멋들어진 손놀림으로 칼집에 넣고.

"그대는 암야에 빛나는 어둠보다 깊은 흑월."
_{데 다르문 엘 나이트나이트}

고대 요정어로 중얼거리며 천천히 깊고 낮게 발도 자세를 취했다.

그 순간. 쿵, 하고 기묘한 중력이 주위를 짓눌렀다.

텐코의 전신에서 어둠의 마나가 간헐천처럼 뿜어져 나와 주변을 새까맣게 물들였다.

세상이 상하좌우의 개념을 잃고 진정한 어둠에 물들어 나갔다.

"그 이빨을 허와 공 사이에 박아 넣어."
_{크라우 스테그 홀라 스페시아스}

텐코의 존재감이 한없이 팽창하고 어둠의 마나가 흘러넘쳤다.

그에 응답하듯 암흑보다 어두운 심연색으로 빛나는 달이 머리 위에 만들어졌다.

그곳에 구멍이 뚫린 듯한 칠흑색 달. 꺼림칙한 달이었다.

저 달 아래에 있으면 안 된다. 저 달의 검은 빛을 받으면 안 된다.

이유도 모른 채 본능이 그렇게 호소했다.

—맹렬한 죽음의 예감을 느끼고서.

"무자비하고 무참하게 찢어발기는 자라!"
_{리파드 루소라스}

그리고 그 순간.

머리 위에서 검게 빛나는 달이 완성됐다.

불길한 존재감과 압력으로 공간을 완전히 제압했다.

틀림없었다. 텐코가 한 것은—.

"대, 대기도?! 검정 요정검의?! 텐코는 벌써 그런 것까지……!"

앨빈이 아연실색하고.

"아하하하! 역시 대단해, 텐코! 역시 너는 천재 암흑기사야!"

엔데아가 홍소했다.

"시, 시드 경, 도망쳐요! 저런 걸 맞으면 아무리 시드 경이더라도……!"

앨빈이 당황해서 말했지만.

"나를— 믿어!"

시드는 그렇게 그저 힘 있게 대답하고 정면에서 똑바로 텐코를 마주 볼 뿐이었다.

그리고 그러는 동안에도.

텐코의 어둠의 마나는 높아지고, 높아지고, 고조되어—.

텐코의 존재감이 거인처럼 팽창했고—.

그리고— 온 정신을 쏟아서 당긴 필살의 화살이 날아갈 때가 왔다.

"검정 대기도! 【공단화월(空斷禍月)】!"

높아진 모든 힘을 해방한 텐코가 돌진했다.

어둠의 마나를 작렬시켜 초월적으로 가속한 텐코의 그

모습은 그야말로 검은 섬광이었다.

엄청난 속도에 땅이 갈라지고, 공간 자체가 갈라지고, 그렇게 생긴 틈을 검정이 덮었다.

그곳은 텐코가 지배하는 절사(絶死)의 공간이었다.

흑월 아래에서는 일체의 방어가 무의미했다. 일체의 회피가 불가능했다.

흑월의 빛은 「벴다」라는 결과를 만드는 빛이니까.

그리고— 시드에게 육박한 텐코가 지척에서 흑도를 뽑았다.

검이 뽑히면서 그려진 선이 시드를 덮쳤다.

시드는 전투태세를 취한 채, 쇄도하는 텐코의 살인검 앞에서 미동조차 하지 않았고—.

텐코의 흑도는— 시드의 몸을 머리 위의 흑월과 함께 갈랐다.

"시, 시드 경—?!"

앨빈이 비장하게 외쳤다.

머리 위의 흑월이 두 동강 나면서 세계가 원래대로 돌아왔다.

그리고 시드의 몸은 깊이 베여 성대하게 피가 솟구쳤다.

그 피가 텐코의 몸을, 칼을 끈적하게 적셨다.

이제 틀렸다. 완전히 끝났다—.

앨빈이 그렇게 이를 갈았을 때였다.

화륵!

시드의 피에 젖은 텐코의 칼에 갑자기 불이 붙었다.

눈부시게 하얀 빛의 불이었다.

"어?!"

그걸 시작으로 텐코의 온몸을 물들인 시드의 피가 단숨에 하얗게 타올랐다.

텐코의 전신이 순식간에 백염(白焰)에 휩싸였다.

그러나 그 백염은 텐코의 몸 자체를 태우지는 않았고—.

텐코의 전신에 들러붙어 있던 어둠만을 불태워 정화해 나갔다.

"이게 무슨…… 아, 아, 아아아……?!"

그리고 백염은 더 거세게 타오르며 텐코가 든 검정 요정검을 무너뜨려 나갔다. 그 압도적인 어둠의 힘을 불태워 나갔다.

"대, 대체, 무슨 일이 벌어지고 있는 거야……? 저 하얀 불은 대체……?!"

엔데아조차 텐코에게 일어난 예상치 못한 사태에 눈을 깜박였다.

그리고 앨빈이 눈을 깜박이며 살펴보니.

건너편에서 힘이 다해 천천히 무너지는 시드가…… 앨빈을 향해 소리 없이 뭐라고 중얼거리고 있었다.

그건. 그 입술의 움직임은…….

가. ……가라고 하고 있었다.

"……아……."

그런 시드의 메시지에 앨빈은─.

"이게 뭐죠…… 뭐냐고요……?! 내 검정 요정검이…… 부서지고 있어……!"

한편 텐코는 싸우는 중이라는 것도 잊고서 허둥거리고 있었다.

"나…… 나는, 대체……?!"

하지만 당황하면서도, 어둡게 흐려진 텐코의 눈에는 이성의 빛이 돌아오고 있었다.

그러나─.

"─뭐 하는 거야, 텐코!"

엔데아가 신경질적으로 외쳤다.

"너는 이제 돌아갈 수 없어!"

"─?!"

"너는 내 기사잖아?! 내 기사가 되어 줄 거잖아?! 공포와 고뇌뿐인 나날로 다시 돌아가고 싶어?! 힘을 갖고 싶지 않아?!"

"마, 맞아…… 나……는……!"

엔데아의 말에 응답하듯 텐코가 쥔 흑도에서 다시 어둠의 마나가 흘러넘치기 시작했다.

흘러넘친 어둠의 마나가 백염을 밀어내려고 넘실댔다.

텐코의 눈이 다시 어둠의 색으로 탁해졌고.

엔데아가 안도한 듯 한숨을 쉬었다.

하지만 그 순간—.

"아아아아아아아아아아아아아아아아아아—!"

등을 걷어차인 것 같은 기세로 앨빈이 검을 들고 돌진했다.

이번에야말로 전신전령의 윌을 불태우고서— 텐코를 향해 똑바로 달렸다.

"텐코오오오오오오오오—!"

"—?!"

앨빈의 접근을 알아차린 텐코가 흑도를 들었다.

그리고 망설임, 초조, 고뇌가 뒤섞인 눈으로 앨빈을 바라보며 다시 흑도에서 어둠의 마나를 염출하려고 했다.

앨빈을 요격하려고 자세를 잡았다.

"애, 앨빈……! 저는…… 당신이…… 당신을……!"

백염을 날려 버릴 기세로 흑도에서 어둠의 마나가 솟구치려고 했을 때.

"그래도— 너는 나의 소중한 친구야!!!"

반론을 허락하지 않는 앨빈의 말이 울려서.

"……아……."

텐코가 일순 멍하니 움직임을 멈췄고.

솟구치려던 어둠의 마나의 기세가 멈췄고.

다음 순간— 앨빈의 검과 텐코의 칼이 정면으로 교차했다.

칼날과 칼날이 맞물리고. 흑과 백의 마나 불꽃이 터졌다.

충격으로 흩어진 검압이 폭풍이 되어 낮게 울었고—.

앨빈과 텐코가 엇갈렸다.

—그 순간.

챙!

건조한 금속음이 울려 퍼지고—.

텐코의 흑도— 검정 요정검이 부러져 날아갔다.

"……으……?"

텐코는 아연한 얼굴이었고.

"……!"

앨빈은 등을 마주한 채 검을 휘두른 모습이었다.

다음 순간.

확! 하고. 텐코의 몸을 뒤덮었던 어둠의 마나가 완전히 날아갔다.

텐코의 부러진 흑도가 검은 안개로 변해 소멸했다.

"……."

한동안 텐코는 멍청하게 우두커니 서 있었지만.

이윽고.

"……나, 는…… 나는…….."

텐코의 눈에서 자연스럽게 눈물이 흐르더니…….

"지금까지…… 대체, 무슨…… 짓을……?"

그대로 털썩 무릎 꿇고 고개를 숙여 자신의 두 손을 바라보았다.

"어, 어째서…… 나는…… 그런…… 그런 심한 짓을……?"

그렇게 멍하니 중얼거리는 텐코에게는 이제 어둠이 들러붙어 있지 않았다.

제정신으로 돌아온 텐코가 거기 있었다.

"여. 깨어났어? 정말이지, 잠꾸러기 제자로군."

쓱쓱.

커다란 손이 그런 텐코의 머리를 쓰다듬었다.

텐코가 올려다보니…… 시드가 확실하게 두 발로 서 있었다.

전신을 난도질당해 피투성이지만…… 그런 부상이 전혀 느껴지지 않을 만큼 당당히 서서 텐코를 내려다보고 있었다.

"아…… 스, 스승님……?"

뭐라고 대답하면 좋을지 알 수 없어서 텐코가 시선을 떨구자.

그런 텐코에게 와락 안겨 드는 자가 있었다.

앨빈이었다.

"애, 앨빈……?"

"텐코! 다행이야! 원래대로 돌아왔구나?! 다행이야, 정말로…… 흐으."

앨빈은 눈물을 글썽거리며 텐코를 꽉 끌어안았다.

시드는 그런 두 사람을 한동안 다정한 눈으로 지켜보다가.

이윽고 휙 몸을 돌려 엔데아를 응시했다.

엔데아는 아연한 모습으로 입을 뻐끔거리고 있었다.

대체 무슨 일이 벌어졌는지 모르겠다…… 그런 감정이 뚜렷하게 보였다.

"무슨 짓을…… 한 거야?"

쥐어짠 듯한 목소리로 엔데아가 물었다.

"무슨 짓이라니?"

시드는 여유롭게 대답했다.

그러자 엔데아가 분한 듯 으드득 이를 갈고 내씹었다.

"시치미 떼지 마! 나의 텐코에게 대체 무슨 짓을 한 거야?!"

그 눈은 이 세상의 모든 것을 저주해 죽여 버리겠다는 것처럼 섬뜩하게 빛나고 있었다.

"말도 안 돼! 어째서 텐코가 원래대로 돌아온 거야?! 텐코의 혼에 검정 요정검을 박고 「매료」까지 써서 꼼꼼히 어둠에 물들였단 말이야! 원래대로 돌아올 수 있을 리가 없

다고! 내 충실한 하인이 됐었을 텐데! 그런데 대체 왜?! 당신 대체 무슨 짓을 한 거야?!"

엔데아의 신경질적인 외침에.

"【성자의 피】야."

시드가 대수롭지 않게 대답했다.

"서, 【성자의 피】……?"

"나 같은 《야만인》한테는 굉장히 안 어울리는 호칭이지만…… 나는 어떤 신의 축복이랄까, **저주**를 받아서 말이지. 내 피에는 어둠을 없애고 정화하는 힘이 있어."

"허? 뭐, 뭐야, 그게……."

"그래서 나는 일부러 텐코의 검을 계속 맞아서 검에 내 피를 먹인 거야. 덕분에 상당량의 피를 썼지만…… **뭐, 익숙한 일이지.**"

그런 시드의 말을 듣고.

"……뭐야."

엔데아가 어깨를 떨며 외쳤다.

"뭐야, 뭐야, 뭐냐고—! 그게 뭐야! 그런 힘도 마법도 금시초문이야!"

분한 듯 격노하며 외쳤다.

"만약에, 설령 그 얘기가 진짜더라도 당신 미쳤어! 자칫 잘못하면 본인이 죽는 거잖아! 웃기지 마, 뭐냐고 정말!"

"그런 건 너랑 상관없잖아."

시드는 대답하지 않고 한 걸음씩 엔데아를 향해 걸어갔다.

"말해 두는데, 나는 화가 났어."

"……?!"

"잘도 내 제자를, 나의 주군을 갖고 놀았겠다. 죽어 마땅해."

시드의 말은 결코 거칠지 않았다. 오히려 온화하다고도 할 수 있는 어조였다.

하지만 그 안쪽에서 활활 타오르는 치명적인 분노가 느껴졌다.

"……으."

시드가 내뿜는 한없는 존재감에 엔데아는 일순 압도당해 뒷걸음질 쳤지만…….

"으, 우후후…… 아하하하…… 아하하하하하하하하하!"

이윽고 생각났다는 것처럼 여유롭게 웃었다.

"뭐야? 날 죽이려고? 싸우게? 그런 만신창이 몸으로? 아하하하하하!"

"……."

"심지어 내게 유리한 이 어둠의 영역에서? 분수를 알아야지!"

엔데아가 고대 요정어를 중얼거리자 그 옆에 어둠보다 짙은 어둠이 응어리졌고…… 엔데아는 그 안에서 뭔가를 쑥 끄집어냈다.

그건 세검이었다. 딱 봐도 꺼림칙하게 생긴 흉악한 칠흑색 세검—.

"후후후…… 어때?"

엔데아는 시드에게 과시하듯 도신을 손으로 쓸었다.

"이게 바로 내 검정 요정검《황혼》…… 세계 최강의 요정검이야."

엔데아가 발검한 순간.

공간의 온도가 단숨에 내려갔다. 내려가서 결빙점을 돌파하고 더 내려갔다.

어둠조차 얼릴 듯한 어둠의 냉기가 엔데아로부터 발산되고, 엔데아의 전신에서 압도적으로 많은 어둠의 마나가 피어올랐다.

엔데아의 존재감이, 압력이 폭력적으로 팽창해 나갔다.

평범한 인간이라면 보기만 해도 온몸이 얼어붙어 콱 찌그러질지도 모르는 절망적인 힘.

조금 전 텐코의 어둠 따위, 엔데아의 어둠과는 비교도 되지 않았다.

비교하는 것조차 우스울 만큼 압도적인 격차였다.

"후후, 아쉽게 됐네. 지금 나는 저번 왕도 동란 이후로 꽤 힘이 돌아왔어. 이제 너 같은 건 상대가 안 돼."

세계가 심해 밑바닥에 가라앉은 것처럼 어둠을 휘감은 엔데아가 웃었다.

한없이 비웃었다.

"……."

"아하하! 왜? 무서워? 겁먹었어?"

"……."

"아아, 지금이라도 내게 무릎 꿇고 신발을 핥으며 충성을 맹세하면 하인으로 삼아 줄 수도 있어. 왜냐하면 나는 관대하니까. 우후후, 아하하하하!"

엔데아가 정말 재미있다는 것처럼 깔깔 웃은 그때.

벼락 떨어지는 소리가 쩌렁쩌렁 울리고.

한 줄기 번개가 세계를 뒤덮은 어둠을 갈랐다.

"……어?"

어느새 엔데아는 공중을 날고 있었다.

힐끔 보니 번개 선로 하나가 땅에 그려져 있었고— 그 종점에서 시드가 번개가 넘실거리는 오른손을 앞으로 내민 채 잔심 상태에 들어가 있었다.

【신뢰각】— 아까 텐코에게 사용한 것과는 속도도 위력도 차원이 달랐다.

"커헉……."

엔데아는 무중력에 휩싸여 허공에서 피를 토하며 생각했다.

"……어? 뭐야? 방금 그거……."

충격으로 일순 날아갔던 직전의 기억이 되살아났다.

땅을 기는 번개와 함께 섬광이 되어 돌진해 온 시드의 일격에 어둠이 속수무책으로 흩어지고 자신은 날려졌다……

그 사실을 엔데아가 인식한 순간.

중력을 따라 낙하한 엔데아의 몸은 땅에 세게 부딪치고 여러 번 바운드되며 굴러갔다.

"아윽?! 아악?! 뭐야…… 뭐냐고……."

꼴사납게 엎어진 엔데아가 고통스러워했고.

"그 정도밖에 안 돼?"

시드가 뒤돌아선 채 고개만 돌려서 엔데아를 내려다보았다.

"뭐……라고……?!"

"그 정도밖에 안 되냐고 물었어."

오싹.

이때 엔데아는 시드에게 한없는 공포와 절망감을 느꼈다.

"무, 무엄해……! 내가…… 누군지 몰라……?!"

하지만 엔데아는 격정을 따라 일어나서 다시 홍수 같은 어둠을 일으켰다.

"어지간히 죽고 싶은 모양이네……! 좋아, 죽여 주겠어!"

그리고 넘실대는 어둠을 두르고서 세검을 들고 시드에게 달려들었다.

공간을 비틀어 뜯는 듯한 무시무시한 속도로 달려들었다.

"죽어—!"

─번개가 두 번 번쩍이고.

섬광이 되어 세상을 乄 모양으로 가른 시드가 재차 어둠을 무산시키고 엔데아를 세차게 날렸다.

"꺄악?!"

쿵!

몇 번이나 땅을 바운드하고 기둥에 부딪친 엔데아가 겨우 멈췄다.

"……아……? 어……? 지금…… 나, 분명 진심으로…….."

엔데아는 대자로 뻗어 멍한 얼굴로 천장을 올려다보았다.

"……말도 안 돼…….."

이미…… 엔데아는 전부 만신창이였다.

육체도. 정신도. 싸울 의지도.

단 두 번의 공격에 전부 박살 나고 말았다.

그리고 그런 엔데아에게 시드가 끝이라는 것처럼 말했다.

"몰랐어? 기사의─「그 분노는 악을 멸한다」."

"……."

엔데아는 꼴사납게 땅에 뻗은 채 한동안 멍하니 있었다.

하지만 이내 자신과 시드 사이에 존재하는 현저한 격차를 이해했고 그와 함께 몸이 덜덜 떨리기 시작했다.

"지금까지 제대로 안 싸웠던 거야……? 텐코를 봐줬던 거야……?"

"당연하지. 저 녀석은 내 제자야."

엔데아가 멍하니 묻자 시드는 말할 것도 없다는 듯 대답했다.

"제자를 상대로 진짜 죽이려 드는 스승이 어디 있어?"

이윽고.

"어째서……? 거짓말…… 거짓말이지……?"

엔데아는 검을 지팡이 삼고 일어나 떼쓰는 아이처럼 목소리를 쥐어짰다.

"내 검정 요정검은 최강이야……! 나도 힘을 되찾았어……! 게다가 시드 경은 이렇게 만신창이고……! 그런데 왜?! 왜 이렇게 이해할 수 없을 만큼 「차이」가 나는 거야……?!"

이때 엔데아는 깨달았다. 맹렬하게 깨달았다.

어쩌면 이것이, 이 힘이야말로―.

"이, 이게 바로…… 전설 시대 최강의 기사……인 거야……?"

그렇게 엔데아가 멍하니 중얼거렸을 때.

여러 개의 번개가 격렬한 소리를 내며 엔데아에게 뻗어나가 전신을 포박했다.

엔데아가 최강이라고 자부한 검정 요정검이 손에서 허무하게 떨어졌다.

"아, 아아아아아아아아아아아―?!"

번개가 온몸을 태우며 먹어 치워서 엔데아는 까무러쳤다.

번개에 꽁꽁 묶여 몸을 전혀 움직일 수 없었다.

"아, 아파! 아프다고! 으, 아아아아아아!"

"끝이다, 엔데아."

그런 엔데아의 눈앞에서 시드가 서서히 오른손을 들었다.

장절한 번개가 넘실거리는 손날을 만들었다.

"히익?!"

그걸 본 엔데아가 비명을 지르고 아이처럼 울부짖기 시작했다.

"시, 싫어! 싫어어어어어어어—!"

버둥버둥 몸부림쳤지만 역시 움직여지지 않았다.

"싫어! 하지 마. **또** 죽고 싶지 않아! 싫어어어어어어—!"

"……"

"왜?! 어째서! 왜 나만 전부 잘 안 풀리는 거야?! 이런 건 너무하잖아! 으아아아아아아아앙—!"

목숨 구걸 따위 듣지 않고 시드가 천천히 목표를 겨냥했다.

시드에게는 어떤 예감이 하나 있었다.

'이 여자는…… 위험해.'

확실히 지금은 아직 위협과는 거리가 멀었다. 하지만 이 소녀의 마음속에는 텐코는 비교도 되지 않는 무시무시하게 깊고 캄캄한 「어둠」이 숨어 있었다.

그러니 언젠가 커다란 재앙으로 성장할 것이다. ……이쯤 되면 그건 확신이었다.

희대의 대마녀 플로라가 「주인」으로 떠받드는 소녀다.

세상을 위협하는 어둠의 세력에게 이 소녀가 가장 중요한
인물임은 틀림없었다.

그렇다면— 내버려 둬선 안 된다.

잔혹한 일 같지만 여기서 확실하게 처리해야 한다.

시드가 평소처럼 번개가 되어 발을 내디디고 오른손을
내밀면— 엔데아의 목숨을 그걸로 끝난다. 모든 후환을 없
앨 수 있다.

그렇기에 자세를 깊이 낮추고.

시드가 엔데아를 향해 똑바로 발을 내디디려고 했을 때
였다.

"당신은《섬광의 기사》인데 어째서 나는 안 도와주는 거야?"

엔데아가 그런 말을 했다.

눈물에 젖은 쓸쓸한 눈으로. 분함과 비애가 뒤섞인 목소
리로.

"어째서…… 당신은 앨빈만……."

"—?!"

대체 그것이 어떻게 시드의 심금을 울렸는지.

시드는 눈을 살짝 크게 뜨고서 경직됐다. 공격을 망설였다.

아니— 망설인 수준이 아니라 완전히 공격을 멈췄다.

그리고 그 한순간의 빈틈을 노린 것처럼.

검은 맹화의 공이 시드의 머리 위에서 떨어졌다.

착탄, 굉음.

타오르는 흑염(黑炎)이 회오리치며 압도적 화력으로 불기둥을 만들어 천장을 태웠다.

"……?!"

빠르게 뒤로 뛰어 흑염의 범위에서 벗어난 시드가 앞을 응시하니—.

"흑…… 훌쩍, 우으…….."

"어머나, 세상에…… 이렇게나 상처 입으시다니, 가여운 주인님…… 딱하기도 하지…….."

번개의 구속에서 풀려난 엔데아를 끌어안은 마녀가 있었다.

"플로라인가."

시드는 전방에 주의를 기울이며 시선을 힐끔 옮겼다.

그곳에—.

"죄송합니다. 제압하지 못했습니다…….."

마법 싸움으로 기력을 소모하고 다친 이자벨라가 씁쓸한 얼굴로 한쪽 무릎을 꿇고 있었다.

"아냐. 지금까지 버텨 줘서 고마워."

시드는 그렇게 치하하고 플로라에게 시선을 되돌렸다.

"인사가 늦었네요, 시드 경. 후후, 건강해 보이셔서 다행이에요."

마녀— 플로라가 여유롭게 차가운 미소를 지었다.

"그나저나 여자아이를 이토록 괴롭히다니…… 당신은 나쁜 기사네요."

"한번 전장에 선 이상, 여자든 어린애든 상관없잖아."

"어머나, 귀가 따갑군요. 참으로 옳으신 말씀이라서, 키득키득키득."

플로라가 즐겁게 히죽거렸다.

"하지만…… 당신이 정말로 이 아이를 죽일 수 있을지는 의문인데요?"

"……"

시드는 말이 없었다.

"서로 이것저것 쌓인 얘기가 있겠지만…… 이번에는 이쯤에서 끝내기로 하죠. ……후후, 텐코 씨를 끌어들이지 못해서…… 정말 아쉬워요."

"……"

"아 참. 이 아이는 언젠가 북쪽 마국의 상징이 될 소중한 분이에요. ……만약 놓치지 않겠다고 하시면 저를 상대하셔야 하는데…… 어쩌시겠어요?"

"……"

시드는 말없이 플로라를 계속 노려보았다.

"……그 침묵은 휴전에 동의하는 거라고 받아들일게요."

그 말이 끝나자.

훌쩍이는 엔데아를 안은 플로라의 발밑에 삼각형 마법진

이 떠올랐고…… 거기 서린 어둠 속으로 두 사람의 모습이 서서히 사라졌다.

어느새 탈출로도 준비해 둔 모양이었다. 빈틈이라고는 없는 참으로 얄미운 마녀였다.

"언젠가 또 만나요, 여러분."

그것을 앨빈 일행은 말없이 배웅했다.

―그리고.

플로라와 엔데아가 마침내 어둠 속으로 완전히 사라지려고 했을 때였다.

"……용서 못 해……."

나직이. 지옥의 밑바닥에서 울리는 듯한 목소리로 엔데아가 중얼거렸다.

지금까지 숙이고 있던 얼굴을…… 천천히 들었다.

시드에게 당한 충격으로 헐거워져 있었는지…… 엔데아의 얼굴 윗부분을 가리고 있던 가면이 스르르 떨어졌다.

그 민낯이 일행 앞에 드러났다.

"어?! 그, 그 얼굴은……?!"

"……이, 이럴 수가……?!"

그 순간, 앨빈과 이자벨라의 시선은 엔데아의 얼굴에 고정되었다.

엔데아의 그 얼굴은―.

머리색과 눈색이 다르긴 해도 그 생김새는 **앨빈과 판박**

이였다.

"절대 용서 못 해……! 앨빈……!"

당사자인 엔데아는 앨빈과 똑같은 얼굴로 울면서 원한에 차 외쳤다.

"항상 네가 다 가졌으면서! 급기야 시드 경까지 독차지하는 거야?! 용서 못 해, 용서 못 해, 용서 못 해! 언젠가 너만큼은 반드시 내 손으로……!"

그렇게 일방적으로 내뱉고서.

엔데아는 플로라와 함께 어딘가로 사라져 버렸다.

"……엔데아……."

앨빈은 아무런 대답도 못 하고 그저 우두커니 서 있을 수밖에 없었다.

"대체 정체가 뭐지……? 왜 그렇게까지 나를 원망하는 거야……?"

"……뭐, 신경 쓰이는 부분이기는 해. 하지만."

툭.

시드가 앨빈의 머리에 손을 얹었다.

"지금 네가 마주해야 할 사람은 그쪽이 아니야."

"네……?"

앨빈이 멍하니 말했을 때였다.

"텐코?! 대체 어디 가려는 건가요?!"

이자벨라가 놀란 목소리로 외쳤다.

앨빈이 즉각 돌아보니……

"……."

혼자 쓸쓸히 어깨를 떨구고서 자리를 뜨는 텐코의 작은 등이 있었다.

"텐코!"

앨빈이 외치자 텐코가 우뚝 발을 멈췄다.

그리고 그 작은 등을 덜덜 떨며 쥐어짠 듯 말했다.

"미안, 해요…… 앨빈……."

그리고 나직이 중얼거리기 시작했다.

"저…… 당신에게 심한 말을 했어요……. 심한 짓을 했어요……."

"……."

"변명하지 않겠어요……. 그건 조종당해서 강제로 한 말이 아니라…… 역시 제가 마음 한편에 어렴풋이 품고 있던 생각이에요……."

"……."

"그러니까…… 저는…… 이제…… 당신의 기사가 될 자격 따위 없고…… 앨빈 옆에 있을 자격 따위 없어서…… 흑……."

뚝뚝. 텐코의 두 눈에서 눈물이 흘러내렸다.

"저는…… 이만…… 나갈게요……. 앨빈 앞에서 사라질 테니까…… 그러니까……."

괴로워하며 필사적으로 그 말을 짜낸 텐코는.

그대로 갱도의 어둠 안쪽을 향해 걷기 시작했고.

와락.

뭐에 치인 듯이 달려간 앨빈이 뒤에서 텐코를 끌어안았다.

"……앨……빈……?"

"더 이상…… 아무 말도 안 해도 돼……."

"……."

"나야말로 미안해……. 네가 옆에 있는 게 너무 당연해서…… 줄곧 너한테 응석 부렸어……. 네가 어떨지는, 조금도 생각하지 않았어……."

"……."

"……부탁이야. 나가겠다고 하지 마……. 딱히 내 기사가 되어 주지 않아도 좋으니까…… 곁에 있어 줘……. 텐코…… 제발……."

"……으……."

텐코는 참지 못하고 앨빈이 끌어안은 손을 꽉 쥐었다.

"……그래도 돼요……? 이렇게 겁쟁이인 제가…… 이렇게 약하고 한심한 제가……?"

"그런 말 하지 마……. 텐코가 아니면 싫어……. 텐코가 없으면 나는……."

"알마…… 흑…… 훌쩍…… 알마……."

"텐코…… 미안…… 미안해……."

그렇게.

두 사람은 서로를 부둥켜안고 흐느껴 울었다.

"휴우……."

그런 두 사람을 보고 이자벨라는 안도의 한숨을 쉬었고.

"……이것 참, 한 건 해결인가?"

시드는 힐끗 보고서 등을 돌렸다.

'그나저나 플로라…… 그 녀석, **일부러** 그런 거야.'

그리고 씁쓸한 기분으로 생각했다.

'노린 듯한 구조 타이밍…… 미리 계획했던 것 같은 퇴각로…… 그 녀석은 내가 엔데아를 궁지에 몰 때까지 **기다리고 있었어**……. 텐코를 납치할 때 어둠의 마나 흔적을 남긴 것도 틀림없이 그 녀석이겠지…….'

전부 플로라가 꾸민 일이다. 그렇게 생각할 수밖에 없었다.

그렇게 생각하면 앞뒤가 맞았다.

'하지만 대체 왜……? 그리고 엔데아라는 그 여자…… 설마…….'

사태는 해결되었지만 남은 문제와 불안은 산더미 같았다.

'……상관없어. 이번 생의 내 주군을 위협한다면…… 나는 몇 번이든 그걸 물리치고 꺾을 따름이야. ……이 목숨이 다할 때까지.'

가슴에 소용돌이치는 불길한 예감을 날려 버리고자.

시드는 새롭게 결의하며 자신의 혼에 맹세했다.

종장 재출발

푸른 하늘이 맑디맑은 날이었다.

눈부신 햇살이 반짝반짝 난반사되며 쏟아졌다.

오늘도 역시나 블리체 학급 학생들의 훈련은 계속되었다.

기사가 되기 위한 길은 변함없이 험했다.

학생들이 그렇게 평소처럼 기사의 길을 걷는 와중에 작은 변화가 있었다.

그건 바로—.

"하아아아아아아아아—!"

"끄으으으으으으—?!"

단련장에서 1학년 종기사 두 명이 장절하게 검을 맞부딪치고 있었다.

한 명은 앨빈.

그리고 다른 한 명은— 텐코였다.

"후우—!"

텐코가 눈에 보이지도 않는 속도로 앨빈에게 달려들어 한 번 공격할 때마다 몰아붙이고 있었다.

텐코의 윌이 세차게 연소되어 방대한 마나를 전신에 보

냈다.

그 결과 텐코의 속도와 검압은 이전과 비교가 안 될 만큼 향상되어서 앨빈은 현재 완전히 압도당하고 있었다.

"제법이네, 텐코!"

"앨빈이야 말로요!"

서로 대담하게 웃으면서도 앨빈과 텐코는 수없이 칼날을 맞부딪쳤다.

금속음이 간헐적으로 울리고.

검이 무수히 뒤집히고 격돌하며 불꽃을 튀겼다.

"큭— 순수한 검술만으로 싸우는 건 불리하네……!"

텐코의 빠른 공격을 쫓아가지 못하게 된 앨빈이 뒤로 획 물러나 거리를 뒀다.

"하지만 마법 실력이라면 어떨까?!"

"으윽?! 그, 그쪽은 제가 불리하지만…… 바라는 바예요!"

서로 검을 들어 고대 요정어를 중얼거렸고—.

"하아아아아아아아아—!"

"아아아아아아아아—!"

앨빈이 검에서 날린 바람 칼날과 텐코가 검에서 날린 화염 폭풍이 정면으로 격돌하여 폭풍을 일으키며 소용돌이쳤다.

"대단하다…… 저 두 사람……."

"그러게요……."

그렇게 경쟁하는 앨빈과 텐코를 다른 학생들이 아연히 바라보고 있었다.

"테, 텐코 씨…… 그 일 이후로 윌을 쓰게 돼서…… 정말 몰라보게 달라졌어요……!"

"그러니까 말이에요……. 마치 딴사람 같아요……."

"젠장! 우리도 질 수 없지!"

"……흥."

크리스토퍼, 일레인, 리네트, 세오도르는 앨빈과 텐코를 보고 긍정적인 투쟁심을 불태우며 더 열심히 단련에 힘쓰게 되었고…….

"……훗."

시드는 그런 학생들을 단련장 구석에서 따뜻하게 지켜보았다.

————.

"……여. 최근 좋아 보이네, 텐코."

휴식 시간.

음수대에서 혼자 물을 마시는 텐코에게 시드가 말을 걸었다.

"아, 스승님!"

텐코는 고개를 들고 귀를 쫑긋 세우고서 시드를 돌아보 았다.

후다닥 시드 앞으로 달려와 시드를 올려다보았다.

"네! 그게, 스승님 덕분이에요!"

활짝 웃는 텐코의 꼬리는 좌우로 살랑살랑 흔들리고 있 었다.

"스승님 덕분에 마침내 윌을 쓰게 됐고…… 그리고 계속 기사를 목표할 수 있는 거니까요."

"그런가. 그게 너의 선택이군."

"네!"

그 일이 있고 난 뒤로 텐코 안에서 명확해진 것이 있었다.

이제 결코 흔들리지 않을, 텐코의 축이 된 것이 있었다.

그건 바로―.

"저는― 역시 기사가 될 거예요! 되고 싶어요! 여러 가지 일이 있었지만…… 역시 앨빈을 사랑하고, 앨빈의 힘이 되 고 싶어요!"

"……."

"제 적성에는 안 맞을지도 몰라요. 언젠가 전장에서 다 치고 고꾸라져서 기사인 걸 후회하는 때가 올지도 몰라요. 그걸 생각하면 너무 무서워요. ……하지만, 이 결단만큼은 후회하지 않을 거예요! 그러니까―."

텐코가 그렇게 시드에게 필사적으로 호소하고 있으니.

툭, 시드가 텐코의 머리에 손을 얹었다.

"……스승님……?"

눈을 깜박이며 슬쩍 시선을 올리는 텐코에게.

"기사는―「그 마음에 용기의 불을 밝힌다」. ……너는 이미 훌륭한 기사야."

시드는 그렇게 온화하게 말했다.

"스, 스승님……."

텐코는 감격하여 눈물을 글썽거렸다.

"뭐, 걱정하지 마."

시드는 그런 텐코의 머리를 헝클어뜨리며 힘 있게 말했다.

"맹세하마. 내가 너희를 죽게 하지 않을 거야. 이 목숨을 걸고 지켜 주겠어. 그리고 죽여도 죽지 않을 만큼 강하게 단련시켜 주겠어. 기사는―."

"진실만을 말한다」. 맞죠?!"

"……이제 뭘 좀 알게 됐네."

그런 대화를 나누며.

시드와 텐코는 온화하게 웃었다.

"자, 돌아가자."

"네!"

시드가 발길을 돌려 단련장으로 돌아가려고 했고.

텐코는 그 뒤를 쫓았지만.

무슨 생각을 했는지…… 별안간 발을 멈췄다.

그리고 뭔가를 결심한 듯 표정을 다잡고서 시드의 등에 대고 말했다.

"저, 저기…… 스승님……!"

"왜?"

시드가 고개만 돌려 텐코를 힐끗 보았다.

"뭐 더 할 말 있어?"

"어, 그게, 그러니까……."

시드의 시선을 받고 텐코의 얼굴이 순식간에 빨개졌다.

불과 몇 초 전까지 결의에 차 있던 표정은 어디로 갔는지 지금은 허둥대며 안절부절못했다.

"저…… 그때, 스승님이 저를 도와주신 이후로 줄곧 하고 싶은 말이 있어서……."

"감사 인사? 그거라면 내가 기겁할 만큼 많이 말했잖아."

"아, 아뇨, 아니에요! 그, 그거랑은 별개로……!"

텐코의 얼굴은 새빨개서 이제 홍당무나 다름없었다.

"음?"

"태어나 지금까지 검만 휘두르며 산 제가 이런 마음이 드는 건 착각인가 싶었지만…… 하지만 역시 착각이 아니라서……!"

"……."

"하지만 저와 스승님은 종족도 다르고……! 그보다 애초에 저 같은 건 스승님에게 전혀 어울리지 않고! 나약하게 맨날 보호만 받는 주제에 분수도 모른다고 할까, 주제넘다고 할까! 그게, 어어……"

"……즉, 뭐야?"

"그러니까!"

다시 결심한 듯 고개를 들고 텐코가 외쳤다.

"언젠가…… 언젠가 제가 스승님에게 한 방 먹이면! 그, 그때 스승님께 말씀드리고 싶은 게 있어요! 들어 주시겠어요?!"

"……?"

시드는 그런 텐코의 말에 의아해하며 눈을 깜박이고 대답했다.

"딱히 상관없어."

"정말인가요?! 가, 감사합니다!"

텐코가 얼굴이 환해져서 폴짝 뛰었다.

"잘은 모르겠지만, 네가 좋다면야 뭐."

시드는 그런 텐코를 보고 쓴웃음을 지었다.

"하지만 말해 두는데…… 지금 너의 성장 속도라면 나한테 한 방 먹이는 건, 그래…… 앞으로 수십 년은 걸리려나."

"엇, 네에에에에에에에에에에에에ㅡ?! 정말인가요?!"

"크크큭…… 그게 싫다면 필사적으로 노력해."

"으, 으으으, 넵! 힘내겠습니다!"

이러고 있을 수 없다는 것처럼.

텐코는 쌩하니 단련장으로 달려갔다.

"……훗, 힘내라, 청년들. 너희의 피와 땀과 눈물이 너희의 길을 만드니까."

시드는 그런 텐코의 뒷모습을.

눈부신 것을 보는 듯한 눈으로 따뜻하게 바라보았다.

그들의 기나긴 길은 이제 막 시작됐을 뿐이었다.

■ 작가 후기

안녕하세요. 히츠지 타로입니다.

『옛 원칙의 마법기사』 2권이 무사히 간행되었습니다! 편집부 및 출판 관계자분들, 1권을 구매해 주신 독자님들, 정말 감사합니다!

각설하고 이번 이야기에 관해 말씀드리자면……

1권을 전설 시대의 기사인 주인공 시드가 자신이 검을 바칠 만한 왕인지 앨빈에게 자질을 묻는 이야기라고 한다면, 2권은 텐코에게 「기사를 기사로 만드는 것은 무엇인가?」 하고 묻는 이야기일 겁니다.

요정검의 격이 낮기는 해도 텐코라는 소녀는 고결하고, 성실하며, 기사로서 긍지가 높고, 앨빈에게 남다른 충성심을 가진 아이입니다. 그리고 앨빈의 제일 친한 친구이자 늘 앨빈의 도움이 되고자 하는 아주 기특하고 착한 아이예요. 1권에서 유독 시드에게 반발한 것도 앨빈을 생각해서 그런 거죠.

하지만 그런 텐코에게도 남모르는 갈등이 있고, 그것이

그녀의 기사 자질에 큰 그림자를 드리웁니다.

과연 텐코는 기사가 될 수 있을 것인가. 위대한 선진인 시드의 뒷모습에서 무엇을 배울 것인가…… 텐코의 결의를 지켜봐 주신다면 작가로서 더없이 행복할 겁니다. 아무쪼록 잘 부탁드립니다.

그나저나.

슬슬 이런 태클이 들어올 것 같네요.

앨빈과 텐코…… 이거 완전 루○아와 시스○나 아니야? 하고.

셔러어어어어어어어업! 아니에요! 아니라고요!

저는 결단코 금발과 은발 여자아이가 너무 좋다든가, 구작을 자기 표절하자는 생각 따위 전혀 하지 않았어요!

이건 전부 필요성에 의한 필연이에요!

아시겠어요? 히로인이 금발과 은발인 건 매우 합리적이에요!

예로부터 금과 은이란 귀금속은 아주 아름답고 가치 있는 것의 대명사로, 그 단어만으로도 사람은 무의식적으로 경외심을 느끼죠! 그것들을 히로인의 머리색으로 쓰는 것은, 문장으로 표현하는 소설이라는 매체에서 손쉽게 히로인들의 아름다움을 독자에게 전할 수 있는 최적의 수단이에요!

게다가 금색은 고귀하고 은색은 신비로운 이미지가 있어요. 즉, 그것만으로도 히로인들의 대략적인 캐릭터성과 분위기를 연출할 수 있는 데다가, 일러스트로 나타냈을 때 한 방에 시각적인 대비를 줄 수 있어요. 이건 아주 강력해요! 확실히 흑발 여자아이도 좋지만, 라이트 노벨에서는 주인공의 머리가 흑발인 경우가 많으니까, 금발과 은발 히로인보다 색상 대비가 이루어지기 어렵단 말이죠. 제가 생각하기에는 그렇습니다.

이해하셨나요? 저는 이런 심오한 이유로 매 작품의 히로인들을 금발이나 은발로 하는 겁니다. 어쩔 수 없이.

뭐, 좋아하는지 싫어하는지 묻는다면 그야 금발 은발을 좋아하지만…… 그, 그 이상으로, 소설의 연출을 중시하고 있습니다! 정말이에요!

……아무튼 저의 심오한 창작 히로인 이론도 설파했으니 선전 좀 하겠습니다.

월간 코믹 얼라이브 9월호부터 마침내 만화판 『옛 원칙의 마법기사』가 시작됩니다! 카와바타 요시히로 님에 의한 매우 열량 높은 이야기가 전개됩니다!

만약 『옛 원칙』이 마음에 드셨다면 그쪽도 꼭 체크해 주세요!

또한 저는 근황과 생존 보고 등을 twitter에 올리고 있습니다. 응원 메시지나 작품 감상 등을 보내 주시면 단순한 히츠지는 크게 기뻐하며 힘낼 겁니다. 유저명은 『@Taro_hituji』입니다.

그런고로 아무쪼록 앞으로도 잘 부탁드립니다!

히츠지 타로

옛 원칙의 마법기사 2

초판 1쇄 발행 2022년 7월 10일

지은이_ Taro Hitsuji
일러스트_ Asagi Tosaka
옮긴이_ 송재희

발행인_ 신현호
편집장_ 김승신
편집진행_ 권세라 · 최혁수 · 김경민 · 최정민
편집디자인_ 양우연
관리 · 영업_ 김민원

펴낸곳_ (주)디앤씨미디어
등록_ 2002년 4월 25일 제20-260호
주소_ 서울시 구로구 디지털로 26길 111 JnK디지털타워 503호
전화_ 02-333-2513(대표)
팩시밀리_ 02-333-2514
이메일_ lnovellove@naver.com
ㄴ노벨 공식 카페_ http://cafe.naver.com/lnovel11

FURUKI OKITE NO MAHO KISHI Vol.2
ⓒTaro Hitsuji, Asagi Tosaka 2021
First published in Japan in 2021 by KADOKAWA CORPORATION, Tokyo.
Korean translation rights arranged with KADOKAWA CORPORATION, Tokyo.

ISBN 979-11-278-6494-1 04830
ISBN 979-11-278-6372-2 (세트)

값 7,800원

*잘못된 책은 구매처에 문의하십시오.